濃蜜同棲

クールな社長の過剰な溺愛

★

ルネッタブックス

CONTENTS

Lunetta

第一章　きっかけはインゲン豆の牛肉巻き

ゴールデンウィーク明けの空は、雲一つなく、すっきりと晴れ渡っている。

五月最初の木曜日である今日、少し風はあるが、そのおかげで降り注ぐ日差しもさほど暑く感じない。

都心の大きな川沿いにそびえるビルの屋上で、白鳥麗美《しらとりれみ》は両手を上げて背伸びをした。

「あ〜っ、いい気持ち〜！」

地上七階建てのビルは大きな川沿いに建っており、周りには高い建物がないおかげで、某巨大テーマパークの花火を見る事ができるらしい。

出入口の上には大きなひさしがついており、多少の雨なら避けられるようになっている。

麗美は、だだっぴろい敷地の真ん中にあるコンクリート製の台に腰かけ、自宅から持参したお弁当を広げた。

男子高校生が持っているような二段重ねのランチボックスの中には、昨夜食べたおかずの残りが彩りよく詰められている。残り物といっても、それぞれにリメイクしているし、味は保証付きだ。栄養面も申し分ないし、量もちょうどいい。

特に何の資格も持たない麗美だが、料理の腕にかけては少々自信があるし、今は亡き祖母もよく褒めてくれたものだ。

「いただきま〜す」

マグボトル入りのほうじ茶で口の中を潤し、パチンと音を立てて両手を合わせた。

ネギ入りの玉子焼きをひと口食べ、咀嚼して飲み込んでから白飯をほおばる。

さんまの塩焼きをピリ辛の胡麻和えにしたものを一切れ箸で摘まみ、空を見上げながら口の中に入れた。

(五月って一番好きだな。暑くもなく寒くもなくて、何をするにも動きやすいし)

麗美は現在、二十六歳。

高校を卒業後、とある会社に就職するも、経営不振のため半年で倒産し失職。それからは派遣会社に登録し、いくつかの職場を経て、現在は「綿谷《わたや》」という老舗寝具メーカーに受付嬢として勤務している。

勤務時間は平日午前九時から午後六時まで。休憩時間一時間で、時給はいいし交通費も全額支給される。今の仕事は、これまでに働いた職場の中では、間違いなく一番労働条件がいい。

だからこそ人気があるし、二人いる同じく派遣社員の同僚は、いずれも歴史ある会社の受付嬢にふさわしい清楚で美しい顔立ちをしている。

そんな中、麗美だけは美人でも、スタイルがいいわけでもない。

それなのに、どうして自分程度の人間が特別に倍率が高いこの仕事に就く事ができたのか……。

麗美は首を傾げながら、自分の容姿について考えを巡らせる。

身長は一六〇センチで、理想体重よりも少し重いチョイポチャ体型。丸顔に、肩までの緩いウェーブヘア。若干幅広の鼻と、もうちょっと大きければいいと思う奥二重の目。

唇の形はいいほうだと思うが、全体的に華やかさがなく、おせじにも大企業の受付嬢にふさわしいとは言えない。

受付嬢に求められる大切なものと言えば、第一に接客のスキルだ。

常に笑顔で来客を迎え、的確な判断力を持って臨機応変に対応する。そうする上で細やかな気配りや記憶力も求められる。

第二に体力で、受付嬢たるもの、常時一〇〇パーセントの状態で席に座っていなければならない。

時間帯によってはカウンター前は混雑を極めるし、同僚とチームを組んで働く以上、互いに迷惑をかけないよう健康管理は万全にしておく必要がある。

第三に容姿だが、これについてはただ美人であればいいというものではない。

各企業によって求められるものの違いはあるが、基本的に清潔感がある美しさが求められる。

ほかのことはともかく、容姿に関して言えば、麗美は明らかに規格外だ。

だが、突然登録している派遣会社から連絡が入り、今までで一番難易度が高く、割がいい今の仕事を紹介された。

ダメもとで面接を受け、見事合格。

派遣仲間に「なんで?」と不思議がられたが、無事勤め始めて、もうじきひと月になる。

（ほんと、どうして受かったんだろう？）

唯一思い当たるのは、人一倍愛想がよく、老若男女問わず気軽に声をかけられる庶民性といったところだろうか。

『たまには容姿よりも、明るさが売りの受付嬢がいてもいいと思うわよ』

長年世話になっている派遣会社の担当者は、そんな微妙な励ましの言葉をかけて麗美を送り出してくれた。

（とにかく、頑張って貯金しなきゃ！　目標額の二百万円まで、あとひと踏ん張りして夢の実現を目指さないと）

常備菜のきんぴらごぼうを噛みしめながら、力強く頷く。

麗美には昔から、調理師になりたいという夢があった。その夢を叶えるべく、調理師学校に入り一年間みっちり調理について学ぶのだ。卒業後は、晴れて調理師として就職を果たし、同時に今の家を出て新しい人生をスタートさせたい。

それというのも、麗美は今父方の叔父の家に居候として住まわせてもらっており、かなり肩身の狭い思いをしているのだ。

自室はあるが、その半分が一家の物置に使われている。長く世話になった恩は感じているが、いい加減今の状況から脱却したい。

幸い、目指す学校には学生寮がある。そこなら格安の費用で暮らしていけるし、学校まで交通費もかからないのだ。

（あと一年弱！　来年の今頃は、晴れてあの家を出て、自由な生活が始まっているはず！）

麗美は、立て続けに白飯を二口食べ、もぐもぐと口を動かす。

家事を一手に引き受けている麗美は、毎日キッチンに立って家族全員分の食事を作っている。

居候の身とはいえ、叔父一家と食べるものは同じだ。

とある企業の部長職に就いている叔父の智樹《ともき》は、自称美食家であり、食費に関しては財布の紐が緩い。使う金額は彼の妻である志乃《しの》に細かくチェックされるものの、美味しい料理を作るための買い物は麗美に一任されている。

そのため、食事に関しては不満はないし、日々キッチンに立つのも調理師になるための修行だと思えば、まったく苦にならない。

それに、家事を引き受けている分、食費と家賃は払わないでいいと言ってもらっている。それだけでもありがたいし、不満なんか言えばバチが当たるというものだ。

身の丈に合った生活をし、夢を叶えるためにコツコツと頑張る。

麗美が毎日弁当を持参しているのは、一重に余計なお金を使わないためであり、中身が毎回残り物の節約弁当なのも、来春までに貯金の目標額を達成させるためだ。

「頑張れ、私！　ぜったいに一人前の調理師になってみせるぞ～！」

麗美は醤油味の肉巻きを箸で摘まみ、空に向かってそれをかざした。すると、いきなり伸びてきた手に箸を持つ手首を摑まれ、あやうく肉巻きを落としそうになってしまう。

「わっ！　ちょっと——」

人がいるほうに顔を向けるも、ちょうどその方角にある太陽がまぶしすぎてよく見えない。

「君は誰だ？」

低く落ち着いた男性の声が、頭の上のほうから聞こえてきた。

麗美は目をしょぼしょぼさせながら、どうにか身体の位置を変えて人影の正体を見極めようとする。

「だ、誰って、私はここの受付嬢ですけど！」

いきなり手首を摑むとか、無礼にもほどがある。本当は力任せに手を振りほどきたいところだが、肉巻きを持っているせいで思いきった行動に出られない。

人影が動き、麗美のすぐ左隣に腰かける。

間近に迫ったその人は、ダークグレーのスーツに身を包み、麗美の目の高さよりも三十センチ近く高い位置からこちらを見下ろしてきた。

「受付嬢？　ってことは、君は派遣社員だね？　名前は？」

「白鳥麗美です！」

麗美は胸元の名札を指先で摘まんだ。男性は、それをじっと見つめ、片方の眉尻を上げた。

「白鳥……麗美。白い鳥に、麗しい美人、か」

男性が呟き、麗美の顔をまじまじと見つめる。

〝白鳥麗美〟――この名前のせいで、これまでに何度同じような目に晒されてきただろうか。

もうとっくに慣れっこになっているが、これほどあからさまな態度をとられたのは久しぶりだ。

（なんて失礼な奴！）

男性は、なおも麗美の顔をジロジロと見回している。しまいには、一歩下がって麗美の全身に視線を巡らせ始めた。

麗美は、いい加減ムッとして、男性を睨みつけた。

「なんですか？　思いっきり名前負けしてますけど、偽名でもなんでもなく正真正銘の本名ですから！」

「いや、失敬。僕は、人の顔や名前を覚えるのが得意でね。せっかくだから、本社で働いている人を全員頭にインプットするようにしているんだ。さっきのは覚えるための語呂合わせみたいなものだよ」

「綿谷」本社には、およそ一二〇〇人の社員がいる。

その全員の顔と名前を覚えるなんて、普通に考えて不可能だ。

「全員を？　そんな事できるわけ――」

そこまで言って、麗美はハタと気がついて口を噤む。

未だ太陽を背にしている男性の顔はよく見えないままだが、スーツの襟につけられている社章の色が、銀ではなく金だ。

それはつまり、彼が「綿谷」社員であるだけではなく、部長以上の役職者である事を意味している。

ヤバイ。

一般社員ならいざ知らず、部長職以上の人に若干偉そうな口をきき、睨みつけてしまった。

麗美はにわかに焦りながら、肩を窄める。ちょうどその時、男性が少し立ち位置をずらし、改めて麗美のほうを見た。

陽光の中に、くっきりと浮かび上がる男性の顔――それを目の当たりにして、麗美は驚きのあまりあんぐりと口を開ける。

（うわっ、ものすごいイケメン！）

テレビや雑誌では、たくさんのイケメンを目にするが、実際に目の前で見たのはこれがはじめてだ。鼻筋はすっきりと通っており、秀でた眉の下にある目は綺麗なアーモンド形をしている。瞳は艶やかで深い焦げ茶色をしており、顔の輪郭も唇の形も完璧だ。

（こんなイケメン、「綿谷」の中にいたっけ？）

麗美は密かに首を捻った。少なくとも、受付カウンター越しに見た覚えはない。

それはさておき、今の状況をどう切り抜けたらいいだろうか。

麗美が忙しく頭を働かせていると、男性が先に口を開く。

「ところで、ここへは、カードキーがなければ来られないはずだが、どうして君がそれを持っているのかな？」

「どうしてって……」

麗美は「綿谷」に派遣された当初から、ランチタイム用に弁当を持参していた。それをフロアの片隅で隠れるように食べていたところ、通りすがった男性清掃員が声をかけてきて、「屋上は誰も来ないから、そこで食べたらいいよ」と、内緒でカードキーを渡してくれたのだ。一度は辞退したが、遠慮はいらないと言われ、受け取って使わせてもらっている。

今それを言えばカードキーをくれた清掃員に迷惑がかかるかもしれない。

（どうしよう……）

麗美は、もごもごと口ごもりながら男性を見つめた。麗美が困り果てているのを察したのか、男性がふと表情を緩める。

「まあいい。ここのカードキーを持っているのは、社内では僕だけだ。おそらく君は、ビルの管理会社の誰かから、それを譲り受けたんだろう。……ところで、これは何かな？　やけにいい匂いがするけど」

男性が、箸の先にある肉巻きを指さす。

「こ、これはインゲン豆を牛肉で巻いたものを、醤油とお砂糖で甘辛く焼いたものです」

男性の佇まいは凛としており、麗美の口調も自然とかしこまった感じになる。

「インゲン豆？　あの緑色でヒョロヒョロしたやつか」

男性が、あからさまに顔をしかめた。その表情は、好き嫌いを言う子供そっくりだ。

「そうです。インゲン豆、嫌いですか？」

「ああ、嫌いだ。前に一度食べたが、あの匂いも味も好みじゃない」

「へえ……美味しいのに。これだって、お肉とインゲン豆がお互いの味を引き出して絶妙の味加減になってるんですよ」

麗美が言うと、男性は怪訝そうな顔で肉巻きを見つめた。そして、箸の先に鼻を近づけて、そっと匂いを嗅ぐしぐさをする。その途端、男性の腹が「ぐぅ」と鳴った。

男性が咄嗟に気まずそうな顔をし、麗美はそれを見て即座に彼のほうに肉巻きを近づけて訊ねた。

「よかったら食べますか？　インゲン豆嫌いを克服できるかもしれませんよ」

肉巻きから麗美に視線を移すと、男性が思案顔をする。

「そうか？　じゃあ――」

男性は、持ったままだった麗美の手首を自分のほうに引き寄せ、肉巻きをまるごと口に入れた。

まるで高級食材を吟味する美食家のように、男性がゆっくりとそれを咀嚼する。

彼は目を閉じてごくりと口の中のものを飲み込み、小さく頷いた。そして、いきなりカッと目を開けたかと思うと、麗美のほうに顔を近づけて瞳をキラキラと輝かせる。

「うまい！　確かに、肉とインゲン豆の味が絶妙にマッチしている。これは君が作ったのか？」

「はい、そうです」

男性は麗美の手首を握る力を強め、勢い込んでそう訊ねてくる。

「なるほど、君は料理上手なんだな。そうか、インゲン豆はこれほど美味しい食材だったのか。ふむ……」

「……あの、もしお腹が空いてるんだったら、ほかのおかずもどうぞ」

元来面倒見がよくて、友達から母親気質だと言われている麗美だ。

見ず知らずとはいえ、目の前にいる、お腹を空かせた人を黙って見過ごすわけにはいかなかった。

「いいのか？」

「ええ、もちろん」

麗美がランチボックスを男性の膝の上に移動させると、彼は嬉しそうににっこりと笑った。その顔が、掛け値なしにイケメンすぎる。

麗美は、差し出した箸を受け取る男性を見て、パチパチと目を瞬かせた。

「これは何？」

「にんにくの芽のナムルです」

「にんにく？」

「あ……ほんのちょっとなので、食べたあと、きちんと歯磨きをすれば大丈夫です！」

匂いがきつい食材を咎められたのかと思ったが、男性はさほど気にするふうでもなく、次々におかずを口に入れた。そして、噛んで飲み込むたびに頬を緩め「うまい」と呟いている。

「こっちは？」

「それは、高野豆腐の肉詰め煮です。あっ……汁気たっぷりだから、スーツを汚さないように気をつけてくださいね」

男性は頷き、箸で摘まんだそれを注意深く口に入れた。そして、眉をピクピクと動かしながら咀嚼して飲み込む。

「うーん……うまい。……これは冷製パスタか？」

「いえ、ただのミートソーススパゲティです」

「なるほど」

彼はスパゲティを箸に巻き付け、ソースが落ちないように気をつけながら口に運ぶ。

（食べ方が綺麗……。それに、あの手……イケメンって、指先までイケメンなんだなぁ）

麗美は男性を見つめ、密かに感じ入った。

「これは、何のフリッターだ？」

「え？　あ……ああ、それは、ちくわの磯部あげです。中にチーズが入ってるんですよ」

「ちくわ？　……ふぅむ……」

男性は、さっそくそれにかぶりついた。そして、口を動かしながら静かに鼻呼吸をする。

「磯の香りがするな……。うまい。実に、うまいな……」

麗美に質問を投げかけながら、男性は次々にランチボックスの中身を平らげていった。

叔父の家では毎日の食事を麗美が作っているが、かつてこれほどストレートで嬉しい感想をもらった事があっただろうか？

いや、一度だってありはしない。

にわかに嬉しくなった麗美は、コップになっているマグボトルのふたを外し、お茶を入れて彼に勧めた。

「ほうじ茶ですけど、飲みますか？」

「ああ、ありがとう。いただくよ」

男性が、麗美が差し出したコップに手を伸ばす。それを受け取る際、二人の指先が少しだけ触れ合った。

（うわっ！）

イケメンとの接触に驚いた麗美は、あやうく座っている場所から転げ落ちそうになる。

「おっと、大丈夫か？」

傾いた身体を、箸を持ったままの右腕で支えられ、自然と抱きかかえられたような格好になる。その拍子に彼の膝の上にあったランチボックスが、滑るようにして麗美の太もものほうに移動してきた。しかし、押し留めるまでもなく、すでに中はからっぽになっている。

「だ、大丈夫です！」

麗美は、返事をしながら男性の腕の中で身体を固くする。彼はにこやかに微笑みながら、麗美をもとの体勢になるよう抱き起こしてくれた。

「うっかりぜんぶ食べてしまった。ごめん、これじゃあ君のお腹が鳴ってしまうな」

「私なら平気ですよ」

以前、コンビニエンスストアでアルバイトをしていた時など、忙しい時は昼休憩を取れないまま終業時刻を迎える事がたびたびあった。

「しかし、それでは――」

ランチボックスを片付ける麗美の横で、男性が気づかわしそうな表情を浮かべる。

「私、そろそろ行かないと。あの……カードキー、返したほうがいいですか？」

片付けを終えた麗美は、制服のポケットからカードキーを取り出した。

「いや、それには及ばない」

男性は首を横に振り、ふと思い立ったようにポケットからスマートフォンを取り出した。

「――ああ、僕だ。大至急『天宮亭《あまみやてい》』の松花堂《しょうかどう》弁当をひとつテイクアウトしてきてくれないか？　うん、フルセットで頼むよ。じゃ、よろしく」

男性は、どこかしらに電話してそれだけ言うと、さっさと通話を終わらせて麗美のほうに向き直った。

「ごちそうさま。本当に美味しいお弁当だった。さあ、今度は君のお腹を満たす番だ」

立ち上がった男性に右手を差し伸べられ、麗美は機械的にその上に左手を乗せた。

手を引かれ立ち上がると、彼は麗美をエスコートするように屋上のドアに向かって歩いていく。

「ちょっ……待ってください！　もうじき休憩時間が終わっちゃうし、私、もう戻らないと――」

「受付については、僕が秘書に言ってうまく対処しておくから心配ない。そうだな……役員に面倒なお使いを頼まれた事にでもしておこうか。さあ、これからの一時間が、君のランチタイムだ」

「でっ……でもっ……」

非常階段を下りながら、麗美は男性の横顔を見上げた。

そして、「綿谷」のホームページに掲載されている若き社長の顔を思い出す。

「あっ！　あ、あなたさまは、綿谷慎一郎《しんいちろう》社長――」

驚きすぎて、口調がヘンになってしまった。それを聞いた男性が、頷いて笑い声を上げる。

「そうだ」

やっぱり！

麗美は、歩きながら心の中で地団太を踏む。

自分とした事が、受付でありながら派遣先の社長の顔をど忘れするなんて……！

現在、三十六歳の彼は、「綿谷」前社長である綿谷誠《まこと》の一人息子であり、今から四年前に亡くなった父親のあとを継いで現職に就いた。

麗美が現在の職場に派遣されてすぐに取りかかったのは「綿谷」の役職者や、主要な取引先の担当社員の顔を覚える事だった。

当然、社長の顔は覚えていた――はずだが、まさか本人が突然屋上に現れるなんて思ってもみなかったし、ホームページに載っていた彼の顔写真は少し横を向いており、やけに小難しい表情を浮かべていた。

それに加え、彼は先月まで出張続きだったし、マイカー出勤だから受付は通らないで地下駐車場から直接社長室に向かう。そのため、麗美はまだ一度も受付前を通る慎一郎を見かけた事がなかったのだ。

だからといって、すぐに社長だとわからなかった言い訳にはならない。

麗美は恐縮しながら歩を進め、慎一郎に連れられて六階のフロアに出た。

その階には、社長室を始めとする役員用の部屋が集まっており、エレベーターホール近くには会議室が二つある。

麗美も何度か来客を案内するために、ここを訪れた事があった。それでも、慎一郎と顔を合わせるのは今日がはじめてだったし、まさか自分ごときが社長と二人きりで話す機会を持つなんて思ってもみない事だ。

てっきり会議室に行くのかと思いきや、慎一郎が麗美を招いたのは社長室だった。

「さあ、どうぞ。しばらく来客の予定はないから、遠慮はいらないよ」

彼は、そう言うと麗美のために自らドアを開けてくれた。

「ど……どうもありがとうございます」

麗美は、礼を言っておそるおそる部屋の中に入った。応接セットのソファに座るよう促され、慎一郎と向かい合わせになって腰かける。

「君はいつから受付にいるのかな？」

「先月の十五日から、こちらで働かせていただいております」

「そうか。僕が君の顔を知らなかったのは、ここのところ出張続きで会社にいなかったせいだな」

慎一郎は手元に置いていたタブレットを操作し、小さく頷くと麗美のほうに視線を移した。

「派遣社員を含め、新入社員については月に一度、どんな人物が入ったのかチェックしているんだが、今月はまだそれをしていなかった。……白鳥麗美さん、君は履歴書に書ききれないほど様々な仕事に就いていたみたいだね。短期間で職場を変えているのには、何か理由でもあるのかな？」

それまでにこやかだった表情が、一変してクールなビジネスマンのそれに変わる。

「理由のほとんどは、勤務先が倒産したり、廃業したりした事です。あとは、なるべく多くの職業に就いて社会勉強をしたかったのと、できるだけ時給がよくて短期間に多く稼げ……いえ、収入が得られる職を常に探していたからです」

麗美は、高校卒業後に新卒採用された会社が半年足らずで倒産した事実を話した。

「そこの社長から転職先を紹介されたんですが、一年経たないうちに廃業すると言われてしまって。それからは自力で仕事を探していたんですけど、友達から紹介された派遣会社に登録してからは、職探しもかなりスムーズにいくようになって——」

麗美の話を聞きながら、慎一郎が小さく頷く。

「特技は、家事全般。特に料理、か。将来は調理師になりたいと書いてあるね」

「はい、そのために、来年になったら専門学校に通うつもりです」

「なるほど……来年の春に学校に行くのか。派遣元との契約も今年度末までになっているな」

タブレットを見つめる慎一郎の目が、ほんの少し細くなった。

「あと十カ月と少しか。ふむ……調理師なら、料理上手の君にうってつけの職業だな。君ならなれる。僕が太鼓判を押すよ」

実際に手料理を食べてくれた人にそう言われたのだ。

麗美は嬉しくなり、ぺこりと頭を下げて礼を言った。

「ありがとうございます。社長にそう言ってもらえて、なんだか自信が湧いてきました」

「それはよかった。そこで、君に料理に関する特別な業務を依頼したいんだがどうかな？　もちろん、それにかかる費用は負担するし、手当は別に支給する」

「料理に関する特別な業務……ですか？」

突然の申し出に、麗美は少々面食らってそう訊ねた。資格も何も持たない自分が、特別な仕事を任せられるなんて、何事だろう。

「ああ、そうだ」

「それって、私はいったいどんな仕事をすれば……」

不安そうな表情を浮かべる麗美を見て、慎一郎の顔に再びにこやかな微笑みが浮かんだ。

「僕のランチタイム用のお弁当を作ってほしいんだ」

テーブル越しに身を乗り出され、麗美は大きく目を見開いて彼の顔をまじまじと見つめた。

「社長のお弁当を、私が？」

「そうだ。実は、僕はもう何年も前から食欲不振に陥っていてね。何を見ても食べたいと思わないし、腹が空いても食欲が湧かないんだ。だけど、さっき肉巻きを見て漂ってきた匂いを嗅いだ途端、いきなり食欲が湧いてきた。あとは、君も知ってのとおりだ。さっき食べたお弁当は、本当に美味しかったし、僕自身、自分があれだけの食欲を感じた事に驚いている」

「そ、そうなんですか……。でも、社長は立派な体格をしていらっしゃるし、食欲不振には見えませんけど……」

「そりゃあ、社長たるもの、見るからに不健康で虚弱な印象を与えるわけにはいかないからね」

彼はソファから立ち上がると、デスク後方の壁際に置いてある小型冷蔵庫を開けた。そして、そこから取り出した白色のボトルをテーブルの上に載せた。

「これが僕の食事だ。これだと時間の短縮にもなるし、栄養バランスの心配をする必要もない」

慎一郎が言うには、それは必須ビタミンなどがすべて含まれている完全栄養食であるらしい。

もとは粉末で、それを水に溶かして食事代わりに飲むのだ、と。

「味も何種類かあるし、粉末のままなら長期保存も可能だ。割と飲みやすいし、まずくはないんだが、さすがに飽きてきてね。ちょっと飲んでみる？」

慎一郎にボトルを手渡され、麗美はそれをひと口飲んでみた。

「……んん……」

確かに、まずくはない。しかし、どう考えてもこれは食事ではないし、もし彼のような食生活を送れと言われたら全力で拒否するだろう。

「どう？」

慎一郎に問いかけられ、麗美は渋い顔をする。

「どうもこうも……社長は、これを毎日三回飲んでいらっしゃるんですか？」

「ああ、そうだよ」

麗美が訊ねると、慎一郎は事もなげにそう答えた。

「もちろん、仕事やプライベートで外食する事はある。だが、どんなに高級な料理を出されても、食べたいと思う気持ちが一向に湧かなくてね。結局は、これを飲んで栄養補給をしているんだ」

三度の食事は、麗美の人生においてもっとも重要なもののひとつだ。

彼ほどの地位にいれば、おそらくどんな高級な食材も気軽に手に入れられるだろう。

料理は作るのも食べるのも好きな麗美にとっては、うらやましい限りだ。それなのに、こんなにも味気ない食生活を送っているだなんて……。

「そんなのダメです！　きちんと食事をしないと、生きる活力が湧きませんよ！　飲むだけなんて、歯はいったい何のためにあるんですか？　ちゃんと噛まないと、顎が退化しちゃいますよ？」

麗美は思わず身を乗り出し、断固として首を横に振った。

息巻く麗美を見て、慎一郎がにこやかな微笑みを浮かべる。

「じゃあ、お弁当作りを引き受けてくれるね？　期間は、明日から君が調理学校に入るまでの、およそ十カ月間だ。頼むからには好き嫌いは言わないし、メニューは全面的に君に任せるから」

調理師を目指す麗美にとって、この依頼は腕を磨くいいチャンスかもしれない。そう思った麗美は、改めてソファの上でかしこまった。

「わかりました。その依頼、お受けします」

「そうか、よかった。じゃあ、さっそく報酬に関してだけど、メニューを考えたり調理をしてランチボックスに詰めたり、その他諸々込みで、ひと月五十万円ではどうかな？」

慎一郎が、落ち着いた様子で、そう訊ねてくる。

「ごっ……ご、ごじゅうまん！」

提示された金額が、麗美の想像を遥かに超えていた。

いくらなんでも高すぎる！

麗美は、前のめりになっていた身体をソファの背もたれに押し付けてかぶりを振る。

「ふむ……安すぎるか。じゃあ、六十万ではどうだ？」

さらに値を吊り上げてくる彼は、いったい頭の中にどんな計算式を思い浮かべたのだろうか？

「ち、違います！　高すぎです！　私、お弁当を作るだけで、そんな大金もらえませんよ！」

「高すぎる？　それで健康が保てるなら、決して高いとは思わないけどな」

話し合いの結果、麗美に支払われる額は材料費込みで、ひと月十五万円に決まった。慎一郎は安すぎると難色を示したが、麗美にしてみればそれだけでも破格の副収入だ。

(これで、貯金額がグンと増える！　夢に一歩近づく！)

弁当を作るのは、会社がある月曜日から金曜日までの週に五日間。ただし、出張などの不在時は休止。引き渡しはランチタイムに屋上で、という事になった。

「でも、社長はいろいろとお忙しいんじゃありませんか？」

受付の仕事上、社長を含む役員のスケジュールは把握できている。一方、麗美の昼休みは三交代になっており、週替わりで午前十一時から午後一時までの間に一人ずつ入るよう決められていた。

「メニューについて聞きたいし、なるべく君のランチタイムに合わせるようにする。だから、とりあえず屋上に届けてくれ。どうしても受け取れない時用に、屋上に専用の冷蔵庫を設置するから、もし時間内に僕が来なければ、そこに入れておいてくれるかな？」

「わかりました」

「それから、この事はとりあえず社内では秘密にしておいてくれ。君に個人的にお弁当を作ってもらっているとわかると、何かと面倒な事になるだろうから」

「はい、承知しました」

麗美は深く頷きながら、人差し指を唇に当てるジェスチャーをした。

言われるまでもなく、社長が一派遣社員に弁当を作らせているなんてわかると、あちこちから何を言われるかわかったものではない。

（それに、こんなにイケメンでハイスペックなんだもの）

おそらく恋人がいるだろうし、もしいなくても候補はいくらでもいるに違いない。そんな彼と、曲がりなりにも秘密の関係になるのだ。バレたら間違いなく反感を買うだろうし、いわれのない嫉妬をされる事必須だ。

「急なスケジュール変更があると困るから、連絡先を交換しておいたほうがいいな」

麗美は、慎一郎の指示に従ってＳＮＳのＩＤと個人的な電話番号を交換した。

ほどなくして、部屋のドアがノックされ、お茶と弁当を携えた男性秘書が中に入ってきた。

きっちりと髪の毛を七三に分けた高橋《たかはし》というその人は、慎一郎の専属秘書であり、すべてにおいて信頼のおける人物であるという。

「さあ、遠慮なく食べてくれ」

慎一郎が、麗美に食べるよう促す。

テーブルの上に載せられた松花堂弁当は、八つの仕切りに分かれており、それぞれの料理が陶製の器に盛られている。メインはマグロと白身魚の刺身に蟹と海老の天ぷら。副菜として野菜の炊き合わせやタコの酢の物など。デザートに一口ケーキとフルーツの小鉢までついている。

「うわっ……豪華っ！」

麗美は小さく感嘆の声を上げて、目を丸くする。

「ごゆっくりどうぞ」

慎一郎に微笑みながら促され、麗美は手を合わせて「いただきます」と言った。

「天宮亭」と言えば、飲食業界では名の知れた名店だ。

むろん、麗美は名前を知っているだけで、食べた事もなければ店の前を通りすがった事すらなかった。けれど、味の評判は聞いているし、いつかは行ってみたいと願っていた。

(美味しそう……っていうか、美味しいに決まってる)

麗美は期待に心を震わせながら、弁当に箸を伸ばし木の葉切りにされたカボチャを食べてみた。

ホクホクとした食感と、素材そのままの甘さが口の中に広がる。

「うわぁ、美味しい……」

自然とそんな言葉が漏れ、麗美は満面の笑みを浮かべた。料理はどれをとっても美味しく、てんぷらは驚くほどサクサクだし刺身は新鮮で旨味がたっぷりだ。

こうして一流料理人の味を噛みしめていると、今すぐにでも調理学校に入学し料理の匠達の技を学びたいと思う。

麗美は、それまで気になって仕方がなかった慎一郎の視線も忘れ、目の前のご馳走に没頭した。

上品で繊細な味付けの料理を次々に平らげ、気がつけばあとはデザートを残すのみになっている。

「君は、実に美味しそうに食べるね」

ふいに話しかけられ、麗美はハッとして顔を上げた。目の前にいる慎一郎が、こちらを見てニコニコと笑っている。

夢中になるあまり、彼の存在をすっかり忘れていた。

麗美は今さらながら、お弁当にがっついてしまった自分を恥じ、顔を真っ赤にする。

「す、すみません！　私ったら、ついガツガツと食べてしまって――」

「謝る事はないよ。見ていて気持ちいいし、ご馳走のし甲斐がある。ほら、デザートもどうぞ」

勧められ、麗美は熟れたイチゴを口いっぱいにほおばる。

ハウス栽培や輸入などにより、今では一年中出回っているイチゴだが、本来の旬は春だ。冬よりも甘みはないが、ほどよい酸味があって、自然と頬が緩む。そのあと、絶妙なタイミングで先程の男性秘書が食後のコーヒーを持って来てくれた。

弁当ではあるが、まるで店に行ってフルコースのランチを食べたような気分になる。

麗美は熱いコーヒーを飲みながら小さなチーズケーキを食べ、口元に笑みを浮かべてフォークを置いた。

「ごちそうさまでした。とても美味しかったです！　私の節約弁当の見返りが『天宮亭』の松花堂弁当にすり替わるなんて……。なんだか、申し訳ないです」

麗美が恐縮すると、慎一郎が軽やかな笑い声を上げた。

「僕にとっては、君が作ったお弁当のほうが何倍も価値があるけどね。『天宮亭』の松花堂弁当なら、僕も幾分箸が進むよ。だけど、食欲が湧くわけではないし、毎回完食はできない」

「そうなんですか？　こんなに美味しいのに……。いったい、どうしてなんでしょう？　何か原因でもあるんですか？」

「よくわからないが、たぶん、高級な料理そのものに飽きたんだろうな」

麗美は、少し考え込むような顔でコーヒーを飲む慎一郎を、改めて正面から見つめた。

なるほど――。

彼は、世界的に名を知られている大企業の社長だ。

高級で美味しいものばかり食べ続けてきた結果、ついにはそれに飽いてなぜか庶民の節約弁当に食欲を刺激されたというわけか……。

(可哀想な人)

そう理解した麗美は、にわかに慎一郎が気の毒になった。

自分はまだ調理師でも何でもなく、ただの料理好きの派遣社員だ。

しかし、やると決めたからには責任を持ってやり遂げるつもりだし、何としてでも食べる事に喜びを感じられるようになってもらいたいと思う。

麗美が心の中で慎一郎に同情している間に、彼は再びタブレットを手に取って画面を眺めている。

「白鳥麗美――とてもいい名前だね」

「ありがとうございます。……でも、やはり私には、ちょっと重荷かなって……。『白鳥麗美』って聞くと、たいていの人は綺麗なお嬢さまを想像しますよね？　だけど、実際はこんな感じで。はじめての人に会う時とか、妙に期待されて勝手にガッカリされたりするんですよ。失礼しちゃいますよね」

麗美は、軽く笑い声を上げながら慎一郎を見た。

てっきり彼も笑っているかと思いきや、思いがけず眉間に縦皺を寄せて難しい表情を浮かべている。

「確かに、それは失礼だな。名は体を表すと言うが、その逆もしかりだ。僕が思うに、君の名前はとても君に似合ってるよ」

慎一郎が、そう言って微笑みを浮かべた。そんな風に言ってくれた人は、彼がはじめてだ。

「ありがとうございます」

麗美は心底嬉しくなり、慎一郎に礼を言った。

その後もコーヒーを飲みながら、食後の会話を楽しんだ。その合間に、彼の好き嫌いの有無を聞き、持っていたスマートフォンのメモアプリに書き留める。

そうこうしている間に、余分にもらったランチタイムが終わる時間が近づいてきた。

麗美は手早くテーブルの上を片付けると、ソファから腰を上げる。同時に慎一郎も立ち上がり、麗美に先んじて入口のほうに歩いていく。

「では、今度こそ失礼します。美味しいランチをありがとうございました」

麗美は入口の手前で立ち止まり、今一度慎一郎に礼を言った。

「どういたしまして。じゃあ、明日からよろしく頼むよ」

慎一郎が、そう言いながらドアを開けてくれた。

「はい、では明日。屋上で」

「ああ、屋上で」

廊下に出てドアのほうを振り返ると、慎一郎が唇に人差し指を当てて微笑みを浮かべている。

そうだ——自分と彼がかかわっているのは、秘密だった。

麗美は無言のまま、こっくりと頷く。

そして、まるで人目を忍ぶ忍者のごとく誰もいない廊下の端を通り抜け、非常ドアを開けて一階まで階段を駆け下りていくのだった。


その日、麗美は仕事が終わったあとに、幼馴染であり親友の広瀬奈々《ひろせなな》と待ち合わせをしていた。

幼稚園の時に知り合った奈々とは、高校まで学校が一緒だった。すでに結婚して優しい旦那さまと、しあわせな家庭を築いている彼女とは、ほぼ毎日ＳＮＳで連絡を取り合っている。

今日も仕事を終えて着替えをしている時に連絡をもらい、その流れで一時間ほど会おうという事になったのだ。

場所は、二人が通った高校からすぐのコーヒーショップ。

いつも節約を心がけている麗美だが、奈々と会う時は少しだけ財布の紐を緩めてもいい事にしている。

(今日はいろいろとあったなぁ)

奈々を待ちながら、麗美は昼間の出来事を頭の中に思い浮かべる。

社長室を出て受付に戻ってしばらく経ったのち、一階のフロアでカードキーを渡してくれた清掃員を見かけた。

麗美は頃合いを見計らって声をかけ、彼に屋上の使用を社長に知られた事実と、特に咎められなかった事を報告した。

『そうか、それはよかった』

古参の清掃員である彼は、どうやら歴代の社長とは顔見知りのようで、麗美が引き続き屋上を使えると知って喜んでくれた。ビルの清掃員は何人かいるようだが、彼は週に一度の割合で一階フロアに姿を見せる。

（そうだ。今度、お礼を兼ねて、あのおじさんに何か差し入れを持っていこうかな）

麗美がそう思いついた時、やって来た奈々が肩をポンと叩いてきた。

「おまたせ。はい、これ。沖縄《おきなわ》のお土産」

先日、家族旅行で沖縄に行った奈々は、前の席に座るなり持参した紅芋のお菓子を手渡してくれた。

「ありがとう。これ、美味しいんだよね～」

麗美は、もらった菓子箱をトートバッグにしまい、ホットコーヒーを一口飲む。そして、ふと昼間社長室で飲んだコーヒーの事を思い出した。社内では秘密だが、信頼できる親友になら話してもいいだろう。

そう思った麗美は、何の気なしにランチタイムにあった出来事について話し始める。

「そういえば、今日の昼に屋上でお弁当を食べてたら『綿谷』の社長が来たの。いろいろあって、明日から社長にお弁当を作っていくことになったんだよね」

言い終わり、持っていたコーヒーカップを皿の上に戻した。

『へえ、そうなんだ』――てっきり、そんな感じの返事が返ってくると思っていたのに、それを聞いた奈々が目を剝いて麗美のほうに身を乗り出してきた。

「ちょっ……今なんて言った？　社長のお弁当を作る？」

「うん、そうだけど――」

「何それ！　ちょっと、その『いろいろあって』って部分を詳しく聞かせなさいよ！」

勢い込んで訊ねられ、麗美は一連の出来事を奈々に話した。その間に、彼女はスマートフォンで慎一郎の画像検索をして目を丸くする。話し終わると、奈々が零れんばかりの笑みを浮かべながら、麗美の手をギュッと握ってきた。

「麗美、すごいじゃない！　まるでドラマみたい！　きっと、これから恋が始まるよ！」

「は？　こ……恋っ？」

思いがけない言葉を聞かされ、麗美はポカンと口を開けて奈々の顔を見る。

「そう、恋だよ、恋！　麗美、頑張って社長のハートを射止めなさいよ。ぜったいに逃がしちゃダメだからね！」

奈々に握った手をブンブンと振られ、麗美は呆気に取られながら、されるがままになっている。

（恋？　私が社長と恋？）

そんなの、万が一にもありえない。

麗美は思わずプッと噴き出し、奈々の手を握り返した。

「ないない！　もう、奈々ったら、冗談もほどほどにしてよ～」

いくら何でも、ありえなさすぎる。

けれど、奈々はすっかり妄想モードに入っているみたいだ。

「ううん、冗談なんかじゃないよ！　麗美、男って、なんだかんだ言って料理上手の女に弱いのよ。始めはそうじゃなくても、胃袋を摑まれていくうちに、だんだんと気持ちが盛り上がっていくもんなの。ハッと気がついた時には、もう麗美の事を離したくないと思っちゃうのよ」

「へ？　ないよ！　ぜったいにないって！　だって、画像見たでしょ？　あんなイケメン社長とチヨイポチャの私が恋とか、ありえないよ」

麗美は自分の脇腹の肉を指先で摘まんだ。

「なくはない！　綿谷社長、高級な料理に飽きたって言ったんでしょ？　だったら、同じように周りにわんさかいる美人にも飽きてる可能性大だよ。ああ……ワクワクする！　麗美にようやく彼氏ができるんだね……。もう、この際だから一気に玉の輿に乗っちゃいなさいよ」

奈々が、今一度麗美の手を強く握った。

それまで笑っていた麗美だったが、奈々の真剣な表情を見て頰を引きつらせる。

「奈々……もしかして、本気で言ってるの？」

「もちろん、本気だよ。私、この恋を全力で応援する！　昔から思ってたの。麗美には、ぜったいにしあわせになってほしいって。だって、あんたってこんなにいい子なんだもの。しあわせにならなきゃ、この世に神さまはいないって事になる」

「そ、そんな大袈裟な……」

「大袈裟じゃないよ。麗美は小さい時から、人一倍優しくて思いやりがある子だった。中学の時、私がクラスの女子からいじめられている時も一人だけ盾になって庇ってくれたし、高校の時もそう。麗美がいなかったら、私、どうなっていたかわかんないよ」

幼い時から明るくて美人だった奈々は、小学生の時から男子にモテていた。中学に入ると、それをやっかむリーダー的な女子が現れ、奈々はある時をきっかけにいじめの対象になってしまったのだ。

「麗美は、ただでさえいろいろあって苦労してるよね。なのに、いつも頑張って努力して、弱音ひとつ吐かない。私は、麗美の事を尊敬してるし、本当にしあわせにならなきゃいけない子だと思ってるの」

奈々がそう言い切ったあと、にっこりと微笑みを浮かべた。

「だって、よく考えてみてよ。普通、こんな出会いないよ？　綿谷社長っていい人そうだし、きっとこれは運命だと思う。ね、麗美。あんたは綿谷社長の事、どう思うの？」

「ど……どう思うって……派遣先の社長であり、お弁当づくりを依頼してくれた雇い主？」

麗美が言うと、奈々が呆れたような顔をして眉を吊り上げる。

「そりゃそうだけど、そうじゃなくて男性としてどう思うのかって聞いてるの」

「だ、男性……として？」

「そう。麗美は今まで誰とも付き合った事がないけど、そろそろ恋愛経験ゼロから脱却しないと。

いずれは結婚して家庭を築きたいと思ってるんでしょ？　だったら、いい加減ツルツルの恋愛脳を鍛えておかないと、いざという時使い物にならないよ。っていうか、今まさに恋愛脳を使う時だよ！」

「ツルツルの恋愛脳って――」

奈々が言ったおかしな言い回しをきっかけに、二人同時に笑い声を上げた。

ひどい言われようだが、事実だから反論のしようがない。実際、麗美はまだ一度も男性と付き合ったことがなく、恋愛に関しては経験値ゼロだ。

当然ながら、初体験はおろかキスすらした事がなかった。

二十六歳にもなって、どうかと思うけれど、夢を追いかけている今は男性にも恋愛にもこれっぽっちも興味が湧かないのだから仕方がない。

麗美がそう言うと、奈々は頷きながらニヤリと笑った。

「だけど、今回ばかりはトキメキを感じたんじゃない？　だって、麗美が自分から男性の話をするなんて今までなかったじゃない。それに、綿谷社長の事を話してる時の麗美の顔、すごく嬉しそうだったよ」

頬を指先で突かれ、麗美は目をパチクリさせた。

「そ、それは、副収入が得られるから……別に綿谷社長自身を意識してるわけじゃないし」

「本当にぃ？　あ、ほら。今だって顔が赤いよ？」

「奈々が、からかうからでしょ！　私、本当に綿谷社長の事なんか、何とも思ってないから！」

「まあ、そうムキにならなくても。恋の始まりって、突然やってくるんだよね。今は綿谷社長の事をなんとも思わなくても、いつの間にか綿谷社長の事を考えるだけで胸がドキドキするようになるの。それが、恋愛脳のスイッチが入った合図――」

奈々が自分の胸に手を当てて、うっとりとした表情を浮かべる。

「よくわかるわ～。私とダーリンの時もそうだったもの。彼を想うと顔が火照って、自然と頬が緩んでしあわせな気分になる――そうなれば、さすがの麗美もこれが恋なんだってわかるはずだよ。恋愛に関しては、私のほうが経験豊富なんだから、とりあえず私の勘を信じなさいって」

彼女は自分の事を「恋愛マスター」と称し、ニコニコ顔で麗美の肩をバンと叩いてきた。

自信たっぷりの奈々に圧倒され、麗美は仕方なく頷いておく。

「何にせよ、よかったわよ。明日のランチデート、楽しみだね！」

「デ、デート……って……もう、奈々ったらいい加減にしてっ！」

奈々と会うと、いつも学生の頃に戻った気分になる。あっという間に時間が経ち、もう帰らなければならない時間になった。席を立ち、店を出て二人並んで歩き始める。

「さてと……今日は奈々と会えたから気分いいし、ちょっと張り切ってロールキャベツでも作ろうかな。あとは、カボチャがあったから、それでパパッとグラタン作って……あとは、簡単にトマトサラダでいいよね」

「ねえ、あの家では、あいかわらず家事はぜんぶ麗美の担当なの？」

麗美が今夜の献立を考えていると、奈々が渋い顔をして口を挟んできた。幼少の頃からの親友である彼女は、麗美の身の上を常に気にかけてくれているのだ。

「まあね。でも、別に平気だよ。掃除は割と得意だし、食事の用意だって、将来調理師になるための修行だと思えば、ちっとも苦にならないから。それに、あの家にはおばあちゃんとの思い出がいっぱい詰まってるし、そもそも置いてもらってるだけでもありがたいんだもの」

麗美が小学校四年生の時、かねてから不仲だった父母が別れた。話し合いの末に母親は家を出て行き、麗美は父親の和樹《かずき》と二人きりの生活を余儀なくされる。

麗美は、その頃から料理をするようになり、いつしか母親よりも多くのレパートリーを作れるようになっていた。しかし、不幸にも麗美が中学二年生の時に和樹が病死。その後は、当時叔父一家と同居していた祖母の淑子《としこ》に引き取られ、彼女の庇護のもと学校に通った。

だが、今から八年前に淑子が病死してから、状況が一変。

淑子名義だった自宅は叔父の智樹のものになった。その上、和樹が生前智樹に借金をしており、淑子がそれを肩代わりしていた事まで発覚したのだ。

『麗美をどうするの？』

『どうするって、まだ高校生だし、放り出すわけにはいかないだろう』

『まったく、厄介な居候を抱え込んだものだわ』

ある時、叔父夫婦がそんなふうに話しているのを聞いてしまった。

『いいわ。こうなったら、家事はぜんぶ、あの子に丸投げさせてもらうから』

叔母の志乃がそう宣言したとおり、ほどなくして家事はすべて麗美が担当する事になった。しかし、その代わりに当面は家賃も生活費も入れなくていいし、高校卒業までに必要な学費は叔父が負担すると言ってくれた。淑子の死後、それまで以上の恐妻家になった智樹だが、それだけは自分の役目だと言って譲らなかったのだ。

　高校卒業後は就職をして、毎月の生活費に父親の借金返済額を上乗せした、八万円を叔父一家に渡すようになった。

　そんな居候生活は、決して楽なものではない。だが、遠回しに嫌味を言われたり、家では空気のように存在を消して暮らしたりするのも、慣れっこになっている。

　奈々は、こき使われていると言って憤慨してくれるが、叔父夫婦が見捨てずにいてくれたからこそ、路頭に迷わずにこれまで無事に生きてこられたのだ。

「まるでシンデレラみたいだよね。だけど、素敵な王子さまも現れた事だし、麗美のしあわせはこれからだよ。何か困ったことがあったら、すぐに言うんだよ。私は、なにがあっても麗美の味方だし、麗美がしあわせになるために精一杯後押しする覚悟だからね！」

　奈々が力強く、拳を握る。

　慎一郎との事はともかく、これほど無条件にしあわせを願ってくれる親友がいるのは、本当に嬉しいいし心強い。

「ありがとう。こんな私でも、しあわせになれるかな？」

「ぜったいになれる！　だから、頑張って社長の胃袋を摑むんだよ！　進展があったらすぐに報告してね。待ってるよ～！」

　ひらひらと手を振る奈々と駅構内で別れ、電車に乗るためにホームに向かった。

（それにしても奈々ったら、根っからの恋愛脳の持ち主なんだから）

麗美は心の中で苦笑して、やってきた電車に乗り込んだ。人の流れに乗って車両の中ほどまで行き、吊り革に摑まる。

窓に映る外の景色を眺めながら、麗美は明日のお弁当のメニューを考え始めた。昼間聞いたところによると、慎一郎はインゲン豆だけではなく、野菜全般があまり好きではないらしい。

（だけど、今日は美味しく食べてくれたし……。工夫次第かな？）

反対に、好きなものは？　と訊ねたら「特にない」と言われた。

さらに詳しく話を聞くうちに、もともと「食」に関する興味が薄すぎる事がわかった。

だから、特に食べたいものもなく、食欲もないままサプリメントや完全栄養食をとって平然としていられるのだ。

（私なら、ごはんを食べないなんて、ぜったいに無理。力が出ないし、頭も身体もおかしくなる。どうにか頑張って、社長に食事をする楽しさを知ってもらいたいな）

まずは、何から食べてもらったらいいだろう？

幸い、いつも行く駅前のスーパーマーケットは品数が豊富で、安くて新鮮なものから高級でなかなか手に入りにくい食材まで揃っている。

昼間、社長室に行った時に、当面の買い物用にと多すぎるほどの前金を渡されていた。それだけあれば、いろいろと買い求めてかなりリッチで手の込んだ料理を作る事ができる。

しかし、慎一郎は高級な料理に飽きている様子だ。それならば、やはり今日喜んで食べてくれたような庶民的なおかずを作るべきだろう。

(とりあえず、定番のメニューから攻めてみようかな?)

あれこれと考えているうちに、頭の中に昼間見た慎一郎の笑顔が浮かんできた。

(社長、美味しいって言ってくれたし、本当に嬉しそうな顔で食べてくれたなぁ)

電車がトンネルに入り、見えていた風景が窓ガラスに映る自分の顔に変わる。

麗美は、それを見て目を丸くした。

目に映った自分の顔は、ニコニコの笑顔だ。辺りを見回すと、数人の乗客が麗美のほうを見て怪訝な表情を浮かべている。

(わっ……ヤバッ……)

麗美は、あわてて口を一文字にして表情を硬くする。

いったい、何をそんなににやける事があるのか——そう自分を諌めるも、今度は耳の奥でさっき聞いた奈々の言葉が蘇ってきた。

『綿谷社長の事を話してる時の麗美の顔、すごく嬉しそうだったよ』

『明日のランチデート、楽しみだね!』

(べっ……別に嬉しくなんかないし! それに、デートじゃなくて、ただお弁当を渡すだけだからね!)

いくら日常的にシンデレラのような扱いを受けていても、童話の世界のように、都合よく王子さまなんか現れるわけがない。

吊り革をギュッと握りしめると、麗美はにわかにざわめき始めた自分の心を鎮めようとした。

しかし、窓ガラスに映る顔は、明らかに不自然だ。

心なしか胸がドキドキするし、だんだんと顔が火照ってきた。

（何っ？　どうしちゃったのよ、私——）

今の自分は、あたかも奈々が言うところの、恋愛脳のスイッチが入ったみたいで……。

（ま、まさか、そんな事あるわけないでしょ！）

麗美は、あらぬ方向に進みそうになる思考にストップをかける。けれど、鼓動はますます激しくなる一方だ。

『とにかく、私の勘を信じなさい』

奈々の言葉が、どこからともなく聞こえてきた。そして、呪文のように頭の中を駆け巡り始める。

このままでは、いけない。

麗美は奈々の呪文から逃れようと、思いつくままに料理の名前でしりとりを始めた。

しりとりは、麗美が心を落ち着かせようとする時に必要なルーティンのひとつだ。

（杏仁豆腐……フォンダンショコラ……ラ……ラ……ラタトゥイユ……ユ……湯豆腐……ふぐ刺し、しめ鯖、馬刺し、シシカバブ——）

テンポよくしりとりをするうちに、どうにか気持ちが落ち着いてきた。

降車駅に到着し、麗美はそそくさと電車から降りて、ホームを歩き始めた。

（落ち着いて、麗美。たぶん、奈々にあれこれ言われて、ちょっと動揺してるだけだから。居候住

まいの庶民は、どう転んでもシンデレラにはなれませんよ〜）

外の空気を深く吸い込み、意識的に頭の中をからっぽにする。すると、幾分気持ちが落ち着いてきた。

さっきドキドキしたのは、きっと耳慣れない言葉をいろいろと聞かされたせいだ。

そうに違いない。

麗美はそう決めつけると、いつもより早足でホームを歩き始めるのだった。


次の日の金曜日、麗美は午後零時半になると、二人分のお弁当を持って、屋上に向かった。

いつものように一階から非常階段を上りながら、ふと首を傾げる。

果たして慎一郎は本当に来るだろうか？

昨日は、つい調子よく引き受けてしまったが、普通に考えて大会社の社長の弁当を派遣社員が用意するなんてありえない話だ。そう思うと、階段を上る足がだんだんと遅くなる。

（まぁ、それでも仕方ないか。もし来なかったら、社長の分は持ち帰って晩ごはんにすればいいよね）

ご馳走に飽きた舌が、庶民の味を食べて、ちょっとしたカルチャーショックを受けた。しかし、一日経ってみれば、そんな些細な出来事など取るに足らないものだと思われても不思議ではない。

（人間って、たまにわけわかんない状況に陥ったりするもんね）

麗美は、昨日奈々と会ってからの自分を振り返り、恥ずかしそうに顔を歪めた。

もう二度と、馬鹿な考えに振り回されたりしない。

そんなことを思いながら階段を上り、ちょうど半ばまで辿り着いたところで、足を止める。

「は～、いつもながら、いい運動になるなぁ」

別にエレベーターを使用するなと言われているわけではないが、屋上を使っている事は内緒だし、ランチタイムは、ただでさえ混雑する。

（だけど、いっこうに痩せないいんだよねぇ……）

麗美は難しい顔をして首を傾げる。

人一倍食べるのは好きだけれど、食べる量は普通だ。決して摂取カロリーがオーバーしているわけでもないいし、今みたいにできる範囲で運動量を増やすよう心がけている。

それなのに、なぜか子供の頃からずっとチョイポチャ体型で、ミツバチのような腰の括れやくっきりと浮き出た鎖骨とは一生縁がないといった感じだ。

（せめて、もうちょっとだけ細くなれたら……）

麗美は自分のお腹周りを見て、小さくため息を吐く。

「綿谷」の制服は、白色のスタンダードなブラウスに、濃紺のジャケットと膝丈のボックススカートだ。色合い的に多少着痩せしてスマートに見えると喜んだのも束の間、支給されたジャストサイズの制服が若干きつかったのには、さすがに危機感を覚えた。

そんな事もあり、こうしてランチタイムになると、せっせと階段の上り下りに精を出しているのだ。

（あと、もう少し……頑張れ、麗美！）

自分を鼓舞し、ようやく最上階の踊り場に到着する。

麗美は非常口のドアを開け、屋上に出た。そして、空を仰ぎながら、ゆっくりと深呼吸をする。

「うーん、いい気持ち……あれっ？」

ふと前を見ると、敷地の真ん中には、昨日まではなかったはずのテーブルセットが置かれている。

四角いテーブルの周りを、輪っか型の椅子がぐるりと囲んでいるそのデザインは、シンプルでありながら重厚でスタイリッシュだ。

「何これ？　石？　セメント？　いつの間に運び込んだんだろう……」

もしかして、慎一郎がここでランチをするために、わざわざ設置したのだろうか？

麗美はテーブルの上にランチバッグを置くと、その周りをぐるりと回ってみた。ちょうどその時、入口のほうから声が聞こえてきた。

「やあ、いたね」

「あっ、社長、お疲れさまです！」

振り向きざまにかしこまり、ぺこりと頭を下げてあいさつをする。

「お疲れさま。今日は、ここでランチするのにちょうどいい気候だな」

慎一郎が機嫌よさそうな顔で近づいてきた。

うん、何度見ても安定のイケメンぶりだ。

けれど、彼はあくまでも会社のトップであり、自身の個人的な雇い主だ。

麗美は自分にそう言い聞かせ、顔にビジネススマイルを浮かべた。

「そうですね。社長、どうぞこちらへ」

麗美は慎一郎をテーブルに誘導し、その上に持参した弁当を広げた。

彼のために用意した真新しいランチボックスとマグボトルは、昨日駅前の雑貨屋で買い求めた。

それは二段重ねになっており、そのほかにスープ用の容器もついている。いずれも保温機能付きで、男性のお腹を満たすのにちょうどいい大きさだ。

その横に、お茶を入れたマグボトルと手を拭くためのウェットティッシュを置く。

「昨日は和風のおかずだったから、今日は洋風にしてみました。お口に合うといいんですが」

ランチボックスの上段には海苔を巻いたおにぎりが並んでおり、下段にはハンバーグやミニオムレツ、コンソメ味の野菜炒めなどが彩りよく詰められている。

「いい匂いだし、すごく美味しそうだ」

慎一郎が箸を持ち、弁当を眺めながらにっこりと微笑みを浮かべた。

「やっぱり君のお弁当は食欲をそそるな。こんなに食べるのが楽しみだと思ったのは、久しぶりだ。じゃあ、さっそくいただきます」

慎一郎が真っ先に口にしたハンバーグは、ケチャップ味のソースがかけてある。少々子供向けの味付けにしてみたが、どうやらそれは正解だったみたいだ。

「うまい！　これを食べると、ごはんがほしくなるね」

彼は右手で箸を持ちながら、左手でおにぎりを摑んだ。そのまま大口を開けてそれにかぶりつき、ゆっくりと咀嚼する。薄焼き卵に包まれたそれは、中にチキンライスが入っている。

咀嚼してすぐに目が三日月型になったのを見て、麗美はホッと胸を撫でおろした。

「いい味だな。チキンライスが、これほど美味しいとは思わなかった。ほら、君もお昼だろう？　一緒に食べよう」

慎一郎に促され、麗美はテーブルを挟んで彼の正面に腰を下ろした。

「はい、では、いただきます」

自分用に用意した弁当を広げ、一口お茶を飲む。いざ食べようとして何気なく前を見ると、慎一郎が首を伸ばして麗美のランチボックスを覗き込んでいる。

「僕のお弁当と中身が違ってるね」

「はい、これはいつもどおり、昨夜作った晩ごはんの残り物ですから」

むろん、例によって手つかずの残り物だが、さすがにそれを彼のランチボックスに詰めるわけにはいかなかった。

「それは何かな？」

慎一郎が指したのは、カボチャと高野豆腐の煮物をリメイクしたコロッケだ。

麗美が説明すると、彼は是非にと言ってそれを食べたがった。その代わりにとハンバーグを差し出され、それを受け取る。麗美は慎一郎の食欲が復活しつつあるのを見て、心から嬉しく思った。

「昨夜、家に帰り着いてから考えてみたんだが、こんなふうに外でお弁当を食べるのは中学校の頃に行った遠足以来だ」

「ありましたね、遠足。お弁当……懐かしいなぁ」

母親が家を出て行ったのは、麗美が小学校四年生の時だ。それ以来、遠足の弁当は父親が作ってくれるようになったが、見た目も味もイマイチだったのは今となっては懐かしい思い出だ。

「社長って、子供の頃はどんなお子さんだったんですか？」

「僕か？　僕は……そうだな……あまり覚えてないが、普通の子供だったよ。父は忙しい人だったけど、できる限り食事は家でとる人だった。僕も、その頃は食欲もあったし、ごく普通に食事もできていた。だけど、十五歳の時に母が亡くなって……。来てくれた家政婦さんは料理上手だったけど、作る料理はぜんぶレストランのコースメニューに出てくるようなものばかりだった」

彼が亡き父親のあとを継いで、四年前に現職に就いたのは知っている。

しかし、彼の母親まで亡くなっているとは知らなかった。慎一郎曰く、母親は四十歳になった年に、持病が悪化して帰らぬ人になったらしい。そして、その十七年後に、父親が突然仕事中に倒れ、そのまま回復する事なく逝ってしまったのだ、と。

「そうだったんですか……」

順風満帆に出世コースを歩んできたように見える慎一郎だが、プライベートではいろいろと苦労をしてきたのだろう。

「そういえば、君は親戚のご一家と暮らしているんだったね。ご両親は？」

「両親は、私が十歳の時に離婚しました。離婚後は父親に引き取られたんですが、その父も十二年前に病死してしまって……。母は、すでに再婚して新しい家庭を持っていたし、今住んでいる叔父一家と同居していた父方の祖母が、自分のところに来ればいいと言ってくれたんです。でも、祖母も八年前に他界してしまって――」

「ああ、そうだったのか」

慎一郎が、途端に表情を曇らせる。

なるべく明るい調子で話したつもりだったが、気がつけばいつの間にか彼の箸が止まっている。

「いろいろと大変だったんだな」

神妙な様子でそう言われ、麗美はにっこりと微笑みながら、腕に力こぶを作る真似をした。

「でも、住む家はあるし、ほら、このとおり元気に生きてます。食事だって、毎食もりもりと美味しく食べてますし」

「そうか。うん、君のお弁当は、本当に美味しいよ。どれもこれも、絶品だ」

慎一郎が、再び箸を動かしながらそう言ってくれた。その表情から、彼が本当にそう思ってくれているのがわかる。

「ありがとうございます。美味しいって言ってもらえるのって、すごく嬉しいものですね。作り甲斐があるし、また美味しいものを作ろうって思えます」

「毎日の食事は、君が作っているのか？」

「はい、そうです」

「これだけ美味しい料理を作れるんだから、普段から言われ慣れているんじゃないのか？」

慎一郎に問われて、麗美は小さく首を横に振った。

「祖母が生きていた頃は、まだみんなで食卓を囲んでいたので、そう言われることもありました。

でも、今は叔父一家もそれぞれが忙しくて、一緒にテーブルに着くのって、朝くらいのものなんです。私は朝も夜も、みんなより一足早く食べるので……」

麗美を除く叔父一家は、ぜんぶで三人。

叔父の智樹は、とある食品加工メーカーの部長職に就いており、彼の妻である志乃は婦人服や装飾品を取り扱うセレクトショップを経営している。一人娘の環奈《かんな》はモデルで、ファッション誌を中心に活動中だ。

「君だけ、いつも一人なのか？」

「はい。でも、そのほうがゆっくりできるし、気が楽でいいんですよ」

「だが、それだと、ご一家とすれ違いの生活になってしまわないか？」

「確かに話す機会は減りました。でも、何かあればキッチンのホワイトボードに書いてくれる事になっているので、特に問題はありません」

ホワイトボードには叔父一家の名前が三つ並んで書かれており、伝えたい事があればそこに書き込むようになっている。

「私も、その日の献立や料理の温め方を、余白に書いておいたりするんですよ。料理は作っても、温め直しや後片付けは、各自がやってくれているので」

「ふむ、余白にね……」

慎一郎が、何かしら察したように頷く。

「ちなみに、ほかに、担当している家事は？」

「掃除と洗濯を。一応、毎月決まった額は入れていますけど、家事は得意だし、長く置いてもらっている居候の身なので、それくらいはやらせてもらわないと」

麗美は、明るい顔で慎一郎に微笑みかけた。

「そうか……。働きながら、それだけの家事をこなすのは大変だろうに」

「でも、来年の三月には調理師の専門学校に行くので、叔父宅にお世話になるのも、今年度限りです」

「来年の春が、楽しみだな」

「はい、とても！　私、これまで一人暮らしをした事がないんですけど、寮はアパートのようになっているので、実質一人暮らしみたいなもののようです」

話しながら食べているうちに、弁当が二つとも空になる。すると、慎一郎が隠し持っていた買い物袋を取り出し、テーブルの上に載せた。

「デザートに、『ラカン堂』のシュークリームを買ってきた。もっとも、実際に買いに走ってくれたのは秘書の高橋くんだけどね」

慎一郎が箱を開けた。中には、こぶし大のシュークリームが二つ入っている。

「うわぁ、『ラカン堂』のシュークリームって、今話題の大人気スイーツじゃないですか！」

スイーツ好きでもある麗美は、差し出されたシュークリームを見て目を輝かせた。

「甘いものは、好きか？」

「大好きです」

「そうか。じゃあ、遠慮なくどうぞ」

「はい、いただきます」

　麗美は大きな口を開けてシュークリームにかぶりついた。ふんわりとして香ばしいシューは、昔ながらのふわふわとした食感だ。中のクリームは、どっしりとして濃厚で、シンプルでありながら奥深い味がする。

「ん〜、カリカリのシューも美味しいですけど、やっぱり基本はふわふわですよね。クリームも絶品だし、たくさんの人が並んでまで食べたいと思うのもわかります」

「そんなに喜んでくれるなら、また折を見て人気のデザートを持参するよ」

　それを聞いて、麗美はつい頷きそうになった。しかし、余分なカロリーをとるとチョイポチャを通り越して、ポッチャリ体型になってしまいそうだ。

　麗美がそう言うと、慎一郎が朗らかな笑い声を上げた。けれど、麗美が微妙な顔をしているのを見て、すぐに真顔に戻り咳ばらいをする。

「いや、笑ったりして悪かった。決して、悪気があっての事じゃないんだ。君は、とても健康的だし、食べっぷりが素晴らしいし――」

　慎一郎が、ややあわてた様子で言い訳をする。

　その様子がおかしくて、麗美は下を向いてクスクスと笑い声を漏らした。

「わかってます。まだ知り合ったばかりですけど、社長がいい人だっていうのだけはわかりましたから」

　麗美はランチボックスを片付けながら、慎一郎のほうを見た。

彼の顔には、うっすらとした微笑みが浮かんでいる。

「そう？　僕はいい人かな？」

「そうだと思います。違うんですか？」

麗美が聞くと、慎一郎がふと考え込むような表情を浮かべた。

「さあ……そうでありたいとは思うが、社内では僕を敵視して失脚させようとしている社員は一定数いる。そういう人にとって、僕は敵であり悪い人だ」

「そんな……。でも、私は社長がいい人だって知ってるし、間違いなく味方ですよ。……なんて、派遣社員の私が味方しても、何の助けにもなりませんね」

「いや、そう言ってくれて嬉しいよ。こうして君と話してると、なんだか気持ちが和んでくるな」

慎一郎が、麗美を見てニコリと笑った。そして、シュークリームに手を伸ばし、麗美と同じくらい大きな口を開けてそれを齧る。だが、食べ慣れていないせいか、噛んだ途端に手の中のシューが破れ、中のクリームが横からはみ出してしまう。

「うわ！」

彼は、あわてて零れそうになったクリームを口に入れ、何とか事なきを得た。しかし、右の頬にクリームが少しだけくっついて残っている。

「社長、クリームがほっぺたについてますよ」

麗美は、慎一郎の顔についたクリームを見ながら、自分の左側の頬をつついた。

「ん？　ここか？」

慎一郎が麗美に倣って、左の頬を指で触る。彼の指は、なかなかクリームのところまで辿り着かない。

「いえ、左じゃなくて右です。そうそう……ああ、そっちじゃなくて、もう少し鼻に近いほう――」

もどかしくなった麗美は、身を乗り出して慎一郎のほうに手を伸ばした。そのままの勢いで彼の頬に触れそうになり、ハタと気がついて動きを止める。

「あ……わわっ……」

恋人同士じゃあるまいし、男性の頬についたクリームを指で取るなんて、ありえない。

麗美は浮いた腰をもとの位置に戻し、何事もなかったかのように愛想笑いを浮かべた。一方、慎一郎は、まだクリームの位置がわからず、見当違いの場所を触っている。

「どこだ？　悪いけど、取ってくれないかな？」

彼が、困り顔で右の頬を、麗美のほうに向けてきた。

今時、ドラマやマンガでもそんな場面に出くわすことはないのでは？

さすがに照れる！

しかし、頼まれたからには、取らないわけにはいかなかった。

麗美は、改めて慎一郎のほうに身を乗り出し、クリームがついている頬に右手を伸ばした。

「し、失礼します」

一応、断りを入れてから慎一郎の頬についたクリームを右手の人差し指で拭った。すると、ふいに彼の手が麗美の手首を摑み、クリームがついた指先をパクリと口に入れる。

「あ……」

蚊の鳴くような小さな声を上げると、麗美は大口を開けたまま絶句する。

指先を軽く吸われ、驚きのあまり頭の中が真っ白になった。

一瞬のうちに全身の血が身体中を駆け巡り、耳朶が燃えるように熱くなる。

「……なっ……」

手を引っ込めようにも、しっかりと手首を摑まれており、どうすることもできない。

身動きが取れないまま慎一郎の顔を見つめ、唇をギュッと嚙みしめる。

いったい何がどうなって、今の状態になっているのだろう？

麗美が固まったまま動けずにいると、慎一郎がゆっくりと正面を向き、視線を合わせてきた。

その顔は、さっきまでとはまるで違う。まっすぐに見つめ返してくる目はセクシーかつ魅惑的で、全身から男性的なオーラが溢れ出ている。

麗美が、ますます身体を強張らせていると、彼はあろうことか口の中の指を舌で舐め回し始めた。

慎一郎の顔に、意味ありげな表情が浮かぶ。

けれど、麗美には彼が何を言わんとしているのか理解できないし、そもそもなぜこんな事になっているのかすらもわからない。

耳の熱が顔中に広がり、いつの間にか胸が痛いほど高鳴っている。

頰がジンジンするほど熱くなり、息をするのもやっとだ。

麗美の脳内がパニックを起こしそうになった時、慎一郎がようやく手首を離し口の中から指先を解放してくれた。

「うん、このクリームはなかなかうまいな。そうじゃないか？」

慎一郎がそう言って、微笑みながら麗美に同意を求めてきた。

「え……？　は、はいっ……！」

麗美は大きく頷きながら返事をして、もとの位置に座り直した。

「確かに、うま……お、美味しいですね！」

冷静になろうとして、開けっ放しになっていた口を閉じて大きく息を吸い込む。しかし、胸の鼓動は一向に収まらず、落ち着こうとすればするほど、不自然な表情になってしまう。

鼻が膨らみ、鼻翼がピクピクと動いているのがわかる。

しまいには、慎一郎の顔を見ていられなくなり、麗美はあらぬ方向に視線を泳がせて、引きつった笑い声を上げた。

胸の痛みが倍増し、それにキュッと引きつるような甘酸っぱさが加わる。

（なに……この感じ……）

まったくもって理解不能な状況に陥り、麗美はいよいよ居たたまれない気分になった。

「わっ……私、もうそろそろ行かないと……」

これ以上ここにいると、ますます挙動不審になってしまいそうだ。

麗美は素早くテーブルの上を片付けると、荷物を持って勢いよく椅子から立ち上がった。

「シュークリーム、ごちそうさまでした。すごく美味しかったです。では、また明日！」

早口でそう言って、慎一郎に向かって一礼する。そして、彼の顔を見ないままドアのほうに向き直ると、大急ぎで屋上の入口に向かって駆け出していくのだった。

◇◇◇

慎一郎の自宅は、都内の閑静な住宅街にある。

およそ百八十坪の土地面積に建つ百坪強の一軒家は、傾斜地に建っており、建物は立地を活かした三層構造だ。

吹き抜けの中庭は、シンボルツリーを植えた箱庭になっており、７ＬＤＫの各部屋は用途に応じて和と洋に分けられている。

近くには大きな公園があり、治安も環境も申し分ない。

以前は会社近くのタワーマンションの上階に住んでいたが、いい加減そこから見る景色にも飽きてしまった。どんなに素晴らしい景観であっても、毎日目にしていれば、いつか新鮮味がなくなる。

立地はよかったが、地上に下りるのに思っていたよりも少し時間がかかりすぎるのも気になっていた。

そこで、今から三年前、不動産業を営んでいる友達に相談し、今住んでいる場所の土地を買い、一軒家を建てた。

建物のデザインは、現在国内外で活躍している著名な建築家に依頼し、内装や庭の造園は自身が懇意にしている空間デザイナーに一任した。

置かれている家具は、家具職人のもとに赴き、時間をかけて作り上げてもらったこだわりの逸品だ。それらの費用はすべて自身が取得した株式の取引で得た利益でカバーできたし、ここに至るまでにかかった家賃や引っ越しなどの諸費用も、ぜんぶ自分が負担してきた。

それらを別にしても、今の時点で一生働かなくても暮らしていけるだけの金額は蓄えてある。

大会社の御曹司なのだから、何もせずにただ財産を受け継いでいるだけだと思われがちだが、それは違う。

ほかはどうか知らないが、少なくとも自分の場合はそうだった。

慎一郎は広々としたリビングのソファに座り、昔、父親に言われた言葉を思い出す。

『「金持ちのボンボン」と言われたくなければ、苦労して十分な社会経験を積め』

それが綿谷家の本家を受け継ぐ者への教えであり、守らなければならない家訓だった。

実際、「綿谷」現会長である祖父の綿谷源吾《げんご》や亡き父の誠も、その家訓を守り、慎一郎自身もそれに倣い、学生時代は様々なアルバイトを経験した。

学費を出してもらえるのは高校までだったし、大学進学や、卒業後二年間アメリカに留学した時の費用もすべて自分持ちだ。

そのおかげもあり、割といい感じに社会性を身につけられたと思っているし、たまに見かける世間知らずのお坊ちゃま御曹司とは一線を画しているつもりだ。

幸い、仕事や人に恵まれて、忙しいながらも充実した学生生活を送る事ができた。

もともと、さほど金遣いが荒いわけでもなく、派手に遊び回るタイプでもなかった。それに加えて、ものに対してあまり執着心がなかったため、大学入学を機に贅沢な実家暮らしから、いきなり質素な寮生活になっても、さほど気にならなかったのだ。

そんな自分が、はじめて住まいに関して一定以上のこだわりを持ち、ついには土地を買い家を建てた。

以前は、自分がこんなふうに家に対する考えを変えるようになるとは、想像すらできなかった。けれど、今ではこの家を終の棲家だと思うようになったし、安らぎを感じ愛着を持って住み続けている。

(人間、変わる時が来れば変わるものなんだな。ふむ……だとしたら、女性に対しても考え方が変わったのか?)

慎一郎の執着心のなさは、人に対しても同じだった。

女性に関しては特に淡白で、自分から交際を申し込んだ事もなければ、特定の誰かを心に留めた経験もない。

もっとも、故意に恋愛を避けているわけではなかったから、アプローチされて何人かの女性と付き合った事はある。しかし、結局は相手に対して特別な感情を抱くことはなかったし、積極的に肉欲を感じた覚えもなかった。

「好き」とか「愛してる」と言われた事はあっても、自分から言った事はない。

そんな白けた関係しか結べない事に耐えられなくなった歴代の彼女達は、漏れなく恨み言を言いながら去っていった。

親しい友達に言わせれば、自分は「恋愛に向かない」男であるらしい。

それについて異論はないし、女性と付き合うたびにその考えに確信を持っていった。

おそらく、自分は女性に対して熱い想いを抱かないまま一生を終えるのだろう――そう思っていたが、もしかするとそれが覆る時が来たのかもしれない。

慎一郎は、今日のランチタイムに起きた出来事について考えを巡らせる。

昨日会ったばかりの一派遣社員である、白鳥麗美。

彼女は、昨日突然「綿谷」社屋の屋上に自作の弁当を持って現れた。そして、そのおかず達は、とてつもなく吸引力のある匂いで、こちらの嗅覚を刺激してきたのだ。

慎一郎は、その匂いを嗅ぎ実物を見た途端、突如としてそれを食べたいという欲求に駆られた。

そして、いきなり胃袋が動き出すのを感じると同時に、十数年ぶりに腹の虫が「ぐぅ」と鳴ったのだ。

『よかったら食べますか？』

彼女がそう言ってくれた時は、心から嬉しく思った。

気がつけばニコニコ顔でインゲン豆を牛肉で巻いたものを咀嚼していた。その味は、どこか懐かしく、感動すら覚えるほど美味しかった。

嫌いだったはずのインゲン豆は、実に美味しい食材だったと気づかされ、飲み込むと同時に、ますます食欲を刺激されたのだ。

日頃食べ物に関心がない自分が、あれほどまでに食欲を感じたのは、いったいいつぶりだっただろうか……。

結局は勧められるままに弁当をすべて食べ尽くし、勢い余って彼女に弁当を作ってきてくれるよう正式な契約まで結んでしまった。

「自分らしくない……。実に、らしくないが……」

けれど、考え方が変わるのなら、自分らしさもそれに伴って変化する。

それならば「自分らしくない」と断じるのは間違いだ。

しかも、今回の変化に関しては家を建てた時には味わえなかった高揚感が伴っている。

(なんにしろ「食」に興味が出てきたのは幸いだ。これで、いくらか会食に行く億劫さが改善されるといいんだがな)

改めて思い返してみるに、子供の頃は割とよく食べたほうだったし、学生時代は今よりも遥かに食欲旺盛だったように思う。

けれど、社会人になり、それまで以上に忙しい日々を送るようになると、だんだんと食事にかける時間や労力が惜しくなった。

それ以前に、食に対して興味がなくなり、気がつけば手っ取り早く必要なカロリーが摂取できる完全栄養食をとるようになった。最近では空腹すら感じなくなり、食事という概念すら頭から抜け落ちていたような気がする。

それなのに、白鳥麗美に会い、彼女の弁当をひと口食べただけで、これまでの「食」に関する意識を根底から覆されるほどの衝撃を受けた。

そこまでの変化を及ぼした理由はなんだ？

一晩考えてみたが、明確な答えを出す事ができなかった。

結局は、住まいの時と同じで、突然食に関する考え方が変化する時が訪れたのだろうという結論に至った。

「いや、それはともかく――」

慎一郎はソファから立ち上がり、二階の書斎へと向かった。白壁にマホガニーの家具を揃えた部屋に入り、机の前に座るなりパソコンを立ち上げる。

会社の人事データを呼び出し、派遣社員のファイルを開けた。

「白鳥麗美……」

画面に表示された顔写真を見ながら、慎一郎はうっすらと目を細めた。

はじまりは、インゲン豆の牛肉巻きだった――いや、昨日まではそう思っていたが、今日の昼を境に、実はそうではなかった可能性が出てきた。

もしかすると、自分は肉巻き以前に、それを箸で摘まんで高々と掲げていた彼女自身に興味を引かれたのかもしれない。

少なくとも、そんなおかしなポーズをとっていた彼女を一目見るなり視線を奪われたのは事実だ。

その証拠に、ほんの数秒見ただけだったが、その時の彼女のうしろ姿は今も慎一郎の記憶にくっきりと刻まれている。

目にした時はスルーしてしまったが、今思い返してみれば、そのうしろ姿はどっしりとしており、見る者をホッとさせる安定感があった。だからこそ、そこに人がいるのを訝しく思いながらも、躊躇なく近づいてその実態を正しく把握しようとしたのではないかと思う。

（むろん、いずれも後付けだがな）

しかし、そう思わざるを得ないほど、昼間とった自分の行動は不可解で唐突だった。

いきなり彼女の手首を摑んだのは、昨日と同じだ。

しかし、今度は箸からおかずを食べたのではなく、クリームがついた彼女の指を口に入れた。

その上、クリームがなくなってからも執拗に指先を舐め回し、驚く彼女の顔から目が離せなくなるという状態に陥ってしまったのだ。

（いったいどうしたんだ？）

慎一郎は、冷静に自分の心の中を探り始める。

唐突な行動にも、何らかの理由があるはずだ。

彼女が言ったとおり、確かにシュークリームは美味しかった。だが、飛び出したクリームを追うほどではなかったし、あの時の自分を動かしていたのは、間違いなくクリームがついた白鳥麗美の指を舐めたいという抑えがたい衝動だ。

そして、その後に湧き起こった彼女に対する様々な感情は、今まで抱いた事がないものばかりだった。クリームがなくなったのちも彼女の指を舐め続けたのは、そうしたいと思った事を実行に移したまでだ。

目を剝く彼女を、したり顔で眺め、意図的にじっと見つめたのも、自身の明確な意思による行動だった。

今さらだが、彼女については、始めからどこかおかしかった。

どこが、と言われても困るのだが、なぜか彼女の驚いた顔が視覚をとおしてダイレクトに脳に刻まれた。

彼女は一般的な美人顔ではない。

しかし、いかにも親しみやすく明るい感じだし、性格のよさが顔に出ている典型的な例だ。

さほど大きくはないが瞳はつぶらで、やや幅広の鼻はつい微笑んでしまいそうなほど愛嬌がある。

とにかく、無条件で惹かれた。

ポカンと開いた口を見た時は、指で摘まんでひねってみたくなったたし、丸い輪郭をした顔を両手で挟み込んでみたいとすら思った。

彼女は、過去知り合ったどの女性よりも魅力的で、抜群の吸引力を持っている。

そんな白鳥麗美と、今日約束どおり屋上で待ち合わせをした。

ランチをし、そのあとのデザートタイムに彼女のクリーム付きの指を味わった。

その結果、おそらく彼女を死ぬほど驚かせてしまったのだと思う。

あの時の彼女は、トマトのように顔を赤くし、指を解放すると驚かされたリスのごとく屋上から逃げ出してしまった。

取り残された自分はといえば、そんな彼女のうしろ姿を目で追いながら、その腰に抱きつきたいという衝動に駆られていた。

しかも、抱きついて引き留めたあとは、彼女を無理矢理振り向かせて、開けっ放しの唇をキスで塞いでやりたいというふとどきな欲望まで抱いてしまったのだ。

「ふっ……さすがに我ながら驚いたな。だが、実に新鮮な感情だし、ものすごく興味深い衝動だ」

慎一郎は椅子の背もたれにもたれかかり、ゆっくりと目を閉じた。そして、昼間の出来事を改めて頭の中に思い浮かべてみる。

すると、面白いことに、その時の感情が胸の中にムクムクと広がり始めた。徐々に呼吸が深くなり、それに伴って身体中の血流がよくなっていくのがわかる。

口の中に白鳥麗美の柔らかな指の感触が蘇り、掌が彼女の手首の太さを思い出す。

気がつけば、ゆっくりだった呼吸が荒くなっており、あろうことか身体の中心が信じられないほど強張っている。

「……ははっ、面白い……。実に面白いな」

慎一郎は、そう呟き、声を上げて笑った。そして、コントロール不能の状態になった自己を鎮めるため、悠々と一階のシャワールームに向かうのだった。

第二章　シェアして食べたカニカマと万能ネギの玉子焼き

「何なの？　どうしてあんな事に……」

その日、自宅に帰り夕食の用意をしながら、麗美は小声で独り言を言う。

麗美にとってキッチンは神聖な場所だ。料理をするだけで心が解放され、癒される。

包丁を持つと自然と精神統一ができるし、食材に向かっている時だけはたいていの雑念は払拭できた。

しかし、今日ばかりは心がざわめいて仕方がない。

まさか、派遣先の社長と出会って二日目で、いきなりあんな事が起きるとは思わなかった。今思い出してみても、恥ずかしさに身が縮こまる思いだ。

（いきなり指を口の中に入れるとか……。なんで？　普通、ありえないよね？）

慎一郎の口に入れられた右手の人差し指が、今も熱く火照っているように感じる。

ややもすれば、彼の口の中の温度を思い出しそうになり、麗美はキャベツを切る手元から視線を逸らした。

一応、奈々に確認をしてみたが、やはりあれは恋人同士ではない男女がするにしては、明らかにるコメントだった。


親密すぎる行為であるらしい。

『出会って二日目で指先にキスとか、綿谷社長って結構グイグイ来るタイプなのね～』

奈々は、大いに喜んでそんな事を言っていたが、麗美にしてみればそれは完全に論点がずれているコメントだった。


(奈々ったら、あれはキスなんかじゃないのに！)

手元に視線を戻すと、麗美は再びキャベツを切り始める。

(キスじゃなくて、ただそこにクリームがついていたから舐めただけ！　つい、反射的に舐めちゃったっていうか、そんな感じで――って、やっぱり、恋人でもないのに人の指を舐めるなんて、ぜったいに普通じゃないよね？)

二十六年間生きてきて、まだ誰とも恋人関係になった事がない自分だ。情けない話だが、いったい何が正解で、何がそうじゃないのか、イマイチわからない。

もしかすると、彼にとってはさほど特別な出来事ではないのかも……。

「わっ……とと……」

包丁を握る手元が狂い、うっかり左の人差し指の爪を削ぎそうになった。

(ちょっと！　上の空で包丁を扱うのは止めなさい！)

麗美は自分を叱り飛ばし、今度こそキャベツの千切りに没頭する。

それが済むと、薄切りの豚肉をシソの葉と一緒にクルクルと巻き、ほどけないように爪楊枝を刺しておく。それを少量の水に小麦粉と卵を混ぜた液に浸し、パン粉をまぶしたあと、カラリと揚げて油を切る。

それに、作り置きしておいたレンコンのきんぴらと、ほうれん草を白味噌と胡麻で和えたものを添え、最後に豆腐と油揚げの味噌汁を準備した。

時計を見ると、あと少しで午後七時になるところだ。

ホワイトボードを見ると、叔父夫婦のところには何も書かれていない。いつもどおりであれば、叔父は午後九時頃。叔母は午後七時には帰ってくるだろう。一方、環奈のところには「雑誌撮影。帰宅時間・八時以降」と書かれている。

（雑誌撮影か……。たぶん、遅くなるんだろうな）

考え事をしていたせいで、今日はいつもより夕食の準備に手間取ってしまった。

急いでキッチンから出ないと、帰宅した叔母と出くわしてしまう。

別にそれでもかまわないが、できれば顔を合わさないほうがよかった。そうすれば気を使わなくて済むし、比較的心穏やかに一日を終わらせる事ができる。

ダイニングテーブルにでき上がった料理を置くと、麗美は洗い物に取りかかった。

（急げ急げ～。終わらせて、早く部屋でごはんをた・べ・よ・う～）

頭の中で節をつけてそう呟きながら、麗美は手早く皿や調理器具を洗っていく。しかし、あと少しで終わるという時に、玄関のドアが開く音が聞こえてきた。

（あ、帰ってきた）

その音を耳にした麗美の身体に、ピリリと緊張が走る。

叔父一家の誰が帰ってきてもそうだが、麗美は未だにこの瞬間に慣れない。泥棒とまでは言わないが、自分がまるで人の家に不当に留まっている侵入者であるような気がするのだ。

そんな状態だから、麗美は自宅で完全にくつろぐ事ができなかった。自室にいてもドアの外の音が気になるし、いつ用事を言いつけられないかと思い常に聞き耳を立てる癖がついてしまっている。

「ただいま」

最後の洗い物を終えた時、玄関のドアが開き、叔母の志乃と従姉の環奈の声が聞こえてきた。

(え？　二人一緒？)

おそらく、どこかで待ち合わせでもしたのだろう。廊下を歩く音が聞こえ、麗美がうしろを振り返るのと同じタイミングで、キッチンの入口に環奈が顔を出した。

「あら、いたの」

環奈が言い、僅かに眉根を寄せた。

「おかえりなさい。今日は撮影だったんでしょ？　お疲れさま。思ったより早かったね」

「まあね。私レベルになると、もう段取りもぜんぶわかってるから。それに、今日は雑賀龍太《さいがりゅうた》くんとの撮影だったんだもの。知ってるでしょ？　アイドルグループの龍太くん。彼、忙しいからスケジュールどおりに仕事が終わらないと大変だし――」

失敗した――余計な事を言ったばかりに、環奈のおしゃべりのスイッチが入ってしまった。

麗美は口元に微笑みを浮かべながら、愛想よく相槌を打つ。

「うん、知ってる。今大人気だもんね」

「そうなのよ〜。私が『大ファンです』って言ったら『今度ゆっくり食事でも行かない？』って言われちゃって。『ほんとですか？』って聞いたら『当たり前だろ。俺、環奈ちゃんの事、前からタイプだって思ってたんだよ』だって。私ったら、モテモテ〜！」

スタイルがよく目鼻立ちがはっきりとしている環奈は、化粧映えがする美人だ。

環奈が六歳の時、志乃がとある芸能事務所主催のモデルオーディションに応募した。かなりの倍率の中から準グランプリに選ばれた環奈は、それ以来ファッション雑誌を中心に活動中だ。

「ちょっと環奈、くれぐれもスキャンダルには気をつけてよ。間違っても、匂わせなんかしちゃダメだからね」

先に着替えを済ませてきた様子の志乃が、キッチンに入ってきた。

「もう、ママったら、それくらいわかってるわよっ」

環奈が口を尖らせ、志乃がやれやれといった表情を浮かべる。

麗美は二人の会話を邪魔しないよう、ギリギリ志乃の耳に入るくらいの声で「おかえりなさい」と言った。しかし、彼女はそれには特に反応せず、環奈の背中を肘で押した。

「もし何かあったら、すぐに言いなさいよ。菊川《きくかわ》社長に言ってもみ消してもらうから」

菊川とは、環奈が所属している芸能事務所の社長だ。彼女は志乃が経営しているセレクトショップに出入りしているようで、母娘の会話の中で割と頻繁に名前を聞く。

「了解〜。あぁ、お腹空いた。早くごはん食べようよ」

環奈が言い、志乃が「そうね」と頷く。

「料理、さっきでき上がったばかりだから、チンしなくても大丈夫だと思う」

麗美は「おやすみ」と言い残し、足早にキッチンを出て行く。麗美の言葉に対して、環奈はちょっとだけ頷き、志乃はいつもどおりの無反応だ。

(叔母さん、今夜はちょっと機嫌悪いな)

見た目が派手な志乃だが、性格もきついほうだ。彼女は自分よりも大人しい夫を尻に敷き、この家の実権を握っている。

自身の姑である淑子が生きている時は、麗美に対してもまだ普通に接してくれていた。しかし、淑子が亡くなったのをきっかけに、それまでも決して温かいとは言いがたかった麗美への態度を、一気に硬化させた。

身体的な嫌がらせをするわけではないが、まるで麗美がそこにいないかのように振る舞い、名前を呼んで話しかけない限りは、聞こえないふりをされる。

一方、叔父の智樹は事なかれ主義で、よほどの事がない限り妻に抗わず、もともと口数が少ない上に、困るとすぐにだんまりを決め込む。

環奈は比較的話に応じたり自分からも話しかけたりしてくれるが、たいていは自慢話をしたいからそうするだけで、それ以外は塩対応だ。

もっとも、麗美ももう慣れたもので、どんなに冷遇されてもそれをスルーするスキルを身につけていた。

自室に入り、ホッと一息つく。こんな状態も、来春には終わるのだから、あと少しの辛抱だ。

常に明るく前向きでいようと心がけている麗美だが、自宅でだけはできる限り目立たず、息を殺すように生きている。それがこの家で生活する上で、一番適正で波風が立たない生き方なのだ。

（さてと、私もごはんにしよう）

ドアを閉め、部屋の真ん中に置かれたちゃぶ台の前に座る。麗美が使わせてもらっている六帖の和室は、以前、淑子が使っていた部屋だ。

ちゃぶ台はもとより、置かれている渋茶色の和ダンスやガラス棚は、すべて淑子が愛用していたもので、どれもみな味わいがあった。

淑子が亡くなった時、志乃はこの部屋にある家具をすべて処分したがった。けれど、智樹と麗美の反対により、渋々それを断念したという経緯がある。

「いただきます」

麗美は、ガラス棚の上に飾ってある父親と祖母の写真に向かって手を合わせる。そして、じっくりと味わいながら一人きりの夕食を楽しんだあと、いつものようにガラス棚の戸を開けて、中に入っている古いノートを取り出した。

ページを繰ると、自然と笑顔になる。それは、かつて夫とともに「しらとり食堂」という名の定食屋を営んでいた淑子が書き溜めていたレシピノートだ。

調理師免許を持ち、美味しい料理を作る淑子は、麗美の自慢の祖母だった。

料理なら、和洋中なんでもござれだったが、特に和食が得意で、ノートに残されているレシピだけでも二百種類近くある。

それを日々見直してキッチンで試したり、たまに自己流にアレンジしたりするのが、この家における麗美の一番の楽しみだった。

（おばあちゃんの料理、もっと食べたかったな……。美味しくって、食べると心まで温かくなる料理ばかりだった。私も、いつかおばあちゃんみたいになれるかな？）

「しらとり食堂」は、淑子が同い年の夫と結婚して四年目に開いたお店だ。

彼も調理師の資格持ちで、夫婦は二人三脚で店を切り盛りしていた。

その後、夫が四十四歳で他界。それからは、たった一人で店を続け、腰を痛めて店を閉めるまでの四十一年間、美味しい料理を人々に提供していたのだ。

『四十年は続けたいねって、おじいさんと言ってたの。だから、これで本望よ』

そう言いながら、店の暖簾を下ろした祖母は、やはり少し寂しそうな顔をしていた。当時、麗美はまだ中学生で、何の力にもなれなかった。

麗美が調理師になろうと決めたのは、そんな経験もあってのことだ。

なんとなく、しんみりとした気分になり、麗美はぼんやりと宙を見つめて頬杖をつく。

調理師を目指している麗美は、将来を見据えて過去「しらとり食堂」と同じような定食屋でアルバイトをした事がある。客のほとんどが常連で、こぢんまりとしたアットホームな店だった。働いたのは、麗美が二十三歳になってからの二年間だ。

（そういえば、あの時の常連さん、今も元気にしてるかなぁ）

当時、麗美は店主の許可を得て「厚揚げの煮物」などの副菜を祖母直伝のレシピで作り、提供していた。

その味を気に入って絶賛してくれたのが、今ふと思い出した男性の常連客だ。彼は、来るたびに「厚揚げの煮物」を注文し、美味しそうに食べてくれた。

年齢は、亡き祖母よりも十歳くらい上だったろうか。しかし、ある日店主が家族ともども夜逃げをし、麗美はまたしても一夜にして職を失ってしまったのだ。

その結果、会うたびに親しく話したその人とは、それきりになってしまった。

今もたまに懐かしく思い出すが、ほかの常連客同様、きっともう二度と会うことはないだろう。

（おばあちゃんも、前に同じような事を言ってたっけ）

祖母がかつて「しらとり食堂」を営んでいた時、毎日のように来てくれる常連客が何人もいたらしい。「厚揚げの煮物」は、その人達の中でも定番中の定番だったようで、祖母は料理を通じて皆と交流し、親交を深めたと言っていた。

しかし、突然店を閉める事になってしまったせいで、ほとんどの常連客とはそれきりになってしまったと嘆いていた。

（おばあちゃん……会いたいな……）

麗美は、そう思いながら心の中で手を合わせた。

離婚を機に母親が去り、父と祖母が亡くなった今、麗美が小さい頃から親しくしている人と言えば親友の奈々だけだ。

もしかすると、自分は人とのかかわりが切れやすい星の下に生まれたのだろうか？

叔父一家にしても、もし同居していなかったら、とっくに縁が切れていただろうと思う。

(なぁんて、私ったら大袈裟だなぁ)

麗美は、いつになくセンチメンタルになっている自分を笑い飛ばした。

(きっと大丈夫！　奈々はこれからもずっと親友だし、私だって、いつかきっと素敵な男性と巡り合って、その人とともに一生しあわせに暮らすんだから——)

無理に自分を盛り立ててはみたものの、結局は空元気を出すだけに終わる。

童話の世界とは違い、みすぼらしいシンデレラのもとには魔法使いも王子さまも、やってきてはくれないのだ。

またしても気持ちが沈みそうになり、麗美は我知らずため息を吐いてレシピノートの縁を右の人差し指でなぞった。

その途端、また昼間の出来事を思い出してしまい、自然と顔が赤くなる。

(さ……さて、と！　月曜日は、どんなお弁当を持っていこうかな？)

麗美はレシピを見て、思い浮かんだ映像を消そうとした。しかし、そうすればするほど、頭の中が慎一郎の顔でいっぱいになる。しまいには、彼が指を舐めながら見つめてきた時の顔が、ノートの上にくっきりと映し出された。

「な、なんで？」

麗美は思わず声を上げ、急いで次のページを開こうとした。

「痛っ！」

持ち方が悪かったのか、ノートの端で指先が切れた。うっすらと血が滲み、指先に赤い線が浮かぶ。

「あ〜あ、もう……」

麗美は、腰を上げて絆創膏がある引き出しに向かいながら、無意識に傷ついた右手人差し指を口に入れた。口に含んだ直後、それが昼間、慎一郎が舐めたのと同じ指だと気づく。

「……んっ？　ぬぁああっ！」

これでは、間接キスだ！

麗美は仰け反るようにして指を口から引き離した。

もっとも、あれから何時間も経っているし、その間にあちこちを触り、複数回手を洗っている。けれど、二人の唇が同じところに触れたのは確かだし、一瞬、指先をとおして二人の唇が繋がったような気がしたのだ。

（そ、そんなわけないでしょ！　しっかりしてよ、麗美！）

そう自分に言い聞かせるものの、跳ね上がったままの心臓は容易には静まらない。

『きっと、これから恋が始まるよ！』

奈々に言われた言葉が、頭の中で繰り返し響く。

（まさか、本当にそうなの？　ううん、ぜったいに違う！）

だいたい、まだたったの二回しか会っていないのに、恋なんかできるわけがない。

（違うけど、どうしてこんなに心が落ち着かないの？　なんでこんなに社長の顔が思い浮かぶんだろう……）

自分の事ながら、いったい何が起きているのかわからない。

わかる事といったら、慎一郎が自分の料理を美味しそうに食べ、褒めてくれたという事実。美味しいと言ってくれた時の彼の顔は、まるで屈託のない子供のようだった。

それを見た自分は、彼にもっと美味しいものを食べてもらいたいと思い、弁当作りを引き受けたのだ。

（でも、それって恋じゃないよね？　誰だって、あんな食生活を送ってるって聞いたら、何とかしてあげたいと思うに決まってるし……そうじゃないの？）

結局のところ、やっぱりよくわからない。

そんな思いを抱えたまま、麗美は取り出した絆創膏を手に持ったまま、ヘナヘナとその場にへたり込むのだった。


週明けの月曜日、麗美は再び二人分の弁当を持って「綿谷」社屋の屋上に向かった。

今日は少し雨模様で、風もある。

春だから寒くはないが、屋上で弁当を広げるにふさわしくない天気だ。

ドアの周りにはひさしがあるから、麗美一人なら、いつもどおり持参した一人用のビニールシートをその下に敷いて食べればいい。

けれど、まさか社長を地べたに座らせるわけにはいかないし、かといって下から折り畳み椅子を持ってくるのも一苦労だ。

（お弁当は、社長室に持ち帰って食べてもらえばいいかな）

それはともかく、慎一郎と顔を合わせるのがものすごく気まずい。

指先の件もそうだが、あのあと逃げるように屋上を出てしまった。焦っていたとはいえ、失礼な奴だと思われたのではないだろうか？

（怒っていたらどうしよう……。やっぱり、事前にメッセージを送って謝罪しておけばよかった）

ＳＮＳのＩＤは交換済みだし、連絡を取ろうと思えばそうできた。

しかし、特別な用件があるわけでもないし、メッセージを送ろうにも、どんなふうに書けばいいのかわからなかったのだ。

それ以前に、あの日起きた出来事があまりに衝撃的すぎて、家事をする以外は、ほとんど何も手に着かないまま週末が終わってしまった。やったのは、ネット上に上がっている慎一郎についての情報を拾い集め、彼のインタビュー記事などをすべて閲覧した事だけだ。

それによると、彼は幼少の頃から、将来「綿谷」の社長になるための英才教育を施され、常にトップの成績を保ちながら都内の難関高校を卒業。その後、国内最高峰の大学に入学した。

在学中は、長期休暇を利用して国内外で社会福祉活動に携わり、卒業後はアメリカの大学院に進学。帰国後は、かねてからの予定どおり「綿谷」に入社。

当時低迷していた同社の利益率を一年で二倍にアップさせ、創業以来の最短コースで部長に昇格。

社長就任後は、抜群の経営手腕を発揮して各方面から注目を浴び、今や社内のみならず経済界でも、広く存在を知られる人物であるらしい。

「綿谷」で働くと決まった時、同社ホームページ上に掲載されている社長の略歴には目を通した。

しかし、まさかこれほどの人物だとは、今の今まで知らなかった。

総じて、綿谷慎一郎は、麗美が思っていた以上の名実ともにハイクラスな男性だったのだ。

会社の社長である以前に、人としても立派だし、素直に尊敬できる。

そんな慎一郎の人となりを知るにつれ、ますます彼の事が気になってきた。

いっそ、ろくでもない遊び人のお坊ちゃまだったら、これほど悩まずに済んだのに……。

結局、週が明けても慎一郎の面影は麗美の頭の中に残り続け、今現在も消えていない。

思い返してみても、これほど長く特定の男性が頭から離れない事などなかった。

雑誌を繰れば絆創膏を貼った指が目につくし、食べ物を口に運べば「間接キス」という言葉が思い浮かぶ。

いくら努力しても、頭の中から慎一郎の面影を消す事ができない。

思い余って奈々に電話をして事情を話すと、余計動揺するような事ばかり言われてしまった。

曰く——

『それ、恋だから』

話し終えた直後、一言目にそう言われた。

その後、いくらそうじゃないと反論しても、彼女は頑として聞き入れず『恋だ』の一点張りだった。

『とりあえず、前向きに行動しなさいよ！　アプローチされたら、逃げちゃダメ』

『いい人だし、気になってるんでしょ？　だったら、迷わずにぶつかりなさいよ。そうじゃなきゃ、せっかくの二十代がモノクロのまま終わっちゃうよ！』

言っている事はわかる。

けれど、いったい何をどうしたらいいのか……。

それに、今さらだが自分と慎一郎とでは、なにもかも違いすぎる。

生まれついた時から今に至るまでの生活環境は言うまでもないが、容姿の差が月とスッポンどころの話ではない。

スタイル抜群で顔面偏差値が限りなく百に近い彼と、チョイポチャ体型でおせじにも美人とは言えない自分との間に、恋が始まる可能性などあるはずがなかった。

しかし、奈々はなおも畳みかけてきた。

『チョイポチャが好きな男って、案外多いのよ』

『男って基本甘えん坊なの。余ったお肉に母性を感じたら最後、チョイポチャの沼にハマって出られなくなるらしいよ』

果ては、

『一度、寝てみたら？　一生に一度出会えるかどうかの男なんだし、押し倒すくらいの気持ちでぶつかればいいのよ』

『もう、自分が社長に恋をし始めてるってわかってるくせに』

などと言われ、頭がちょっとしたパニックを起こしそうになった。

しかし、そう言われた時、不覚にもストンと腑に落ちてしまった。

そうだ——実は、もうとっくにわかっていた。

はじめての事で、それを認めたくない気持ちが邪魔をしていたが、白鳥麗美・二十六歳は、人生においてはじめて男性に恋心を抱き、それを持て余して戸惑いまくっているのだ。

（いいわよ……認める。私は社長に恋をし始めてる……。でも、だからってチョイポチャの沼だのなんだのって……。奈々が言ってるのは憶測にすぎないし、一〇〇パーセントありえないから！）

いくら恋愛経験ゼロの自分でも、それくらいの判断はできる。

間違ってもバカな期待を持ってはいけない。

自分にそう言い聞かせ、どうにか心の乱れを整えようと努力する。

恋してしまったなら、もうそれはそれで仕方がない。

今後は、そんな自分を正しく理解し、気持ちを制御すべきだ——などと思う先から、弁当を持つ指先が熱く火照った。

（ちょっともう、麗美！　少しは落ち着いてよ！　そもそも、社長が今日、屋上に来てくれるかどうかもわからないのに）

四日前に会った時は、まさか自分がこんな気持ちになるとは思ってもみなかった。

なにせ、相手は身分差がありすぎる雲の上の人だし、想いは一方通行で終わるに決まっている。

金曜日の件は、きっと恋愛慣れした慎一郎が、ちょっとしたいたずら心を出しただけだろう。

それなのに、妙に意識しすぎて、おかしな事になってしまっている。

家事は得意だが、麗美は外見も性格も今ひとつ女らしくない。

可愛げもなければ、色気もない。あるのは、チョイポチャ体型の必需品、主に下半身に集中している〝お肉〟だ。

確かに、痩せすぎよりもポッチャリした女性を好む男性はいるだろう。

だが、相手は天下の「綿谷」社長・綿谷慎一郎だ。

そんな彼と自分の組み合わせなど凸凹もいいところだし、どう考えても釣り合いが取れない。

それに、きっと慎一郎の好みは、スレンダーで才色兼備のお嬢さまだ。

いくら頑張ったところで叶わない恋だし、仮にダイエットに成功しても、もともとの骨格は変わらないだろう。

麗美は高校生になるまで、ずっと水泳をやっていた。

そのおかげかどうかは知らないが、骨はしっかりしているし、腰もどっしりと安定している。

しかし、水泳をやめてからは、鍛えた筋肉は漏れなく脂肪になり、やや固太りだった体型はチョイポチャに変化した。

おまけに、胸もない。

ウエストは申し訳程度にくびれているだけ。

客観的に見ても、まったく魅力が感じられないし、この身体のどこに男性を惹きつける要素があるというのか……。

階段を上りながらそんなことを考えていると、だんだんと気が滅入ってきた。

（ダメダメ！　このままじゃ自己嫌悪に陥っちゃう）

麗美は階段を上る足を速め、雑念を振り払った。

そして、息を切らしながら、ようやく屋上まで辿り着く。踊り場で息を整え、恐る恐るドアを開けた。

すると、またしてもドアから見える風景が変わっている事に気づき、唖然とする。

先日設置されたばかりのテーブルと椅子の手前に見えているのは、透明でドーム型の建物だ。

よく見ると、中にはダークグレーの敷物が敷いてあり、その上に幅広のソファと横長のテーブルが置かれている。

「あ……あれは何？」

そう呟いた麗美の背後から、突然慎一郎の声が聞こえてきた。

「週明けの天気が悪そうだったから、急遽手配したんだ。なかなかいいだろう？」

「わっ！　しゃ、社長、いつの間に……」

「たった今。僕の部屋は、すぐ下の階だからね。さあ、さっそくあの中に入ろう」

慎一郎に誘われ、麗美はひさしの下を歩き、その先にあるドームの中に入った。彼はニコニコと微笑みを浮かべており、たいそう機嫌がよさそうだ。

（よかった……怒ってはいないみたい）

麗美は密かに安堵して微笑みを浮かべた。それを見た慎一郎が、白い歯を見せて笑う。

ああ、この笑顔だ――。

料理を褒めてくれた事もさることながら、今思えば彼の優しい微笑みが、麗美の心に小さな恋心を芽生えさせたのかもしれなかった。

麗美の頬が、ふにゃりと緩む。

しかし、今は彼に見惚れている場合ではない。

麗美は慎一郎から視線を外すと、ドームの中をぐるりと見回した。

「わぁ、広い！」

実際に入ってみると、外から見るよりもゆったりとした広さがある。形は違うが、おそらく麗美の自室と同じくらいだろうか。床面を除く全方向の視界がクリアだから、圧迫感もない。

「素敵です……。雨がドームを伝って、まるで大きなビニール傘の中に入ったみたい。でも、ビニールと違って、すごく硬そうですね」

「強化アクリル板でできているから、ヒョウが振っても大丈夫だ。紫外線カット加工もしてあるし、台風が来ても飛ばされないよう、しっかり固定してある」

慎一郎がソファに座り、麗美に向かって自分の左隣の座面をポンポンと叩いた。

麗美は小さくお辞儀をし、彼の隣に腰を下ろす。

「今日のお弁当のおかずは何かな？　朝からずっと楽しみにしていたんだ」

慎一郎がテーブルのほうに身を乗り出し、麗美に早く弁当を広げるよう催促する。

「今日は、中華風にしてみました。酢豚とシューマイに、いかのフリッターとミニ春巻き。こっちは、エビチリと中華風の野菜炒めです」

スープ用の容器には、ワカメスープを入れてきた。

麗美が慎一郎に箸を渡すと、彼は待ってましたとばかりに「いただきます」と言い、旺盛な食欲を見せて弁当を食べ始める。

「うん、うまい！　この酢豚、コクがあっていい味だね」

「はい、黒酢を使ってるので、味に深みがあるんです」

「このシューマイも、すごく美味しいな。甘みがあって、味がしっかりついてる」

「玉ネギをちょっと多めに入れてみました。やはり野菜はたくさんとっていただきたいので」

慎一郎が頷き、視線を麗美の弁当のほうに移してきた。

「そっちも美味しそうだね。それは？」

「カニカマと万能ネギの玉子焼きです」

「カニカマ？」

「カニ風味のかまぼこです。知りませんか？　主な原料はスケトウダラで、カニに似せた味付けがしてあるんですよ」

「へえ……彩りもいいし、美味しそうだな」

いかにもほしそうな顔をされて、麗美はつい小さな笑い声を漏らした。

「よかったら、ひとつ食べてみませんか？　今日使ったこのカニカマ、本物に劣らない味だって言われてるんですよ。スーパーで試食係をしてた方が、そう言ってました」

「じゃあ、ひとつもらおうかな」

慎一郎が玉子焼きに箸を伸ばし、一口でそれを食べる。

「うん……う〜ん……」

彼は頷きながら咀嚼し、飲み込んだあと眉間に皺を寄せながら、じっと目を閉じている。

もしかして、口に合わなかったのかも……。

麗美はにわかに不安になり、少し調子に乗りすぎたかと反省した。

そんな麗美の心配をよそに、慎一郎は目を開けるなり、いたく感心したような顔でにっこりする。

「まさに、本物に劣らない味だな。食感もいい。一緒に入ってるネギとのバランスがちょうどいいね」

「そうですか？　よかった……いくら高級な料理に飽いていても、さすがにカニカマは庶民の味すぎたかなって……」

「いや、そんな事はない。相談だが、今後は毎回二人のお弁当をシェアしながら食べないか？」

「え……それはかまいませんが、前も言いましたけど、こっちは前の日の残り物を使ったリメイク弁当です。いわば節約弁当だし、中には社長の口に合わないものもあるかと……。それに、私が社長用に作ったお弁当を食べる分、いただいた金額をお返しする必要が――」

「いや、これは僕がわがままで提案してるんだから、返す必要はない。それに、もう一度じっくり考えてみたんだが、やはりひと月十五万は少なすぎる」

「いえ、そんな事ありません！　それで十分すぎます」

「だが、それじゃあ僕の気が済まない。金額をアップしないなら、何らかの商品で渡すのはどうかな？　例えば、宝石とかバッグとか。ほしいものがあったら、何でも言ってくれ。すぐに用意するから」

慎一郎が、いくつか海外のブランド名を口にする。

しかし、麗美はハイブランドな服飾品に興味はなかった。

「私、ブランド物はほしくありません。いただいても使いこなせないし、そもそも私には似合いませんから――」

「そんな事はない。本当にいい品は、君のような人が持つべきものだ。よく物の価値を知らない若い人がいたずらにそれをほしがって買い求めたりするが、それはそれだ。本物は、やはりいいものだし、それなりに価値がある」

「はい、それはわかりますが……。とにかく、今は必要ありません」

話しながら食べ進め、ごちそうさまを言う。その後も、慎一郎は何とか麗美に報酬の追加要求を迫った。

もともと物欲がない麗美だ。

困り果てたあげく、それならば自分個人ではなく、受付嬢としての要望を聞いてもらうのはどうかと提案した。

「たとえば、どんな?」

慎一郎に聞かれ、麗美は日頃思っていた事を口にする。

「たとえば、会社の一階フロアに自販機コーナーと、ちょっとした休憩所を設けるとか……。今はこうしてここでお弁当を食べていますけど、前は一階の隅でコソコソ食べていたんです。それは別にしても、そんな場所があったら、来社したお客さまがそこでちょっとした用事をしたり、休憩したりできると思うんです。ここの周りはビルばかりで、駅前まで行かないと飲み物も買えませんし」

来客を一階フロアで対応するためのテーブルセットなら、いくつかある。

しかし、ただそれだけで、あとは観葉植物の鉢がいくつか置かれているのみ。

実際に、来社した外部の人が近くに自動販売機はないかと聞いてきたりするし、受付仲間達もそんな場所があればいいと言っていた。

上階に行けば自動販売機や社員食堂がある。しかし、一階受付がテリトリーの自分達はそこに行きにくいし、外部の人はそもそもその存在を知らないのだ。

「なるほど。そう言われてみれば、そうだな。わかった。すぐに対処しよう。楽しみに待っていてくれ」

「ありがとうございます！　みんな喜ぶと思います」

麗美は思わず小さく手を叩き、慎一郎に礼を言った。

「礼には及ばない。ほかにも要望や気がついた事があったら言ってくれ。今のように、僕では気づかない事がもっとあると思うし、社員には働きやすい環境で仕事に勤しんでもらいたいからね」

「わかりました。また見つけたら、お知らせします」

麗美は、慎一郎を見て頷いた。すると、彼は持っていた箸を置き、麗美のほうに身体ごと向き直った。

「君は、優秀だね。気配りがあるし、細かいところに目が行き届く人だ。君のような人がうちで働いてくれているのを、心から嬉しく思う」

慎一郎が、麗美の顔を正面からじっと見つめる。その顔が、だんだんと近づいてきた。

まさかの接近に、麗美は顔を引きつらせながら、少しずつ身体を仰け反らせていく。

「君には、少し言いたいことがある。いや、聞きたい事、かな？　失礼だと思ったら、そう言ってくれ。それに、無礼だと感じたなら、遠慮なく殴ってくれていい」

彼は、麗美の背中が当たっているソファの背もたれに左腕をかけた。

「な……殴るって……。いったい、何をおっしゃりたいんですか？」

ますます近づいてくる慎一郎の顔を前に、麗美はそれまで頑張って抑え込んでいた彼への恋心が、一気に膨らみ始めるのを感じた。

「君は、とても興味深い。たいていの女性は、僕を前にするとやたらと乙に澄ましたり、妙に媚びた態度をとったりする。中にはあからさまに誘惑してくる人もいれば、気を引こうとしてクールな自分を演じたりする人もいる。そういう人は、たいてい才色兼備で自分に絶対的な自信を持っている。まあ、中には容姿だけの人もいるがね」

「は……はあ、そうですか……」

仰け反った背中が、ソファの背もたれにぴったりとくっつく。

もう逃げ場がなくなり、麗美はなおも迫ってくる慎一郎の顔を見ながら、思いきり顎を引いた。

顎が二重になり、息をするのが苦しくなる。

すでに、お互いの鼻先は二十センチくらいしか離れていない。

麗美は、喉を詰まらせて、小さく咳ばらいをした。

「しゃ……社長……」

近すぎる距離に気づいたのか、慎一郎がようやく動きを止めた。

「それなのに、君は最初会った時から、まるで変わらない。僕を誰だと聞いてきた時も、社長だと知った時も、ただ素直な反応を見せただけだ。そうだったね？」

「そ……そう……だったと思います」

麗美は、やっとの事でそれだけ返事をした。

それはそうと、さっきからやたらと顔が熱い。頭から湯気が出そうだし、そのせいか目が潤んでくる。

「さっき言ったような女性は、揃いも揃ってスマートで自分磨きに余念がない。それは評価に値するが、ストイックすぎるのはどうかと思う。自分に自信があるのはいいが、それを人にも認めてもらおうと必死になるのは見ていて気持ちがいいものではないし、いきなり過剰なアプローチをかけられても、対応できない」

慎一郎が、右手を麗美の左側にある手すりの上に置いた。

そこに手を置かれたら、いよいよ麗美は今いる場所から動けなくなってしまう。

顔の熱が胸元まで下りていき、息も絶え絶えになる。

「あ、あ……あのっ……社長は、何がおっしゃりたいんでしょうか？」

麗美は必死の思いで、そう訊ねた。すると、慎一郎は少しの間、考え込むような表情を見せた。

「実は、僕にもよくわからないんだ。だが、君と会ってから、仕事以外の時に君の料理や君自身の事ばかり考えてしまう。またすぐにでも君の料理を食べたいと思ったり、君とこうして話したいと思ったり……。それに、君の指の味が忘れられないんだ」

「ゆ……指っ……？」

もはや上半身が茹でられたように熱くなり、頭がぼんやりしてきた。無意識に右手の人差し指を胸元まで持ち上げると、慎一郎がその手をやんわりと握ってくる。

「指、怪我してるね」

「か……紙で切ってしまって……」

切り傷は思ったよりも深かったようで、一度治りかけたのに炊事中に、傷口が開いてしまった。さっきまで絆創膏を貼っていたのだが、手を洗った時に外したままになっている。

「まだ痛む？」

「引っ張ると、少し……」

「ふぅん……それはいけないね」

慎一郎が、麗美の人差し指を顔の位置まで持ち上げ、傷口に視線を置く。そして、ちろりと舌を出して傷口を舐めた。

「あ……あの……」

麗美の戸惑いをよそに、慎一郎は金曜日の時と同様に指先に舌を絡めながら、じっと目を見つめてくる。

怪我をしている分、舐め方はソフトだ。だが、舌の動きは前よりもエロティックで、まるで全身を舐められているような感覚に陥ってしまう。

ものすごくヘンな感じだし、時折身体がビクリと痙攣する。指先やつま先など、ありとあらゆる先端がジィンと痺れてきた。

「はぁ……ふ……」

呼吸が乱れ、彼の顔を見る麗美の目が、だんだんと寄り目になっていった。

視界がブレて見るものがぜんぶ、ぼやけている。

どうにか焦点を合わせようと、麗美は一度目を閉じてからもう一度目蓋を上げようとした。

けれど、そうする前に何かが顔に触れ、そのまま息ができなくなった。

「んっ……ん、ん……」

どうやら、唇を何かで押さえられているようだが、なんだろう？

麗美は身じろぎをしようとしたが、なぜか身体が思うように動かない。

「んんっ……ん――」

せめて息だけでもしようと無理に唇を開くと、その途端温かくて柔らかいものが口の中に滑るように入ってきた。

驚いて閉じたままだった目を開くと、ほんの数センチ先に慎一郎の顔が見えた。

目が合い、じっと見つめられる。

近すぎて却ってわかり辛かったものの、ようやく自分が今どんな状況にいるのか理解した。

社長とキスをしている……！

なんで？　どうして⁉

混乱した麗美は、まるで溺れた子犬のように手足をばたつかせた。

だが、実際は両手がひらひらと動いた程度で、脚に至ってはローヒールのつま先がピクピクと動いただけ。

動こうにも、いつの間にか慎一郎にしっかりと身体を抱き寄せられており、そうできないのだ。

だんだんと身体が斜めになり、慎一郎に誘導されるがままに、ソファから下りて敷物の上に仰向けに倒れた。

身体への締め付けがなくなり、彼がゆったりと上から覆いかぶさってくる。ずっとキスをしたままだし、今は全身が熱くなり、まるでのぼせたみたいにすべてがぼんやりする。

瞬きをする間隔が長くなり、気がつけばまた目を閉じてキスを受け続けていた。

なぜか急に身体がフワフワと浮いているような感覚に陥り、麗美は咄嗟に手を前に出して腕に触れたものにしがみついた。

「あ……! ん……ん……」

背中を強く抱き寄せられ、唇の隙間から声が漏れる。

舌を絡めとられ、口の中をまんべんなく舐め尽くされた。

「可愛いな……」

唇が離れ、低い声でそう囁かれた。耳朶を食まれ、慎一郎の腕の中で身体がビクリと跳ね上がる。

「麗美……二人きりの時は、麗美、って呼んでいいかな?」

「ふ……ふぁ……ん、んっ……」

返事をする前に唇を合わせられ、音を立ててチュッと吸われた。それを何度か繰り返されたあと、身体をそっと抱き起こしてもらった。

時計を確認した慎一郎が、眉根を寄せる。

「もう一時十五分だ。そろそろ行かないと、会議に間に合わなくなる」

麗美が呆けたようになったまま慎一郎の顔を見つめていると、彼はにっこりと微笑んで頬にキスをしてきた。

「もっとキスをして先に進みたかったけど、残念ながら今日はここまでだ」

慎一郎が傍らに置いていた、ロゴ入りの保冷バッグを手に取る。

「デザートを用意していたんだが、もう時間がないから、仕事仲間と食べてくれ」

彼はバッグを麗美のすぐ横に置くと、再度唇を合わせてきた。

「殴らないでくれて、ありがとう。正直、拒否されるかと思って、戦々恐々としてた。僕を受け入れてくれて、本当に嬉しい……今度会った時が楽しみで仕方ないよ」

そんな言葉を口移しで言われ、心身ともに骨抜きにされてしまう。

「明日から、予定どおり出張に行かなきゃならない。だから、ここでまた会えるのは、月曜日になる。それまで、僕との事を忘れないように。じゃあ、また――」

「ん、むっ……」

話し終わると同時に強く抱き寄せられ、また唇にキスをされた。すぐに舌が歯列の間を通り抜け、口の中を我が物顔で動き回る。

そうされているうちに、口腔内のみならず、全身を内側から舐められているような感覚に陥ってしまう。

「しゃ……ちょ……」

このままでは、腰が抜ける——そう思い、必死になって顔を背け、声を出した。

「ああ、ごめん。つい」

慎一郎が唇を離し、ニッコリと笑う。

彼は名残惜しそうに身体を離し、麗美の顔を見て目を細めた。

「今度こそ行くよ。じゃあ」

「……は、はい。お、お疲れさまでした！」

去っていく慎一郎の背中を見送りながら、麗美はようやくハッと我に返った。

ほんの数秒前に起きた出来事は、麗美の理解を遥かに超えるものだ。

（いったい、なにがどうしてこうなったの！　それに「お疲れさまでした」って、なにがどうお疲れさまなのよ～！）

麗美は痛いほど両掌を握りしめると、空を仰ぎ声にならない叫び声を上げるのだった。


昼休憩を終えた麗美は、そそくさと片付けを済ませ屋上を出た。

非常階段を駆け下りながら、引き続き頭の中で叫び続ける。

（キスッ……キス、しちゃった！　社長と……キス……うわ……うわあああ！）

それ以前に、再度指を舐められて今まで感じた事のない感覚に陥ってしまった。

あれは、いったいなんだったのか……。

前回のように身体が熱くなっただけではなく、ありとあらゆる先端がジィンと痺れた。

指先やつま先はもとより、胸の先――それと、普段まったく意識しない脚の間にある小さな花芽の先まで痺れたのだ。

そんな経験は今までに一度もなかった。

（いったい何が起こったの？　私、なんであんなふうになったのよ？）

頭の中が混乱し、ややもすれば足がもつれそうになる。

ゆっくり下りたら、休憩終了の時間に間に合わない。けれど、このままでは確実に階段から転げ落ちて怪我をする。足を動かしながら、麗美はどうにか正気を取り戻そうと躍起になった。

（そうだ、こういう時こそ、しりとりだよね。えっと……カヌレ……レモンパイ……いちごパフェ、エクレア……あんこ玉……ま、ま、マロングラッセ……せ、せ、せんべい……い、石焼きいも――）

あえて「おやつ」限定にし、いつもよりハードルを高くして、精神の集中を図った。

（も……も……モンブラン！　あああ～！）

ちょうどロッカー室がある二階踊り場に下り立ったところで「ん」がついて、しりとりが終了する。時間を確認したのち、フロアに出て洗面所に向かった。冷水でザブザブと顔を洗い、頬を掌で数回叩いたあと、手早くメイク直しをする。

化粧映えがしないから、麗美は普段ごく薄くメイクをするのみだ。鏡を見て口をギュッと結ぶと、麗美は一階の受付カウンターに戻り、何食わぬ顔で同僚に笑いかけた。

「戻りました」

麗美が言うと、同僚の野田理沙が笑顔で迎えてくれた。

「おかえりなさい」

「おかえり。……なんだか顔が赤いけど、どうかしたの？」

そう聞いてきたのは、三人の中で一番古株の神田愛菜だ。

「え？　そ、そうですか？　ちょっと早足で歩いたからだと思います」

麗美は極力平静を装いながら席に着き、パソコンの画面を見て役員のスケジュールに変更がないかなどを確認する。

二人とも麗美とは別の派遣会社に登録しており、理沙は麗美よりも二歳年上でおっとりした癒し系美人、愛菜は三歳年上で受付の仕事は〝未来の夫をゲットするための手段〟だと言い切る自称崖っぷち予備軍の正統派美人だ。

女性が就きたい職種として、受付は常にランキングの上位に上がる大人気のポストだ。

華やかなイメージがある受付の仕事は、ただ座って笑顔で来客の対応をするだけの楽な仕事――そう思っている人がいるが、実際はかなりハードだ。

「受付は企業の顔」とも言われ、その対応によって企業イメージが左右されることもある。

派遣といえど相応の心構えが必要だし、そうでなければ受付に座ってはいけない。

各企業によって内容に違いはあるが「綿谷」では、来客と各部署の取次と案内、一階フロアでのお茶出しや、その他諸々の事務作業が主な仕事だ。

時間帯によっては来客が列をなす事もあり、そんな時はトイレにも行けない。

来客のみならず「綿谷」社員の中には、かなり癖のある人もいるし、中には受付嬢を軽んじた態度をとる人だっている。

セクハラまがいの発言をされても余裕ある微笑みでかわし、意味もなく睨みつけてくる常に機嫌の悪い社員をサラリとスルーする。

忙しい時間帯は、同時進行で複数の仕事をこなす必要があるし、指示を待たず一歩先んじた行動をとらなければ仕事が滞ってしまう。

以上により、麗美は個人的に受付の仕事は、一に臨機応変な対応力。二に体力とメンタルの強さだと思っている。

これについては、ほかの二人も同様で、愛菜に関していえば、もっと好条件の職場があればすぐにでも転職したいとこぼしていた。

「綿谷」の受付嬢になって二年目になる彼女曰く、声をかけてくるのは地位や容姿的にイマイチな男性ばかり。将来有望なエリートからのアプローチなど皆無らしい。

午後二時になり「綿谷」受付が一日で一番忙しい時間がやってきた。

もともと、ジャストな時間は多くのアポイントが入っているため、どの時間帯も相応に忙しい。

正面玄関から次々にやってくる来客の対応に追われ、社員からの問い合わせに的確な返答をする。

それらをこなしながら時間一杯働き、午後六時の退勤時刻を迎えた。

ロッカー室で着替えをしながら、麗美は愛菜達とちょっとしたおしゃべりの時間を楽しむ。

「今日は特に忙しかったですね」

「途中採用の説明会もあったもんね」

麗美が言い、理沙がそれに続く。

「あの中から、いったい何人が採用されるのかしらね？　だけど、残念ながら目につくほどかっこいい人はいなかったな」

愛菜がメイク直しをしながら、首をすくめた。

『綿谷』に入社を許されたら、それなりに優秀な人だとは思うけど、やっぱり外見も大事よね。だって、将来結婚するとなると、その人との間に子供ができるって事でしょ？」

愛菜にとって、容姿端麗である事は結婚相手に、ぜったいに必要な条件であるらしい。そんな彼女だが、仕事に対しては真面目だし、先輩として受付チームを的確にまとめてくれている。

「愛菜さんって面食いですもんね。歴代の彼氏もイケメンだったんですか？」

理沙に聞かれ、愛菜が頷く。

「当然。弁護士に医者にパイロット、会社の社長も何人かいたし、名の知れた俳優もいたなぁ。でも、どういうわけか長続きしないのよね。あ～あ……いい加減、結婚したい。年収は高ければ高いほどいいし、容姿も雄の最高峰クラスがベストね」

「たとえば、綿谷社長とか？」

「そうそう、綿谷社長なら文句ないわ。でも、さすがに手が届かないな」

愛菜が大袈裟にため息を吐く。

「それに、綿谷社長って、すごくクールでしょ？　特に女性に対してはそうだし、取り付く島がないって感じ。実際、めったに笑顔を見せないし、笑っても口元だけで目は笑ってないんですって。だから、陰で『鉄仮面』って呼ばれたりしてるみたいよ」

愛菜が言い、麗美は少なからず驚いて、目を瞬かせる。

「え？　そうなんですか？」

「うん。営業部の佐竹部長がそう言ってたし、ほかからも聞いたから、間違いないわよ」

「へえ……」

愛菜は結構な酒豪であり情報通で、何人かの部課長と恋愛抜きの飲み友達であるらしい。

彼女がそう言うのだから、社内での慎一郎のイメージはそうなのだろう。

だが、麗美が知っている彼は、最初こそそうではなかったが、常に笑顔でいるというイメージがある。間違っても「鉄仮面」なんてあだ名をつけられるような人ではないのだが……。

「ああ、白鳥ちゃんはまだ派遣されてから間もないから知らないよね。それに、社長は、めったに受付前をお通りにならないしね」

出社時はもとより、彼は外出する際も直接社長室から地下駐車場に向かうのだ。

「麗美ちゃん、もしかしてまだ綿谷社長と一度も顔を合わせる機会がないままなんじゃない？」

理沙が言うとおり、言われてみれば麗奈は仕事をする上では、まだ一度も慎一郎と会っていない。

「は、はい……そうだったかもです……ハハハ――」

麗美は乾いた笑い声を上げ、顔を強張らせた。

表向きは、そうだ。

しかし、ランチタイムでは親しく話し、こともあろうにキスをする仲になっているのだ。

「綿谷社長って、会長を始め親戚中から早く結婚するように言われてて、今までに百人以上の女性との見合い話が持ち上がったんですすって。しかも、その全員が才色兼備でハイクラスのお嬢さまだったそうよ」

「へ……へえ、そうなんですか」

「綿谷社長は、一族の直系の御曹司ですもんね。子供を作って後継者として育てる義務もあるし、由緒正しい血には、それにふさわしい花嫁を、ってわけね」

すでに結婚を約束した婚約者がいるという理沙が、のんびりとした声を上げた。

「でも、これまで誰一人としてお眼鏡に叶う人がいなかったそうよ。きっと特別に理想が高いのね。まあ、それだけご自身がハイスペックで超絶イケメンなんだもの。それも仕方ないかも」

「っていうか、もしかすると、もうとっくに本命彼女がいるのかもね」

「ああ、それあるかも～。御曹司も何かと大変ね～」

愛花達のおしゃべりは続く。麗美は、それに聞き耳を立てながら着替えを済ませ、一足先に帰途につく。

そんな話を聞いた日の夜、麗美は自室で寝る準備をしながら、ふと、いつになく気分が落ち込んでいる自分に気づいた。

慌ただしく帰宅して家事をこなしている間は、まだよかった。

けれど、用事を終えて一人きりになった今、頭の中に思い浮かぶのは慎一郎の顔だ。

(お見合いか……あれだけ大きな会社の社長だもの。それくらい当たり前よね)

見合いを重ねているのは、愛菜が言うように特別に理想が高いからだろう。しかし、そのうちきっと彼の心を射止める相手が現れるだろうし、そうでなくてもいつかは結婚して子をなす義務がある人だ。

そして、その相手は間違っても自分のような庶民ではない。どんなに親しくなったとしても、それは一時的なものでしかないのだ。

(やっぱり、そうだよね。あ～あ……せめて、私が名前負けしないくらいの美女だったら、よかったのに……)

麗美は我知らず深くため息を吐き、ハッとして掌で口を押さえた。

(……って、私ったら、何をガッカリしてるの？　私なんか、どう転んでも無理だってば！)

図らずも派遣先の社長の弁当を作る事になり、うっかり恋心を抱いてしまった。

思いがけずキスをされ、ついのぼせ上って落ち込んでいる自分が馬鹿みたいだ。

(あれだけのイケメンだよ？　キスくらいもう何千回もしてるだろうし、あんなのそのうちの一回に……ううん、一回じゃなくて……じゅ、十五回くらい？　って、回数はどうでもいいってば！)

それに、アメリカ留学の経験がある慎一郎だ。キスなんて、彼にとってはあいさつ程度のものなのだろう。

(きっとそうだよね。そうじゃなきゃ、変だもの)

とにかく、自分と慎一郎の間に、今以上の関係など望めない。すべてにおいて格差があり、そもそも住む世界が違いすぎる。

それなのに、慎一郎の見合い話を聞いて凹むとは図々しいにもほどがある。

なにはともあれ、現実を突きつけられて、浮かれていた心に冷水を浴びせられた感じだ。

ここへ来て、麗美は持ち前の前向きな性格を発揮して、一連の出来事をポジティブに捉えようとする。

(でも、よかったよね。これで冷静になれたんだから)

麗美は、どんよりと曇っていた表情を無理に笑顔に変え、大きく深呼吸をしてみた。

そうだ、これでよかった。

あれこれと予想だにしなかった出来事が起きたけれど、好きになった人に抱きしめられてキスをされたのだ。

これまで男性と付き合った経験はおろか、胸のトキメキを感じた事すらなかった自分が、ここ数日で女性として飛躍的な前進を遂げた。

しかも、相手は絵に描いたような白馬の王子さまだ。

彼のおかげで、淡々と続いていた毎日に明るい陽光が降り注ぎ、めくるめくひと時を味わった。

それは、あたかも魔法をかけられて舞踏会に行ったシンデレラになったような素敵な時間だった。

そして今、魔法がとけて現実の自分に戻った——ただ、それだけ。

童話の世界とは違い、ガラスの靴を持った王子さまはシンデレラを探しに来ない。

すべては夢であり、この恋がハッピーエンドを迎える事はないのだ。

（そう、ぜんぶ夢の中の出来事……。これから先、何があろうとぜったいにしあわせな未来には繋がらない……）

そこまで考えて、若干浮き上がりそうになった気持ちが、またしても沈んできた。

「ああ、もうっ！」

麗美は、ベッドの上にうつぶせになって倒れ込む。

ちょうどその時、枕元に置いてあったスマートフォンがブルブルと震え始めた。

かけてきたのは、奈々だ。

『もしもし？　私、麗美の恋の行方が気になっちゃって——』

電話を受けるなり、奈々が好奇心丸出しで、あれこれと質問を浴びせかけてくる。

正直、これから慎一郎とどう付き合っていけばいいのかわからない。

問われるままに彼との間に起きた出来事を話しながら、自分は今後どう慎一郎に接していけばいいか尋ねてみた。

『うわぁ、麗美、よかったね！　おめでとう！　あんな素敵な人がファーストキスの相手だなんて、これまで守り通した甲斐があったってもんだわ～』

奈々に大喜びされ、麗美は照れながら「ありがとう」と言った。

『その上で「今度会った時が楽しみで仕方ない」って言ってくれたのね！　ああ、私も楽しみで仕方ないわ〜！　いいわねぇ、超絶イケメン社長とめくるめく時を過ごすなんて……。いったいどこでベッドインするんだろうね？』

「はぁあ？　べ、ベッドインって！」

いきなり突拍子もない事を言われ、麗美は驚いて持っていたスマートフォンを落としそうになる。

そして、うっかり声を張り上げてしまい、あわてて口を閉じた。

麗美の自室は、キッチンを出てすぐの廊下の突き当りにある。そのため、キッチンに誰かいれば、話す声を聞かれてしまう恐れがあるのだ。

「ちょ、ちょっと奈々！　なんでそこまで話が飛ぶのよ！」

麗美は口の周りを掌で囲いながら、抑え気味の声を上げた。

『なんでって、キスの次は、ベッドインに決まってるじゃない。やっぱり、超高級ホテルのスイートルームかな？　それとも、綿谷社長のご自宅？　ねえ、麗美。綿谷社長に抱かれる準備はできてるんでしょうね？』

麗美の戸惑いをよそに、奈々はさらに突っ込んだ質問をしてきた。

「だ、抱かっ……奈々ったら、飛躍しすぎだって……それに、会うといってもデートじゃなくて、ただのランチだから。会うのは会社の屋上だし、万が一にもそんな事にはならない――」

『わかんないわよ〜。だって、屋上では二人きりなんでしょ？　誰も来る心配がないなら、青空の下で睦み合うっていうのも十分あり得るわよぉ。麗美、せめて下着だけは新しく買いなさいよ。間違っても、麗美が愛用してるオバサンパンツだけはダメだからね』

「オバサンパンツって……あれは、デザインはイマイチだけど、ポリエステル製だから伸縮性があってお腹まですっぽり隠れるし、丈夫で長持ちするんだよ」

「それはそうだろうけど、デート用の下着は機能性より見た目を重視しなきゃ。あと、一応こっちでも避妊具を用意しておいたほうがいいかも』

「ひっ、避妊具っ⁉」

さすが自称「恋愛マスター」は、言う事がぶっ飛んでいる。

結局、そのあともあれこれとアドバイスされ、週末に一緒にランジェリーを買いに行く約束までさせられてしまう。

ようやく電話を終えた麗美は、部屋の電気を消して布団の中で丸くなった。

(奈々ったら、ほんとしょうがないなぁ……。なんでランチタイム用に下着を用意しなきゃならないんだか……。でもまあ、そろそろ買い替えの時期だとは思ってたし、これまでどおりのオーソドックスなやつを買えばいいかな)

麗美が普段つけているランジェリーは、上下とも特価品で色もデザインもシンプルなものばかりだ。

(だけど、もう少しくらいおしゃれな下着にしてみるのもいいかも……。って、別に社長を意識してるわけじゃないからね！)

身の程知らずの恋だと、ついさっき自分を諫めたばかりだ。

いずれにせよ過度な期待は禁物だ。

麗美は、もうこれ以上慎一郎に本気で恋をしないようにと、自分にきつく言い聞かせるのだった。


その週の土曜日、麗美は約束どおり午後から奈々と一緒にショッピングに出掛け、予定どおり新しいランジェリーを買った。帰りにおしゃれな多国籍料理店で夕食を済ませて、ついさっき帰宅したばかりだ。

時刻は午後七時過ぎ。

今日はめずらしく叔父一家が全員午前中から出かけており、夜も遅い帰宅だから夕食の用意はいらないと言われている。

(そういえば、叔父さん達が家族全員で出かけるなんて、珍しいな)

表向きには何の問題もないように見える叔父一家だが、その実、夫婦仲はあまりいいとは言えなかった。別に大きな喧嘩をするわけではないものの、叔父の智樹は妻の志乃に対して常に気を使いながら暮らしている。

娘の環奈は、どちらかと言えば母親と仲が良く、智樹は土日も自宅にはいない事がほとんどだ。おそらく、志乃との接触を避けるためだと思われるが、一応一家の大黒柱なのだから、もう少し堂々としていればいいのにと思わないでもないのだが……。

「ただいま〜」

その夜三人が帰ってきた時には、もう午後十時を回っていた。

麗美はすでに風呂を済ませて自室に入っていたが、その後ほどなくしてキッチンにいるらしい志乃から呼び出しを食らった。

「麗美～、ちょっとキッチンまで来てくれる～？」

「はぁい！」

麗美は、即座に声に反応して返事をした。

いったい、こんな時間に何事だろう？

まったくもって悪い予感しかしない。それを裏付けるように、キッチンで待っていたのは、ダイニングテーブルを囲む叔父一家だった。キッチンに入るなり、それぞれがいっせいに麗美を見る。

それからすぐに智樹が目を逸らし、彼の隣に座る志乃が最初に口を開いた。

「夜遅くに悪いわね。麗美、実はあんたに言わなきゃいけない事があるのよ」

母親の前に座る環奈が、片方の眉尻を上げて口元に薄っすらとした笑みを浮かべる。

「なんですか？」

これまで、何かしらよくない事が起こる前振りとして、この席に座らされた。

今度は、どんな事を言われるのだろう？

どうせ悪い話なら、もったいぶらずに早く言ってもらいたい。

智樹のほうを窺うも、彼はこれから聞く話には、一切かかわりたくないとでも言うように頑なに目を逸らしている。

「私の甥っ子が大学進学を機に、田舎から上京してきたのは知ってるでしょ？　その子が、ひどいホームシックにかかっちゃってね。要は、一人暮らしが寂しくなったってわけ。それで、今日本人と話したんだけど、甥っ子をうちに下宿させてあげる事にしたのよ」

そこまで聞いて、麗美はいち早く事態を察知した。

麗美の表情が硬くなったのを見た志乃が、途端に両方の眉尻を下げる。

「でも、うちにはもう空いている部屋がないし、だからといって大切な甥っ子をこれ以上一人ぼっちにはしておけないでしょう？　方法としては、今使っている部屋のひとつを明け渡すしかないのよねぇ」

口調は、いつもよりだいぶ柔らかい。つまり、志乃が話す甥っ子の下宿話は、もうすでに決定事項だという事だ。

「わかりました。私が使っている部屋を、今後は甥っ子さんが使うって事ですね」

麗美がそう言うと、俯いたままの智樹が僅かに身じろぎをした。

「あら、わかってくれる？　麗美ももうここに居候するようになってから十三年目だもんねぇ。もう二十六歳にもなるんだし、貯金もたっぷり貯まってる頃よね？　この家を出る、いいきっかけになったんじゃない？」

「えっ……？　い、家を出るって――」

居候である以上、部屋を明け渡すのは仕方がないと思った。だが、まさか家からも追い出そうとしているとは思ってもみなかった。

麗美が驚いて言いよどむと、環奈がさも退屈だと言わんばかりに、ぐるりと首を回す。

「だって、まさかリビングやキッチンで寝るわけにはいかないでしょ？　物置部屋はあるけど、あそこは、パパが集めたガラクタでいっぱいだし」

環奈が、ちらりと智樹のほうを見た。骨董品集めが趣味の彼は、妻子に嫌がられながらも細々と壷や皿などを買い集めては家に持ち込んでいるのだ。

「お父さんが、あの部屋にあるものをぜんぶ処分してくれるなら話は別だけど、どうしても捨てられないって言うんだもの。ねえ、お父さん？」

突然話を振られた智樹が、いっそう俯いて肩を窄ませる。

「って事で、ちょっと急だけど今月中には引っ越しをしてちょうだいね。家具はぜんぶもともと家にあったものだし、荷物もさほど多くないから大丈夫でしょ」

志乃が事もなげにそう言って、話を終わらせようとする。

「ちょっと待ってください！　いきなりそんな事を言われても、引っ越し先なんてそう簡単には見つかりません。それに――」

「それに、なぁに？　だって、麗美はもともと来春には、この家を出るつもりなんでしょ？　あんたが調理師の専門学校に行こうとしてるの、ちゃあんと知ってるわよ。どうせ出て行くんだし、それが少しくらい早まっても問題ないわよねぇ？」

あえて話題にする事はなかったが、麗美の部屋には調理学校のパンフレットなどが置いてある。鍵がついていない部屋には誰でも出入りが可能だし、別に隠しているわけでもなかった。

「それに、あんた、彼氏がいるんでしょ？　電話で避妊具がどうとか言ってたそうね。それほど親しい間柄なら、その人のところへ転がり込むのもいいんじゃない？　まったく、最近の若い子は、婚前交渉が当たり前なのねぇ」

志乃が呆れたように口をへの字に曲げ、環奈が忍び笑いを漏らした。

おそらく、奈々と電話をしていた時の声を二人のいずれかが聞いていたのだろう。あの時、つい大声を出してしまった自分を恨めしく思ったが、時すでに遅し、だ。

「あ……あれは違うんです！　そ、その――」

「とにかく、今月中に片付けちゃってね。さ、もう遅いから、さっさとお風呂を済まさないと」

麗美の言葉を遮って席を立つと、志乃と環奈がキッチンを出て行く。そのあとを終始無言だった智樹が追い、麗美だけが一人取り残された。

（今月中って……もうあと半月しかないじゃない……）

よくない話だと覚悟はしていたが、まさか家を出て行けと言われるとは……。

さすがの麗美も、こればっかりは前向きに捉える事ができない。

引っ越しをするとなると相応の費用が掛かるし、ここを出れば家賃はもちろん、電気代などの支払いも発生する。

麗美は、がっくりと項垂れたまま席を立つと、使い慣れたキッチンをぐるりと見回した。

（おばあちゃん……私、いよいよこの家ともお別れしなきゃならなくなったよ……）

引っ越しは決定事項であり、麗美がどうあがいても覆る可能性はゼロだ。

ここは、潔く諦めて出て行くよりほかはない。そう決断を下すと、麗美は自室に向かってトボトボと廊下を歩き始めるのだった。

第三章　ちくわの磯部あげは、外せない

週明けの月曜日、麗美はいつものようにランチタイムに屋上に向かった。

階段を上る足がやけに重いのは、昨日一日中家探しをしたのに、良い結果が得られなかったからにほかならない。

話を聞いた奈々は大いに憤慨して、来春学校の寮に入るまで自分達夫婦と同居すればいいと言ってくれた。

しかし、さすがにそこまで甘えるわけにはいかず、かといってすぐにでも入居できる格安物件などそう簡単には見つからない。ウィークリーマンションに入居しようにも割高になるし、こうなったら、今の派遣先を辞めて住み込みの仕事でも見つけるしかないだろう。

考えながら階段を上り続け、ようやく屋上に到着する。

ドアを開けて外に出ると、明るい陽光がまぶしくて一瞬目がくらんだ。

瞬きをして前を見ると、ちょうどこちらを向いた慎一郎と目が合う。

「やあ、来たね。待ってたよ」

大股で近づいてくる慎一郎は、顔に優しい微笑みを浮かべている。

ホッと気持ちが和むと同時に、持っているランチバッグごと腕の中に、ゆったりと抱き込まれた。

「会いたかった。麗美が恋しかったし、麗美の料理が食べたくて仕方なかったよ」

「しゃ……社長――」

家の事で頭を悩ませていたせいで、週末は慎一郎との関係については考える暇がなかった。

そのせいで、すっかり油断していた麗美は、そのまま彼の腕の中で棒立ちになる。

「なかなか連絡できなくて悪かったね。分単位で動いていたから、落ち着いてメッセージする事もできなかった」

慎一郎が腰を屈め、横から覗き込むようにして視線を合わせてきた。その瞳に取り込まれてしまいそうになり、麗美はとっさに下を向いてかぶりを振る。

「い、いえっ、十分連絡はいただいてました」

事実、彼は出張中も二日に一度は麗美にメッセージを送ってくれていた。それに対して、麗美もきちんと返信しており、一昨日の午前中には、今日持参する弁当の中身についてやりとりした。

「今日はデザートのお土産もあるよ。さっそくランチにしよう」

ようやく腕を解かれ、テーブルセットのほうにエスコートされる。先に椅子に腰かけるよう誘導され、すぐ右側に慎一郎が座った。

麗美がランチボックスをテーブルの上に並べ終えると、慎一郎がすぐに箸を持って「いただきます」を言う。

そして、まっさきにちくわの磯部あげを箸で摘まみ、一口口に入れてにっこりする。

「リクエストしたちくわの磯部あげ、やっぱりこれは外せないな。う～ん、うまい……。久しぶりに、本当に美味しい食べ物を食べた気がするよ」

今日の弁当には、白身魚のフライやシュウマイなど、慎一郎が食べたいと知らせてきたものばかり入っている。

もともと外食が得意じゃない彼の事だ。きっと出張中は完全栄養食を持ち歩いていたに違いない。聞けば、案の定そうだと言う。

「やっぱり」

彼は誰かがきちんと管理してあげなければ、すぐに食生活が乱れがちになる人だ。

何とかしてあげたいと思うも、自分の立場ではランチを用意する以外どうすることもできない。

麗美は、改めて慎一郎の顔を正面から見つめた。しかし、身長差があるせいで、どうしても下から見上げる格好になる。すると、彼は若干前かがみになって、目線の高さを合わせてくれた。

思わず頬が赤くなるのを感じながら、麗美は慎一郎の顔を左右から見直してみた。

「社長、少し痩せたんじゃありませんか？　それに、顔色もあまりよくないような気が――」

そこまで言った時、慎一郎がふいに麗美の左手を取って自分の右の頬に押し付けてきた。突然親密な態度をとられ、麗美はたじろいで息を呑んだ。

「そうかもしれないな」

「ダメですよ、ちゃんと食べて十分な睡眠をとらないと」

麗美がそう言うと、慎一郎が頷きながら、やや難しい顔をする。

「どうかしましたか？」

「うん……実はね……」

慎一郎が声を潜め、麗美の目をじっと見つめてきた。

「今から話すのは、最高機密事項だ。麗美だけに話すんだが、ぜったいに誰にも言わないと約束できるかな？」

握ってくる指先が、手の甲をなぞる。それだけでも胸がドキドキするのに、彼は顔の位置をほんの少し右にずらし、麗美の掌にそっと唇を触れさせてきた。

「は……はい、もちろん、誰にも言いません」

麗美は神妙な面持ちで、唇をギュッと結んだ。

「よろしい。……実は、僕は寝具メーカーの社長なのに、眠るのがあまり得意ではないんだ。ベッドで横になっても、だいたい一時間くらいは眠れなくて起きているし、眠ってもほぼ毎晩途中で目が覚める。熟睡なんて無縁だし、しかもこれが物心ついた頃から続いているんだ」

「えっ……そんな前からですか？」

慎一郎が頷き、長いため息を吐く。

「いい加減もう慣れたけどね。自宅以外の場所で眠る時は、特に眠りが浅い。今回の出張では、いつも以上にそう感じた。たぶん、麗美に会えず、料理も口にできなかったせいで、余計そうなったんじゃないかと思うんだけど、どうかな？」

「ど……どうって……」

「この間は、いきなりキスなんかして、すまなかった。驚かせたのなら、謝る。だけど、決していい加減な気持ちでしたんじゃない。それは、わかってくれるね？」

目をじっと見つめられ、反射的に「はい」と返事をする。

「じゃあ、先週の金曜日、別れ際に僕が言った事を覚えてるかな？」

顔をグッと近づけられ、仰け反った拍子に顎が上を向いた。左手で腰を抱かれ、お互いの太ももがぴったりとくっつく。

『もっとキスをして先に進みたかったけど、残念ながら今日はここまでだ』

『今度会った時が楽しみで仕方ないよ』

彼がそう言った時の表情が、慎一郎の顔に浮かんでいる。

「お……覚えてます……」

頬を真っ赤にして返事をする一方で、麗美の頭の中で、もう一人の自分が警鐘を鳴らし始める。

（麗美！　社長との未来はない——この事を忘れないで！）

わかっている。

しかし、こうして実際に慎一郎と顔を合わせ、触れられている今、またしても報われない恋心が大きく膨らみ始めていた。

（馬鹿なの？　夢見るシンデレラなんて、似合わないよ！　目を覚まして！　今すぐに社長から離れなさい！　今すぐに！）

麗美は自分自身にそう言い聞かせた。けれど、結局はそうできないまま、慎一郎の腕の中にすっぽりと抱き込まれてしまう。

「麗美……」

「しゃ……しゃちょ……んっ……ん、ん……」

戸惑う唇を舌で割られ、いきなりはげしいキスが始まる。すぐに身体中が熱くなり、同時にブルブルと震えだした。

背中に回っていた慎一郎の右手が、麗美の頬をそっと包み込む。指先で耳のうしろを撫でられ、身体が敏感に反応する。

「ぁんっ！　ふぁ……」

今まで一度も出した事のないような甘い声が零れ、麗美は我ながら驚いて目を大きく見開いた。

慎一郎と目が合い、恥ずかしさのあまり、半ば強引に顔を背けキスを終わらせる。

その直後、彼の唇が麗美の首筋に触れた。

「麗美、今のはすごく可愛い声だったな」

そう言われると同時に、そっとそこに口づけられ、ねっとりと舌を這わされる。首筋にキスをするリップ音が繰り返し聞こえ、彼の唇が徐々に制服の胸元に向かって下り始めた。

「あっ……あ……」

ブラウスの襟元を指で引き下げられ、そこに音を立ててキスをされる。

慎一郎の指が、ブラウスの中に入り、デコルテをそっとくすぐってきた。

「ひっ……あ……しゃ、しゃちょ……ま、待ってください！」

麗美は上体をひねって、なんとか彼の腕の中から逃れようとした。しかし、麗美の腰を抱く慎一郎の腕はびくともしない。

「待つって、なにをどんなふうに待つんだ？」

そう話す彼の指が、ブラウスのボタンにかかった。

これ以上、先に進む前に、言うべきことを言ってしまわなければ――

「あ……あのっ！　私、社長に言わなければならない事があるんです。実は、ここの派遣を辞めてどこか別の働き口を見つけなければいけなくなりました」

ボタンにかかる指が止まり、慎一郎が麗美の首元から顔を上げた。

「なんだって？　ここを辞める？」

麗美を見る彼の顔に、はっきりとした困惑の色が浮かんだ。

それを見てチクリと心が痛んだが、たった一人で生き抜いていくためには、そうする以外に、方法が見当たらなかった。

「だから、もう社長のお弁当を作る事ができなくなります。約束して早々、本当に申し訳ありません。事前にお預かりしているお金は、今日ここでお返し――」

「ダメだ」

麗美が話すのを遮るように、慎一郎が声を上げた。決して大きな声ではないし、むしろいつもより低く落ち着いた声だ。だが、その口調には有無を言わさぬ迫力があり、顔には容易に反論できないほど神妙な表情が浮かんでいる。

「え……でも――」

「悪いが、今の話は到底受け入れがたい。お弁当の件は、口約束とはいえ、申し込みと承諾の意思表示が合致した以上、正式な契約として成立している。今さら破棄する事はできない」

慎一郎がきっぱりとそう言い切り、麗美の顔をじっと見つめてくる。

「そもそも、ここを辞めるのはなぜだ？　理由を聞かせてもらえるかな？」

彼に問われ、麗美は事情を説明した。

「なるほど、そうか……。それなら、いい解決策がある。今から言う僕の提案を受け入れてくれたら、麗美はここを辞めずに済むし、しかも新しく住むところだけじゃなく、お弁当とは別に副収入まで得られる」

慎一郎が、にっこりと微笑んで麗美の左手を強く握ってきた。

今の話を聞く限り、それは信じられないほどの好条件だ。そうできれば、少なくともすぐに彼とのかかわりをなくさないで済む。

「そ、それってどんな提案なんですか？」

麗美は、勢い込んで彼にそう訊ねた。

「簡単だ。麗美が僕の家に引っ越して来ればいい」

「えっ……？　引っ越し……私が、社長の家にですか？」

予想外の発言に、麗美は目を白黒させた。

「そうだ。僕と同居して、ランチだけじゃなく朝晩の食事を作ってほしい。むろん、食事は同じものを食べるから、そういった意味では、これまでよりも少しは手間が省けるかな？　一緒に食べれば、今みたいに食も進むし、いろいろといいことずくめだ」

「で、でも……」

「もちろん、それ相応の給料は払うし、快適に暮らせる部屋も提供する。麗美は『綿谷』を辞めずに済むし、二人にとって、プラスになる事ばかりだ。どうかな？」

「ど、どうかなって……そんなの、無理に決まってますっ」

「なぜ？」

間髪入れずに問われ、首を傾げられる。

「だって、と、年頃の男女が同居するとか……道徳的に問題があります！」

「道徳的に？　ああ、なるほど。麗美は僕に襲われやしないかと、警戒してるんだね」

慎一郎がニヤリと笑った。

いったい、何を言い出すのかと思えば……麗美は、即座に首を横に振り表情を強張らせた。

「違います！　社長が私を襲うとか、そんな事、思ってません！」

「じゃあ、どういう事だ？」

今にも鼻先がくっつきそうなほど顔を近づけられ、麗美はできる限り頭をうしろに引いた。

「その……社長には、恋人というか、決まった方がいらっしゃるんじゃないかと……」

「ああ、そんな事を気にしていたのか。それならまったく心配ない。今のところ彼女はいないし、無理をしてまで作るつもりもないから」

「そうですか……でも、会長や親戚の方々から再三お見合いを勧められていると聞きました。だとしたらやはり一緒に住むのはどうかと思います」

麗美が、きっぱりとそう言い切ると、ふいに彼の表情が曇り、難しい顔つきになる。

「なるほど、確かに僕のところにはあちこちから見合い話が集まってきている。だが、あいにく僕にはまったくその気がない」

慎一郎が言うには、持ち込まれる写真には、一応礼儀として目を通すが、ただそれだけ。実際に見合いをした事もなければ、今後もする気はないという。

「僕は、もともとあまり人や物に執着がなくてね。それでも、最近は少しずつ変わってきたのか、自宅を買う時は人並み以上にこだわりを持って建てたし、今も気に入って住んでいる」

「だったら、そのうち女性対する考えも変わってきて、お見合いをする気になるかもしれませんよ」

「いや、それはないだろうな」

彼はそう言うと、改めて麗美をじっと見つめてきた。

「僕は、女性に関しては特に淡白で興味が薄い。しかし、立場上それではいけないと思い、何人かの人と付き合ってみた事はある。だが、結局、誰に対しても心が動く事はなかったし、交際しても毎回半年も持たなかった」

そう語る慎一郎の様子は真摯で、嘘をついているようには見えない。

「それが僕のスタイルだったし、自分はもう一生そんな感じなんだと思っていた。しかし、麗美に対しては、まるで違う。会えばすぐにまた会いたくなるし、話せば話すほど、もっと深く麗美を知りたくなる。これには自分でも驚いているし、正直ものすごく戸惑ってるよ」

「そ、それは、どうしてですか？」

「さあ……どうしてかな。とにかく、麗美の事が頭から離れないんだ。麗美のすべてに興味がある。そうじゃなければ、同居を提案したりしないし、ましてや自分からキスなんかしない」

ふいにキスの話題を出されて、麗美は顔を赤くして唇を噛んだ。

「言っておくが、これは麗美限定の変化だ。ほかの女性には、依然として興味は引かれないし、当然見合いもする気はない。だから、安心して家に来てくれ。それに、僕は君が調理師になる夢を、心から応援してる。何か助けになれたらいいと思うし、引っ越しの提案もそのひとつだ」

彼が夢を応援してくれるのは、素直に嬉しいと思う。

しかし、やはり自分達が一緒に住むなんて、どう考えてもおかしかった。

麗美が困り果てていると、慎一郎が大きくため息を吐く。

「正直言って、今君のお弁当を食べられなくなるのは、すごく辛い。僕は今後も出張が続くだろうし、麗美がお弁当を作ってくれないとなると、また元のような食生活を送るしかなくなるな。せっかく『食』に対して興味が出てきたのに、元の木阿弥になるって事か……」

慎一郎が静かな声で独り言を言う。

「麗美の料理を毎食食べられるなら、すぐにでも完全栄養食を処分するし、野菜も意識して食べるようにするんだが……。だけど、そうするにも麗美の手助けが要るだろうし、同居がダメとなるとそれも無理だろうな。……ああ、なんだか絶望的な気持ちになってきた」

彼の表情がいっそう暗くなり、もう一度ため息を吐くと同時に、がっくりと肩を落とす。

そこまで言われては、もう断るという選択肢を捨てるほかはなかった。

「わ……わかりました、同居します！　同居して、私が学校の寮に入るまでの間に、社長の食生活を完璧なものにしてみせます！」

麗美がそう言うと、慎一郎が即座に顔を上げた。

「本当か？」

「はい」

「やった！　じゃあ、同居するって事で決まりだね」

慎一郎が破顔して、麗美をギュッと抱きしめてくる。

「ありがとう、麗美。さっそく高橋くんに言って、引っ越しの手配をしてもらおう。さて……イチャイチャするのはもう終わりだな。そうじゃないと、食べ終える前にランチタイムが終わってしまう。ほら、麗美も――」

名残惜しそうに抱擁を解くと、彼は箸を持って再び弁当を食べ始める。

「あ……はいっ……」

麗美も箸をとり、ちくわの磯部あげを口に入れた。

うん、美味しい。

明日のお弁当には、コーン入りのちくわの磯部あげを作ってみようか――咀嚼しながら献立について考え、ハタと箸を止める。

（って、ちょっと待って！　私、本当に社長と同居するの!?）

彼が言うように、それが一番手っ取り早く、双方にとっても最善の解決策には違いない。

しかし、本当にそれでいいのだろうか？

この一週間、慎一郎との関係性について悩み、間違っても本気で彼に恋してはいけないと自分に言い聞かせてきた。けれど、会えば胸がときめくし、今もそうだ。触れられれば即座に顔が赤くなり、息が苦しくなる。

そんな状態で同居すれば、いよいよ慎一郎を想うようになるのではないだろうか？

けれど、さっき見た彼の悲しげな顔は麗美の脳内にしっかり刷り込まれてしまった。

麗美は、口の中のものをごくりと飲み込むと、隣に座る慎一郎をこっそりと盗み見た。

彼は、旺盛な食欲を見せて、次々におかずを口に運んでいる。その顔に浮かんでいるのは、清々しいほどに明るい笑顔だ。

それを見た麗美の胸が、ふいにギュッと痛くなった。

（ダメだ……私、社長の事、もう本当に好きになっちゃったかも。っていうか、本気で社長にきちんとしたごはん食べさせて、ちゃんとした食生活を送らせてあげたい！）

「食べさせる」だの「送らせてあげたい」だの、何を偉そうに——そう思うものの、湧き起こってくる気持ちは、どんどん強くなるばかりだ。

今思えば、慎一郎の食に関する話を聞いた時、もうそんな感情を抱き始めていたのかもしれない。

恋心に加えて、そんな保護本能にも似た感情が込み上げてきて、麗美は思わず胸元を押さえて息を止めた。

「どうかした？」

箸を止めたまま動かない麗美を見て、愼一郎が気づかわしげな顔を向けてきた。

「い、いえっ……な、何でもないです！　あの、家賃はいくらお支払いすればいいですか？」

「そんなものはいらないに決まってるだろう？　食事の準備をする回数が増えるんだから、逆に先日決めた金額に上乗せをする必要がある。必要なら同居するにあたって正式な契約書を取り交わしてもいいし、そうでなくても、麗美には相応の給料も支払わせてもらう」

「そんな……お給料なんていただけません！　私がいれば、余分な水道代や光熱費だってかかるし、住むところを提供していただけるだけでも、ありがたいのに……」

「ありがたいのは僕のほうだ――」

しばらくの問押し問答が続き、話し合いの結果、家賃の支払いはゼロ。麗美には住みこみの家政婦がもらう一般的な給料が支払われるものとし、その代わりに食事だけではなく、家事全般を請け負う事になった。

「それと、同居するんだから、会社ではともかく家では、もう少しフランクに話してくれると嬉しいな」

「はい……わかりました。なるべく、そうするよう努力します」

「ああ、そうしてくれ」

愼一郎が頷き、軽やかな笑い声を上げる。

宿なし寸前の身から、一転して住むところだけではなく副収入も保証された。

ありがたすぎて、しばし呆然としていた麗美だが、だんだんと事の重大さに気がついて再度落ち着かない気分になる。

(私が社長と同居……。朝起きて、夜寝るまで……ううん、寝てからもずっと同じ屋根の下に――)

そう考えると、急に恥ずかしさや困惑する気持ちで、頭の中がパンパンになった。

上の空で飲み込んだものが喉に詰まり、麗美は激しく咳き込み始める。

「ごほっ！　ごほん！　うぐっ……！」

「どうした、大丈夫か？」

「は……ごほっ！」

無理に返事をしたのがいけなかったのか、余計咳が出て、しまいには涙目になる。

前かがみになる麗美の背中を、慎一郎が抱き寄せて、トントンと叩いてきた。咳がだんだんと治まってくるにつれて、彼の掌が麗美の背中を優しく擦り始める。

その掌が、とても温かい。

麗美は彼の温もりを感じながら、どうにか心を落ち着かせる。

「は……はい、もう大丈夫です……」

ようやく咳が治まって顔を上げると、涙のせいでこちらを見る慎一郎の顔が、若干歪んで見えた。

その口元に、ごはん粒がついている。

それを見ると同時に、麗美の心の中で、今までなんとか抑え込んでいた彼への恋心が怒涛の勢いで溢れ出した。

（ああ、もうダメ――）

これほどハイスペックで優しさとセクシーさを併せ持つ美男なのに、ごはん粒をつけたままお弁当を食べている。

見つめているだけで、トキメキがハンパない。これまで、まともに恋すらした経験がない自分だけれど、今の状態が尋常ではない事くらいわかる。

こんな状態で同居が始まれば、いったい自分はどうなってしまうのか……。

麗美は、にこやかに微笑む慎一郎と視線を合わせながら、深い恋の沼に真っ逆さまに落ちていく自分をありありと感じるのだった。

◇◇◇

麗美との同居を決めた週の金曜日、慎一郎は予定していたスケジュールをすべてこなし終えて、宿泊先のホテルに帰り着いた。

時刻は午後九時五十分。

およそ五時間後にはドバイ空港を出発し、明日の夕方には帰国できる。

慎一郎は部屋に入るなりスーツを脱ぎ、バスルームに直行した。

現地ドバイのクライアントが用意してくれたホテルは、砂漠の中にある五つ星ホテルだ。

周囲が自然保護区域になっているため、部屋に居ながらにして砂漠と緑が入り混じった風景や、ガゼルやアラビアオリックスなどの野生動物を見る事ができる。

「それにしても、疲れたな……」

「綿谷」は、今後ドバイ支社に続き、中東・アフリカ諸国にも支社を作り、各国へのシェアを拡大させようとしている。

成功すれば会社に莫大な利益を生み、「綿谷」の名は今よりももっと世界中に知れ渡る事になるだろう。会社のためであるのはもとより、大勢いる社員達のためにも、何としてでもこれを成功させたい——そう思った慎一郎は、関係する各企業や施設の責任者との直接交渉にあたるために、自ら現地に出向いてきたのだ。

本音を言えば、そういった現場仕事は支社にいる社員に任せたい。しかし、まだ支社ができて間もないという事もあり、すべての業務を任せるとなると少々荷が重すぎると判断した。

そうかといって、本社から相応の人材を派遣しようにも、すぐに思いつく社員がいなかった。

いや、いなかったのではなく、誰が適任者であるか判断できなかったのだ。

入社して十二年、社長に就任して五年目になるというのに、未だそんな状態にあるのは、元来人とあまり深いかかわりを持たない自分自身のせいであるのはわかっている。

幼い頃から、どちらかといえば一匹狼タイプで、団体行動よりも単独で動くほうを好んだ。それは「綿谷」に入社してからも続き、同期社員や同じ部署の同僚とも一歩引いた付き合いしかできなかった。

一社員の時は、実績を上げられさえすれば、特に問題はなかった。

しかし、大企業の最高責任者である社長たるもの、いつまでもそうであってはならない。

スタンドプレーも、ほどほどにしないと、部下がついてこないし、右腕になるような人材も育ちにくい。

振り返ってみれば、前社長である、亡くなった父親もそうだった。

重要な取引となると自ら日本国内どこでも飛んでいき、寝る間も惜しんで仕事一筋に頑張っていた。そんな働き方が原因かどうかはわからないが、ある日、突然倒れ、そのまま意識が戻る事なく、他界してしまったのだ。

(今の自分は、親父とそっくりだな)

社長になる前は、それほどではなかった。

しかし、改めて考えて見ると、普段の生活パターンがいつの間にか父親のそれと同じになっている。

もし今後も改善ができなければ、いつかは父親のように倒れるか、部下を信頼しないワンマン社長だと言われるようになるだろう。

(今だって、陰で「鉄仮面」って言われてるくらいだしな)

『そんな不健康な生活を送っていると、父親の二の舞になるぞ』

祖父であり、現会長の綿谷源吾に再三注意されているし、麗美に食生活について指摘された時にもその言葉が頭に思い浮かんだ。

これまで、何度となく祖父に改善を促されても実行に移せずにいたが、麗美と出会ったのをきっかけにこれまでのパターンから抜け出したいと思う。だが、こう出張続きでは、なかなか思いどおりにいきそうになかった。

熱いシャワーを浴び、一日の疲れを洗い流す。

食事はホテルに帰る前にクライアントとともに済ませた。

この国に来て今日で三日目だが、あいかわらず食欲はないし、睡眠も足りていない。

それは毎回の事だが、今回は特にひどいように思う。

(ああ……麗美が作る料理が恋しいな)

ここと日本では時差が五時間ある。今頃東京《とうきょう》は深夜であり、きっと彼女は夢の中だ。

麗美とは連日SNSをとおして連絡を取り合って、引っ越しの段取りやその後の生活について話し合いをしている。

その結果、麗美は明日の午前中に引っ越してくる事になった。

あいにくその時に立ち会えないが、業者の選定や作業内容の確認は、すべて秘書の高橋が段取ってくれている。

(うまくいけば、今夜にでも麗美の手料理が食べられるな)

そう考えるだけで口の中に唾が溜まり、腹の虫が鳴り始める。

今思い返しても、いったいどんな巡り合わせなのかと思う。

たまたま「綿谷」に派遣されてきた麗美と屋上で出会い、怒涛の展開で同居する事になった。

これまでの人生において、これほど衝撃的な出来事などありはしない。

麗美と出会い彼女を想うようになるまで、まさか自分がこれほど衝動的な人間だとは思ってもみなかった。

自分の事はわかっているつもりだったし、心身ともにコントロールできていると思い込んでいたのだが……。

慎一郎はバスタブに身を横たえながら、大きく深呼吸をする。

仕事中は、まったく問題ない。しかし、いざこうしてプライベートに戻ると、麗美や彼女が作る料理が恋しくてたまらなくなる。それはもう、これまでの自分からすれば異常だと思わざるを得ないほど強く、どうにも抑えきれないくらい激しい感情だ。

それだけならまだしも、自分は今、未だかつてないほどの性欲に囚われている。

ゆったりとお湯に浸かっている今だってそうだ。

彼女を想うだけで下半身の血流がよくなり、触れるだけで吐精しそうに硬く勃起してしまう。

(まるで思春期の真っただ中にいる高校生だな)

しかし、そんな時期の自分を思い出してみても、これほどあからさまな性的欲求を感じた事はなかった。しかも、当時の漠然としたものとは違い、欲望の対象は麗美だけで、ほかにはまったく興味もなければ身体的な反応もない。

いったい、自分の身に何が起こったのだろう?

なぜこんなにも惹きつけられ、狂おしいまでに彼女を思慕してしまうのか。

何度となく自分に問いかけてはみたものの、明確な答えが出ないまま今に至っている。

なにはともあれ、自分の中に、これほど華やいだ気持ちが生まれるのは喜ばしい事だし、大歓迎だ。

こうなったら、心の赴くままに行動するのみだ。

もちろん、理性的かつ紳士的に振る舞って、間違っても麗美を傷つけたり悲しませたりしてはならない。

それは、恋愛において基本中の基本であり、麗美は自分にとって、今や護り愛しむべき対象になっている。

けれど、果たして麗美を前にして、うまく自制ができるだろうか？

つい先日も、屋上で知らぬ間に彼女のブラウスのボタンに指をかけてしまっていた。

あれでは、飢えたオオカミと一緒だ。

（三十六歳にもなって、こんな悩みを抱えるとはな……）

そう思いながらも、今すぐにでも麗美を心身ともに自分のものにしたくてたまらない。

慎一郎は、湯の中で硬さを増していく屹立を睨みつけると、天井を仰いで深いため息を吐くのだった。

◇　◇　◇

その週の土曜日、麗美は慎一郎の自宅に引っ越しをするために朝早く起きて準備を整えていた。

叔父一家に家を出るように言われたのが、ちょうど一週間前の土曜日。

その二日後に慎一郎から同居しようとの申し出を受けて、五日後の今日、十三年間暮らしたこの家から出て行く。

そのすばやさには、さっさと出て行けと言わんばかりだった志乃も、さすがに驚いた様子だ。

「叔母さん、昼食は冷蔵庫のタッパーに入ってるから、温めて食べてね」

部屋の掃除を終えた麗美は、キッチンでお茶を飲んでいる志乃に話しかけた。

「ふん……やけにスムーズに引っ越しが決まったのね。やっぱり、彼氏のところに行くの？　それとも、住み込みの仕事でも見つけたとか？」

「ママったら、そんなの聞いてどうするの？　ってか、麗美がどこに行こうが、別にどうでもいいじゃない」

志乃の隣に座っていた環奈が、横槍を入れる。

「それにしても、やけに大きなトラックを手配したのね。確か、あの引っ越し業者って結構お高めの料金設定よね？　しかも、おまかせコースを頼むなんて……ずいぶん、お金かけて引っ越すのねぇ」

母娘は明らかにイラついており、作業員が荷物を運び出す横で、二人揃って仏頂面をしている。察するに、二人は麗美が、さほど苦労する事なく引っ越し先を見つけたのが気に入らないのだろう。

一昨日の朝、叔父一家に引っ越しをする旨を告げると、それぞれが驚きを隠せない様子だった。

智樹は今日、例によって朝からゴルフ仲間と出かけてしまった。

そんな事だろうと思っていた麗美は、智樹に対して昨日のうちに、これまで世話になった礼と感謝の言葉を伝え終わっている。

彼は、表立って麗美を庇ったりはしなかった。しかし、祖母亡きあともここにいられたのは智樹のおかげだったし、その後もできる範囲で気にかけてくれた事に対しては、心の底から感謝している。

『いろいろと苦労をかけて、すまなかったな。陰ながら、しあわせになるのを祈ってるよ』

そう言って微笑んだ時の智樹の目には、光るものがあった。そして、彼にしてみれば大金であろう金額を餞別として麗美の手の中に握らせてきたのだ。

「もうこのほかに荷物はありませんか？」

作業員に聞かれ、麗美は住み慣れた部屋の中を、ぐるりと見回した。

「はい、もうありません」

麗美が答えると、作業員はちゃぶ台を部屋の外に運び出した。

持ち物が少ない麗美だが、智樹らの許可を得て、祖母が使っていた家具はぜんぶ持って行く事にしたのだ。

すべての荷物が運び出された部屋の中は、がらんとして壁や床のあちこちに、家具が置かれていた跡が残っている。

ふと壁際を見ると、以前なくしてしまったべっ甲の櫛が落ちていた。

昔、祖母が愛用していたそれは、麗美にとって思い出深い宝物だった。しかし、ある時、部屋に置いていたはずのそれがなくなり、どこを探しても見当たらなかったのだ。

「なんでこんなところに……」

麗美は櫛を拾い上げて、窓のほうに向けてかざしてみた。見たところ、なくなった時のままで、傷も見当たらない。それにしても不思議だ。落ちていた場所には小さな茶筆筒が置いてあったのだが、その裏ならもう何度となく探していた。

(まあ、いいか。これ、おばあちゃんの形見のひとつだもの。出てきてくれて、よかった)

麗美は素直に喜んで、櫛を持って胸元に押し付ける。そして、部屋の中をもう一度ゆっくりと見回して、その光景をしっかりと記憶の中に刻み込んだ。

たぶん、もうこの部屋に来ることはないだろう——そう思い、胸が詰まりそうになった時、急にうしろから背中を叩かれて飛び上がった。

「環奈……」

振り返ると、さっきと同じ不機嫌な顔の環奈が、腰に手を当てて立っていた。

「何よ、大袈裟ね。もう荷物はぜんぶ運び出したんでしょ？　じゃあ、とっとと引っ越し先に行けば？　もうじき従弟の荷物が届く予定だから、部屋の掃除をしなきゃならないのよ。まったくもう、なんで私が——」

麗美を押しのけるようにして窓のほうに近づいていく環奈は、何やら口の中でブツブツと文句を言っている。

「掃除なら、一応荷物を運ぶ前にしておいたから、あとは家具が置いてあったところをやれば大丈夫だと思う」

麗美は、部屋の壁際に視線を巡らせた。それから窓辺にいる環奈のほうを見ると、彼女は麗美が持っている櫛をじっと見つめている。

「あっそ」

環奈がプイと顔を背け、部屋を出て行こうとする。しかし、ふいに足を止めてくるりと麗美のほうを振り返った。

「その櫛、おばあちゃんがくれたんでしょ？　本当は、私がもらうはずだったのに、あんたが来たせいでもらえなくなっちゃったんだからね！」

「えっ……それって、どういう事？」

環奈曰く、もともとその櫛は環奈がほしがっていたものであり、祖母もそのうち彼女に譲ると言っていたのだという。しかし、麗美がここへ来てしばらく経った頃、その約束を覆して櫛ではなくほかのものを譲ってくれたらしい。

「あんた、その櫛をほしがったんでしょ？　おばあちゃんは、あんたが一人ぼっちで可哀想だからって、その櫛をあんたに譲ってやってくれって私に頼んできたわ。結局、櫛はあんたのものになって、私はべつのもので我慢させられたのよ」

「そうだったの？　ごめん……知らなかった。私、この櫛でおばあちゃんに髪を梳いてもらって、すごく気に入ったから、ついほしいなって言ってしまって……」

「やっぱり！　私だって、おばあちゃんにその櫛で髪を梳いてもらっていたのよ？　でも、あんたが来てからというもの、おばあちゃんはあんたばっかり可愛がって……。あんたが来たせいで、おばあちゃんは私だけのおばあちゃんじゃなくなっちゃったのよ！　だから、腹いせにそれを隠したの。見つかってよかったわね。あ～馬鹿馬鹿しい！」

環奈は一気にそうまくしたてると、足で床をドンと踏み鳴らした。そして、くるりと背を向けて今度こそ部屋を出て行こうとする。

「環奈、待って！」

麗美に引き留められ、環奈が渋々といった様子で立ち止まる。

「なによ」

「私、環奈がそんなふうに考えてるなんて、思ってもみなかった。知らなかったとはいえ、本当にごめんなさい。環奈だって、おばあちゃんの事、大好きだったんだよね。それなのに、私ったらつい、おばあちゃんの優しさに甘えちゃって……」

美人でスタイルがいい環奈は、ほしいものはすべて手に入れているものだと思っていた。けれど、実際はそうではなかったのだ。

「べつに、もういいわよ。一応、話しておこうと思っただけだし」

「本当に、ごめんね。……あ……それと、一応、新しい住所を教えとくね」

麗美は、引っ越し先の住所を書いたメモを環奈のほうに差し出した。

「ふん……別にいらないけど、一応もらっとく――って、はぁあ？」

受け取ったメモを見た環奈が、素っ頓狂な声を上げる。

「ちょっと、麗美！　この住所……なんであんたごときがこんな超ハイグレードな街に住むわけ？」

書かれているのは、慎一郎の自宅住所だ。

麗美だって書かれている住所が、都内随一の高級住宅地である事くらい知っている。環奈に知らせれば、ぜったいに何か言われるとは思っていたが、案の定だ。

「しかも、一軒家？　こんな場所に家を建てる人といったら——ああ、そっか。もしかして、ここで住み込みの家政婦でもするとか？」

あながち、間違っていない。いや、そもそも食事作りをするために同居を申し込まれ、家事も引き受けたのだから、まさにそのとおりだと言える。

「うん、まあ、そんな感じ」

「やっぱりね。ふーん、よかったじゃない。むしろ、私が引っ越したいくらいだわ。もちろん、家政婦としてじゃなくて、玉の輿の花嫁としてだけど」

環奈が機嫌よく笑いだし、麗美はチャンスとばかりに手荷物を抱えて部屋の入口に急いだ。

「じゃ、私、行くね」

声をかけたけれど、環奈は素知らぬ顔で窓の外を眺めている。

こんな態度をとられるのも、もうこれが最後だ。

廊下を通り、キッチンとリビングを経て玄関に向かう。どうやら志乃は不在らしく、家の中はシンとして静まり返っている。

麗美は玄関を出て門まで行くと、うしろを振り返って家のほうをじっと見つめた。

そして、いい思い出だけを胸の中にしまうと、まっすぐに前を向いて駅への道を歩き始めるのだった。

その日の夜、麗美は無事慎一郎宅への引っ越しを終えて、キッチンで夕食の用意をしていた。

荷物の搬入自体は昼過ぎに済んでいたし、午後は近所を一回りしたあとで駅前のスーパーマーケットに行って食材など必要なものを買い込んできた。

はじめて足を踏み入れた彼の家は、まさに「豪邸」と言うにふさわしいものだ。白壁造りのモダンな外観はもとより、吹き抜けを介して上下が繋がった各階はシンプルな造りでありながら落ち着いた重厚さを感じさせる。

用意された八帖の和室は一階の角部屋で、二方向に窓があり両方から広々とした外庭が見える。

(すごいな……。まるで高級旅館に来たみたい)

想像を超える豪華さに圧倒され、麗美は言葉もなく瞬きを繰り返した。

和室を除く家の中の壁床は、ほとんどが白大理石でできており、二階に行く際は蹴込みのないシースルーの階段を使う。モノトーンで統一された屋内は余分なものが一切置かれておらず、まるで美術館のような趣があった。

自宅周辺の環境も申し分ないし、駅から徒歩で十分もかからない。

麗美は、これからは当初の約束どおり、毎日慎一郎のために食事を作り家事をこなしつつ「綿谷」の受付の仕事を続ける予定だ。

(さてと……もうそろそろ社長が帰ってくる時間だよね)

彼は今週の火曜日からドバイに出張に出掛けており、今日の夕方の便で成田空港に帰ってきた。ついー時間ほど前に連絡があり、今頃は自分が運転する車で自宅に向かっているはずだ。

慎一郎とは連日連絡を取り合っており、出張中の彼がまともな食生活を送っていないのはすでに知らされている。

なるべくきちんとした食事をとるようにするとは言ってくれていたが、忙しさもあって結局はそうもいかなかったらしい。

（いつも以上に睡眠不足だって言ってたし……身体が心配だな……）

「綿谷」で働いているとはいえ、麗美には内部の詳しい事情まではわからない。けれど、受付嬢仲間から聞く噂話によれば、慎一郎の仕事内容は、およそ社長らしからぬ交渉やスケジュール調整なども含まれているようだ。

それについては彼本人からも多少聞いていたが、慎一郎曰く、社長としての自分に問題があるらしい。もっと部下を信頼して仕事を任せなければと思うものの、なかなかうまくいかないのだ、と。

麗美は料理を作る手を止めて、考え込む。

（社長って、会社では何かと誤解されているみたいだしな……）

しかし、だからといって一介の受付嬢兼お手伝いにできる事などありはしない。

麗美は調理を再開し、キッチンの中をちょこまかと歩き回る。広々としたキッチンはテーブルと一体型のアイランド型で、とても使い勝手がいい。

（それにしても、キッチンを使った形跡がゼロだよね）

一応、調理器具はすべてそろっているが、どれもみな新品で傷ひとつなかった。そのほかの部屋も、見たところモデルルームさながらに片付いており、誰かが頻繁に出入りしている様子もない。

(あんなにかっこいいのにな)

疑っていたわけではないが、慎一郎が「今のところ彼女はいない」と言ったのは本当みたいだ。

無理をしてまで作るつもりはないようだし、今回の引っ越しは麗美が調理師になる夢を叶えるための手助けのひとつだと言ってくれた。

それならば、自ら宣言したとおり、ここに居る間に慎一郎の食生活を完璧なものにして、きっちりと恩返しをしようと思う。

「さあ、これで準備よし!」

今夜のメニューは、慎一郎から事前にリクエストがあった和食料理数品だ。

引っ越しをした当日くらい、ゆっくりするように言われたが、はじめの一日だからこそ慎一郎に手料理を振る舞いたいと思い、そうさせてもらった。

作った品々は、海外出張を終えて帰宅する彼に対する労いの気持ちも込めて、春の和風会席風にしてみた。

(たくさん食べてくれるといいな)

テーブルの用意を済ませると、麗美はふと自分の服装を見直してみた。

今着ているのは、アースカラーのジップアップパーカーとウエストがゴムになったワイドパンツだ。気に入って着ているものだから、生地がクタクタになっているし、若干色も褪せている。

引っ越し初日に慎一郎と顔を合わせるのに、このままだとさすがに失礼に当たるだろう。

（でも、何を着よう？）

麗美が持っている洋服は通勤用のものを含め、どれもシンプルで洒落っ気のないものばかりだ。

唯一、身に着けるものの中で可愛いものといえば、先日奈々とショッピングに出かけた際に買ったランジェリーだけ。

奈々が見立ててくれたそれは上下セットになっており、ブラジャーのカップ上部とショーツのウエスト部分にレースの縁取りがついている。

同じデザインで色が違っているものが五種類あり、麗美が選んだのはそのうちの白とブルーの二点だ。奈々はもっと大胆なデザインのほうがいいと言ったが、さすがにそれは選べなかった。

（奈々は大人しめだって言ってたけど、私にしてみれば十分すぎるほど大胆だよね。だってほら、腰のところが紐になってるんだよ？）

麗美は真新しいランジェリーを取り出して、ベッドの上に広げてみた。

つい奈々の言葉に乗せられて買ってしまったが、やはりどう考えても、彼女が言っていたような展開にはならないと思う。

キスをされ、「可愛い」などと言われて甘いひと時を過ごした。しかし、自分など、所詮箸休め程度の存在にしかなれない。

（だって、括れなしのチョイポチャだよ？　ヘンに期待なんかしちゃ、あとで自分が情けなくなるだけだって）

麗美はそう断じて、気持ちを切り替える。

（だけど、せっかく買ったんだから、着てみようかな）

どのみち、もう半永久的に出番がなさそうな代物だ。

麗美は着ているものを脱ぐと、思いきって新品の白いランジェリーを身に着けてみた。

「うわぁ、さすが値段が高いだけあって、肌触りがいいな」

ちんまりとした胸の膨らみを掌で覆い、少しばかり上下に揺らしてみた。谷間とは無縁のバストサイズだが、心なしかボリュームが増しているような気がする。

（これもブラの効果かな？）

せっかく可愛いランジェリーをつけたのだ。少しでも女性らしい洋服を着ようと思い、自身のワードローブの中でも幾分マシな白いブラウスにロング丈のプリーツスカートを選び出す。

着替えを済ませ、髪の毛を整えようと洗面所に向かう途中、リビングに設置されているモニター画面に、駐車場のゲートが開く様子が映し出された。

「帰ってきた！」

麗美は大急ぎで洗面所に向かい、髪の毛を櫛で梳かそうと鏡の前に立った。

「わっ！　メイクするの忘れてた！」

そう言えば、昼間すべての用事を済ませたあと、シャワーを浴びてすっぴんに戻ったのだ。

その後、ノーメイクのまま料理に取りかかったのをすっかり忘れていた。

「どうしよう……すっぴんでお出迎えするなんて、越してきて早々、失礼すぎるよね？」

あたふたと自室に戻ろうとして、廊下を曲がる際に足の小指を思いきり角にぶつけた。

「いっ……」

あまりの痛さに足を止め、その場にしゃがみ込んで、ぶつけた左足のつま先をさする。

麗美が顔をしかめ、歯を食いしばって痛みを堪えていると、帰宅した慎一郎がドアを開けて中に入ってきた。

「ただいま――麗美？　どうしたんだ、何かあったのか？」

麗美の必死の形相を見た慎一郎が、靴を脱ぐなり近くまで駆け寄ってきた。

「お、おかえりなさい……な、なんでもありません！　ちょっとそこの角で足の指をぶつけただけですから――」

「足の指を？　どれ、見せてごらん」

慎一郎が麗美の左足の甲に触れ、身体を低くして小指を凝視する。手の指ならまだしも、脚の指なんかめったに人に見られるようなパーツではない。

「へ、平気です！　もうなんともありませんから！」

「いいからじっとして。ちゃんと見ないとわからないだろう？　ほら……うーん、ここじゃあ少し暗すぎてよく見えないな」

慎一郎の腕が麗美の背中と両膝の裏側をすくい上げ、そのまま素早く立ち上がった。

「わっ……わわわっ！」

いきなりお姫様抱っこされて、麗美は彼の腕の中で手足をばたつかせた。すると、ぐっと顔を近づけてきた慎一郎が、眉間に薄い皺を刻む。

「いい子だから、少しじっとしなさい」

説き伏せるような口調でそう言われ、麗美はごくりとつばを飲み込んだ。たった五日間顔を見なかっただけなのに、自分でも驚くほど胸が高鳴っている。

これ以上間近で見つめ合っていたら、まともに話すらできなくなりそうだ。

麗美は視線を下に向けて「はい」と返事をすると、借りてきた猫のように彼の腕の中で静かになる。

「よろしい」

慎一郎が、にっこりと微笑んで麗美を抱いたままリビングに移動する。広々とした部屋の真ん中にあるソファの上に麗美を下ろし、自分はその前に片膝をつく。そして、麗美の足を手に取ると注意深くつま先に視線を巡らせる。

「ふむ……特に赤くなってはいないようだな。麗美は案外おっちょこちょいなんだね。そういえば、僕とはじめて会った時も座っている場所から転げ落ちそうになっていたな。そのあとも、紙の縁で指を切ったり、今日は廊下の角で足の小指をぶつけたり。まったく目が離せないね」

「はい、すみません……」

「謝る事はないよ。それに、こういうのは嫌いじゃない」

慎一郎が、手にした麗美の足の甲に唇を寄せてキスをする。

「しゃ、社長っ……！」

驚いて足を引っ込めようとするも、彼の手に足首を摑まれていて、そうできない。

「知ってるか？　足の甲へのキスは、相手への強い服従を表すものらしい」

キスをした部分をそっと撫でられ、麗美はなんと返せばいいのかわかりかねてもじもじする。

それを見た慎一郎が、いたずらっぽく目を細めた。

「ごめん。麗美を見ると、どうしても構いたくなるんだ。さあ、食事にしよう。出張中、麗美の料理が心底恋しかったよ」

慎一郎は再び麗美を腕に抱え上げ、ダイニングテーブルに移動した。

そこでようやく解放された麗美は、すぐさまキッチンに行ってコンロに火を点ける。

熱々の料理がテーブルに並ぶと、慎一郎は旺盛な食欲を見せて、それらを次々に口に運んだ。

「ああ……うまい……。いつもながら麗美の料理の腕前には、感服するよ」

「よかったです。たくさん食べてくださいね」

麗美は慎一郎から出張の話などを聞きながら、彼の二杯目のごはんをよそったりする。

「お仕事、うまく行ってよかったですね。たしか、来週もまた海外出張の予定が入ってますよね？」

「ああ、今度は上海だ。両方とも、あと少しで軌道に乗るから、それまでは僕が自ら赴いて確かな基盤を作っておきたくてね」

事業内容は介護施設の新規建設および経営にかかわるものであり、彼は社長でありながらプロジェクトのリーダーとして、忙しくあちこちを飛び回っている。

新規事業について熱心に語る慎一郎に、麗美は心から尊敬の念を抱いた。

けれど、それと同時に、ますます彼の身体や健康の事が気になりだす。

すべて食べ終えて「ごちそうさま」を言ったあと、二人してソファのほうに移動する。

並んで腰かけると同時に、麗美はここぞとばかりに姿勢を正し、真剣な表情を浮かべた。

「プロジェクトは本当に素晴らしいと思います。……でも、私は社長の身体の事が心配です。忙しすぎて、倒れてしまうんじゃないかって……そうなったら、仕事をするどころじゃなくなってしまいますよ」

差し出がましいとは思いつつ、麗美は思いきって慎一郎に訴えかけた。

「実は、亡くなった父がそうだったんです。優しくて頑張り屋のとてもいい父だったんですけど、一人でいろんな事を抱え込んで、それがたたって、いつの間にか身体を壊してしまって――」

麗美の父親は小さな工務店を営んでいたが、麗美が生まれる前から経営状態はあまりいいとは言えなかった。一人で何もかも抱える性格のせいもあり、従業員が育ちにくく職場の雰囲気も良くなかったようだ。

「いつも過労気味だったから心配してたんですけど、結局身体を壊してしまって借金まで抱えちゃって……」

父親の事を思い出すのは、かなり久しぶりだった。写真に向かって手合わせる事はあっても、思い出に浸ると気分が落ち込みがちになるからだ。

「その頃、私はまだ小さくて、何の役にもたたなくって。……うちの両親は、私が物心ついた頃からずっと不仲で、顔を合わせれば喧嘩ばかりしてたんです。だから、離婚すると聞いた時も、子供なりに仕方がない事だって思ってました。家族が一人欠けるのは悲しかったけど、両親が怒鳴り合う声を聞かずに済むようになるのが、それ以上に嬉しかったんです」

「そうだったのか」

今でこそ普通に話せるが、当時十歳だった麗美には、かなりハードな出来事だった。

麗美は訊ねられるままに、父親の死後、どんな生活を送って来たのかを話した。

「祖母の事は大好きでした。私に料理の楽しさを教えてくれたのも、いつも笑顔で前向きな気持ちを忘れてはいけないって教えてくれたのも祖母です。私の事をとても可愛がってくれて……祖母が亡くなった時は、ああ、とうとう一人ぼっちになったんだなって思いました」

叔父一家には世話になりっぱなしだったし、彼らの事を悪く言うつもりはまったくない。

しかし、親戚ではあっても家族ではなかったし、どんなに前向きになろうとしても、時にはそれがどうしても無理だった事も多々ある。

祖母が亡くなってすぐに父親に買ってもらった大切な品を捨てられた時や、すでに決まっていた調理師学校への進学を諦めて就職しろと言われた時には、家を出て行こうかとさえ思った。

けれど、そのために使える余分なお金などなかったし、叔父から借りていた父親の借金も返さなければならない。

頼れる身内など誰一人いないし、結局はすべてを諦めてあの家に残らざるを得なかったのだ。

当時の事を思えば、今でも胸が詰まる。だが、過去を振り返っても仕方がないと割り切り、いつか夢を叶えるという信念を胸に、前を見て進み続けてきた。

「麗美は、いろいろと大変な人生を送ってきたんだな。すごく頑張ってきたたし、とても偉かったね」

慎一郎に優しく声をかけられ、そっと左肩を抱き寄せられる。

彼の大きな掌で髪の毛を撫でられ、ふと祖母に髪の毛を櫛ってもらった時の事を思い出す。

それと同時に、これまでずっと溜め込んでいた悲しみや辛さが、一気に胸の中に溢れてきた。

涙が頬を伝い、嗚咽が漏れる。気がつけば感情を抑えきれなくなり、慎一郎に寄りかかって声を上げて泣き出していた。

彼は麗美のほうに向き直り、両手で身体をすっぽりと包み込むように抱き寄せてくれた。

「ここにいる時は、我慢せずに思いっきり泣いたらいい。もう誰も麗美を辛い目にあわせたりしない。もしいたとしても、俺が麗美を守ってやる」

さらに強く抱きしめられ、涙でぐしゃぐしゃになった頬にキスをされる。

彼の腕の中は温かく、触れているだけで気持ちが少しずつ落ち着いていった。慰められ、心がふんわりと温まっていくのを感じながら、気がつけば慎一郎の広く逞しい胸に頬を寄せて、背中を優しく撫でてもらっていた。

「麗美は本当にいい子だ。俺は、麗美ほど外見も中身も可愛いらしい女性を知らない」

ようやく涙が止まった時、慎一郎がテーブルの上からティッシュを取り上げて、丁寧に頬を拭いてくれた。瞬きをした睫毛の先に、慎一郎の黒褐色の瞳が見える。その力強い視線に晒され、麗美の身体から徐々に力が抜けていった。

麗美を抱く慎一郎の腕に力がこもり、それと同時に再び唇にキスをされる。彼の唇が麗美の首筋に移った。上体がギュッと縮こまり、身体のあちこちに痺れるような熱を感じた。

彼のキスが首から上に、まんべんなく降り注ぐ。時折強く吸われ、そのたびに小さく声が漏れる。

「あんっ……あっ……」

聞こえてくる声が、まるで自分の声じゃないみたいだ。戸惑っている間も、慎一郎からのキスは止まず、ますます激しさを増しながら麗美の唇から首筋の間を巡っている。

そうされている間に、慎一郎の指先が麗美のブラウスのボタンにかかった。背中をゆっくりと倒され、ソファの肘かけにもたれかかるような姿勢になる。

麗美は、もう彼のなすがままだ。

そっと前をはだけられ、胸元があらわになる。慎一郎の掌が、ブラジャーの上から左乳房を覆った。そこをやんわりと揉み込まれて、我知らず身体が硬直する。

「ずいぶん可愛い下着をつけているんだな……。もしかして、俺とこうなる事を想定していたのかな？」

「そ……それは、その……」

麗美は、恥じらいながら新しい下着を買うことになった事情をかいつまんで話した。

「なるほど、親友の女性は、先見の明があるようだな。とても似合ってるし、すごくそそられるよ。だが、決して急がないから、安心していい」

キスが唇を離れ、喉元をとおりすぎてデコルテに移った。背中のホックを外され、少しだけ呼吸が楽になる。

いつの間にか閉じていた目をうっすらと開き、自分の胸元を見た。すると、今まさにあらわになった胸の先に唇を触れさせようとしている慎一郎と目が合う。

仰向けになっているせいで、もともと大きくない胸が余計平たくなっている。途端に恥ずかしさで頭がどうにかなりそうになるも、彼から逃げ出す気にはならなかった。

「出張に行っている間も、仕事以外の時はずっと麗美の事を考えてた。一度きちんと話し合って、俺の気持ちを伝えなきゃいけないと思ってたんだ」

慎一郎の一人称が〝僕〟から〝俺〟に代わった時、麗美は彼の瞳の奥にチロチロと揺らめく炎を見たような気がした。

「麗美……俺は、どうやら俺は本気で麗美の事が好きになったみたいだ。——すべすべした肌や、可愛らしい目や鼻も大好きだ。柔らかな唇も、キスをするとすぐ赤くなる頬や耳朶も愛おしくて仕方がない」

唇の先が触れ合い、ほんの数センチ先からじっと見つめられる。歯の根が合わず、自分の口の中から奥歯がカチカチと音を立てるのが聞こえてきた。

「しゃ……社長——」

やっとの思いで呼びかけたものの、そのあとが続かない。

息が荒くなり、胸が激しく上下する。前にキスをされた時と同じで、瞳がじんわりと潤んできた。

「震えてるね。俺が怖い？」

優しく低い声でそう聞かれて、麗美は無意識に首を横に振った。

「そうか、よかった。俺は麗美を怖がらせたくないし、嫌がる事はぜったいにしない。だけど、今よりも、もっと麗美を知りたいし、麗美にも俺の事を知ってほしいと思う。麗美……好きだ……今夜、麗美を抱いていいか？」

上唇の膨らみに、慎一郎の舌先が触れた。

「ひ……」

麗美の身体がビクリと跳ね上がり、その拍子に二人の唇が重なり合う。反射的に顎を引こうとしたけれど、それよりも一瞬早く慎一郎の舌先が麗美の唇の隙間から口の中に入り込んできた。

そのままキスが始まり、麗美は慎一郎の舌に誘われるままに唇を開き、さらに息を荒くする。

頭の芯がジインと痺れてきて、もう目の前にいる彼の事しか考えられなくなった。

「し……しゃちょ……んっ……ん――」

更に深くキスをされ、麗美は拙いながらも、無我夢中でそれに応えた。それと同時に、身体の奥底から強く熱い何かが湧き出して、溢れそうになっているのを感じている。

それが何なのか、はっきりとはわからない。けれど、自分が今、彼と同じ気持ちである事だけははっきりとしていた。

「麗美……このキスが麗美の答えだと思っていいか？」

囁くようにそう訊ねられ、麗美は朦朧としながらも、今一度慎一郎と視線を合わせた。そして、ゆっくりと首を縦に振ると、大きく息を吸って喘いだ。

「で、でも、私……何をどうしたらいいのか、わからないです」

一時治まっていた唇の震えが戻ってきて、ややもすれば舌を嚙んでしまいそうになる。それを見た慎一郎が、指先で麗美の額にかかる髪の毛を払った。

「麗美はこういう事をするのは、はじめて？」

「……はい」

「もしかして、今まで男性と付き合った事がないのか？」

麗美は、頷いて唇をキュッと結んだ。

「じゃあ、セックスもした事がない？」

「はい、一度も……」

そう言った声が、我ながら小さすぎる。

二十六歳にもなって処女だなんて、かなりのレアケースである事くらい、自覚している。呆れられても仕方ない――そう思い、視線を下に向けた。

「そうか。麗美……可愛いよ……すごく、可愛い。心配しなくても、俺が麗美にぜんぶ教えてあげるよ。優しくするし、ぜったいに無理強いはしない。麗美を世界で一番大切な宝物のように扱うって約束する」

慎一郎が麗美を横抱きにして、ソファから立ち上がった。

そのまま彼のベッドルームまで連れていかれ、キングサイズのマットレスの上にそっと仰向けに横たえられる。

「麗美、好きだよ」

そう言い終えた彼の唇が、麗美の乳房に触れた。ぷっくりと盛り上がった乳暈の縁を舌でなぞられ、胸の先がツンと尖る。

そこにチュッと吸い付かれ、背中がベッドから浮き上がった。目の前にチカチカとした光の粒が舞い、身体の中心に細い電流が通り抜ける。

「ああんっ！　ああっ……あんっ！」

熱くなった先端が、慎一郎の口の中でいっそう硬くなる。舌で弾かれ、コロコロと転がされて、我もなく声を上げた。

続けざまに強く吸われ、たまらずに身をよじる。

肩が持ち上がったすきにブラジャーごとブラウスを脱がされ、引き続き胸を愛撫されているうちに慎一郎の指が麗美のスカートの腰にかかった。

そのまま、そろそろと下にずらされ、つま先を通り抜けたスカートがベッドの縁に追いやられる。

気がつけば、麗美はショーツ一枚だけの姿でベッドに横たわっていた。

恥ずかしさのあまり俯いて身体を丸くしようとしていると、おもむろに起き上がった慎一郎が、そっと唇を合わせてくる。

「麗美の身体は、まるで咲く寸前の桜の蕾みたいに柔らかい」

ふたたびキスで唇を塞がれ、ほんのりと色づいた胸の先を指の間に挟みこまれた。そのまま捏ねるように乳房を揉まれ、唇の隙間から甘いため息が零れ落ちる。

慎一郎がおもむろに起き上がり、着ている黒のポロシャツの裾に手を掛ける。

そのまま腕を交差させるようにしてポロシャツを脱ぎ、ベッドの下に落とした。

彼の逞しい上体があらわになり、硬く滑らかな筋肉が動くたびにしなやかに隆起する。慎一郎の身体は、まるで美術館に展示されているギリシア彫刻のように美しい。それに比べて、自分の身体ときたら、どこもかしこもゆるゆるで引き締まっているところなど皆無だ。

それなのに、キスの甘さに酔って、みっともない身体を彼の目の前に晒してしまうなんて……。

麗美は今さらながら自虐的な羞恥心に囚われ、腕を交差させて胸元を隠そうとした。しかし、一瞬早く慎一郎に両方の手首を掴まれ、ベッドの上に押さえ込まれてしまう。

「綺麗だよ、麗美……綺麗すぎて、目がくらみそうだ」

「う……嘘っ。わ、私、生まれてこの方綺麗だなんて言われた事ありません。それに、自分がそうじゃないって、ちゃんとわかってますから」

麗美がそう言うと、慎一郎は小さく笑いながら首を横に振った。

「嘘じゃない。麗美は本当に綺麗だ。それに、ほかの人がどう思おうと関係ないだろう？　麗美、俺が今、どんなに麗美をほしがっているか、わからないのか？」

やんわりと身体の上にのしかかられ、優しい目で顔をじっと見つめられる。

耳朶を食まれ腰が浮き上がった拍子に、彼の膝が麗美の閉じていた脚の間に割り込んできた。自然と脚を開く格好になり、左脚を慎一郎の腕にすくわれて踵がベッドから浮き上がった。いつの間に脱いだのか、脚の内側に彼の太ももの筋肉が直接触れるのを感じる。

驚いた麗美は、つい何も考えずに脚のほうに視線を向けた。

「あっ……」

思わず声を上げて目を逸らそうとしたが、もう遅い。はじめて見る男性器が、一瞬にして麗美の記憶の中に刷り込まれた。それと同時に、鴇色をしたそれに視線が釘付けになる。

「麗美、そんなに見つめられると、さすがに恥ずかしいよ」

慎一郎にそう言われ、麗美はようやくハッとして我に返った。いくらはじめてとはいえ、瞬きも忘れる勢いで勃起した彼のものに見入ってしまった。

「す、すみませんっ……わ、わたっ……私……ご、ご、ごめんなさいっ！」

麗美が顔を背けたまま平謝りすると、慎一郎がクスクスと笑いながらこめかみにキスをしてきた。

「謝らなくていいよ。これで、俺が嘘をついてないってわかっただろう？　それに、どれほど俺が麗美をほしがっているかも、よくわかったはずだ」

低い声でそう訊ねられて、胸が痛いほど高鳴ってきた。

彼の右手が、麗美の左側の腰に触れた。そして、リボン結びになっているショーツの腰ひもをほどいてくる。

伸縮性のあるショーツの布は、必然的に右側に偏り、恥骨を覆う和毛が半分ほどあらわになった。けれど、クロッチ部分はまだすっぽりと秘裂を隠してくれている。

麗美は、それがずれてしまわない事を願った。けれど、そうなる前に慎一郎の掌が、ショーツの内側に割り込んできて、麗美のふっくらとした花房を包み込むように覆い隠す。それと同時に、彼の指が秘裂の中にぬるりと滑り込んできた。

「ああんっ！」

軽く感電したような衝撃を感じて、麗美は目を硬く閉じて身体をビクビクと震わせた。

「こんなに濡らして……もっと早く触ってあげればよかったね」

花芽を指の腹で擦られ、一瞬息が止まる。

声を上げ、身体を仰け反らせた途端、痺れるような快楽が全身を駆け巡った。秘裂の中を泳ぎ回る彼の指が、蜜窟の入口を探り当てて、そこをほんの少し抉るように撫でさすってくる。

身体がビクビクと震えるたびに、嬌声が唇から零れ落ちる。声を我慢しようとするのに、かえって耳を塞ぎたくなるほど淫らな声を出してしまった。

「……あんっ……んっ……ああっ！」

だって、ものすごく気持ちいい――。

疼くような熱の塊が下腹の奥に宿り、そこからとろとろとした蜜が溢れ出てくるみたいだった。

自分の身体が、こんなふうになるなんて、思ってもみなかった。ものすごく恥ずかしいのに、やめてほしいとは、欠片ほども思わない。

それどころか、もっとしてほしいと思ってしまう。

「麗美の中……触ってもいいか？」

耳の下に舌を這わされ、これまでで一番低い声でそう問われた。

見つめられ、麗美が小さく頷くと、慎一郎が嬉しそうに微笑みを浮かべる。

「麗美が辛くないように、少しずつ慣らしていこう。まずは、人差し指だけ……いいか？　挿れるよ――」

彼はそう言い終えると、蜜窟の中にそっと指を差し入れてきた。

「ん、んっ……」

思わず声が漏れ、指先に触れるシーツを強く摑む。

脳が興奮状態にあるせいか、さほど痛みは感じない。麗美の様子を窺っていた慎一郎が、蜜窟の入口をほぐすように中を捏ね回し、少しずつ挿入を深くしてくる。

「ぁんっ……あ……」

麗美は、瞬きをしながら彼の指に集中した。

身体の中に、慎一郎の指が入っている——そう思っただけで、身体が内から熱く火照ってくる。

麗美の頭の中に、箸を持つ彼の手指が思い浮かぶ。

大きな掌に、手の甲に浮いた太い血管や、関節の凹凸。

長い指は爪先まで綺麗で、適度に骨っぽくゴツゴツしている。

そんな彼の指が、今、自分の一番深い部分を触り、淫らに蠢いているのだ。

「あっ……社長っ……」

彼の指先が、蜜窟の上壁をクニクニと刺激してきた。全身の肌が瞬時に熱くざわめき、入口がギュッと窄まる。

じっとしていられなくなり、肩を揺らしながら腰を高く浮かせた。さらに奥の壁を擦られて、身体が小刻みに痙攣する。

違和感が尋常じゃないのに、その感覚をもっと味わいたくてたまらなくなった。自覚なしに前に伸ばした右手をとられ、指を絡められる。

「麗美、平気か？」

声をかけられ、閉じかけていた目蓋を上げて慎一郎のほうを見た。

彼はうっすらと唇を開き、やや目を細めるようにしてこちらを見つめている。その顔がたまらなくエロティックで、叫びだしたくなるほど美麗だ。

麗美は頭が朦朧としているのを感じながら、こくりと頷いた。

「だいじょうぶ……です」

かすれた声で返事をして、均整の取れた慎一郎の裸体に視線を巡らせた。いつそうなってしまったのか、麗美の腰は彼の太ももの上に載せられている。腰の右側に残っていたはずのショーツはなく、もはや身体を隠すものは何もない。

その上、身体の位置や角度から判断するに、麗美の秘部は慎一郎に丸見えになっている。

「やっ……」

さすがに恥ずかしすぎて、麗美は肘をついて後ずさり、彼の膝から下りようとした。しかし、彼は素早くそれを察知して、左手で麗美の腰を引き寄せ、蜜窟の中の襞をたぐり寄せるように中を掻き回してくる。

「いやぁあああんっ！　あんっ！　あっ……あああああっ……！」

さっきよりも強い刺激を感じて、麗美は慎一郎の膝の上で激しく腰をくねらせる。きっともう指は一本じゃない。深く浅く中を探る指の動きは、だいぶ速くなっており、動くたびにぐちゅぐちゅという卑猥な音が聞こえてくる。

「嫌か？　本当に、嫌なのかな？」

慎一郎が、麗美の腰をベッドの上に下ろした。

もはや自力で動けなくなっている麗美は、彼の手が導くままに左右に大きく脚を開いた。

「シーツがぐっしょりと濡れるほど感じてるのに？　麗美の中、すごく熱くなってるし、俺の指をしゃぶるみたいにひっきりなしに動いてるよ」

麗美の顔を見る慎一郎が、にこやかな微笑みを浮かべた。

これほど素敵でセクシーな顔で見つめられると、無条件で彼を受け入れたくなる。

まだ完全には違和感を拭い去れない。けれど、同時に慎一郎を欲する気持ちが抑えきれないほど高まっている。そんな想いが募ったのか、麗美は自分でも気づかないうちに、蜜窟の奥に入ろうとする指を締め付け、抜け出すのを引き留めるように隘路を窄ませていた。

「ゆ……ゆび……」

麗美がか細い声を上げて、慎一郎を見つめ返した。すると、彼はにっこりと笑いながら麗美の唇にキスをしてきた。

「ああ、そうか。もう指じゃ不満なんだね。……なるほど……麗美は真面目ないい子だけど、案外ベッドでは淫らないけない子になる可能性があるな」

慎一郎は納得したように頷くと、指を抜きながら内壁をトントンと刺激してきた。

「ああんっ！　あ……」

「もう少しだけ、ほぐしておこうか。麗美の大事な身体が少しでも傷つかないようにしないと――」

続けざまに指を出し挿れされている間に、また指の数が増えたような気がする。そうしている間にも彼は繰り返し唇にキスをして、目が合えば優しく微笑んでくれた。

「好きだ……大好きだよ、麗美。麗美みたいな女性に出会えて、俺は本当にラッキーだ」

蜜窟の中をゆるゆると捏ねられている間に、彼の舌が口の中に滑り込んできた。下半身に続き、上半身にも彼のものを入れられ、存分に中を舐め回される。

蜜窟を抜け出した指が麗美の左乳房を摑み、円を描くようにゆるゆると揉み始めた。

慎一郎に丁寧にほぐされ、愛撫の味を教えられた麗美の身体は、もう一切の抵抗ができないほどとろとろに蕩かされている。

「麗美……そろそろ本格的に君を抱きたいんだけど、いいかな？　麗美がぐしょぐしょになるほど濡れて感じてくれるから、もう我慢の限界に近いんだ」

「社長……」

ただでさえ慎一郎から発せられる強い雄のオーラに晒されて腰砕けになっているのに〝抱く〟とか〝濡れる〟とか、あからさまな単語を並べられて、胸の高鳴りが更に強くなった。

心はもうとっくに彼を受け入れているし、麗美自身も待ちきれないほど性的な欲求が高まってきている。

「は……はい。お、お願いします」

麗美は震える声で返事をして、慎一郎を見た。

「ありがとう、麗美」

彼はそう言うと、ヘッドボードに組み込まれた引き出しを開け、そこから避妊具の小袋を取り出した。

「一応言っておくけど、このベッドは麗美のために用意した新品だし、これだって麗美と二人で使うために用意したものだよ。わかったかな？」

慎一郎が小袋を振りながら、にっこりする。そして、改めて麗美の顔をじっと見つめたあと、額をコツンと合わせてきた。

「麗美とは会って間もないのに、もうこんなに親密な関係になってる。自分でも驚いているし、正直わけがわからない。だけど、麗美にどうしようもなく惹かれる……。これほど強く誰かを想ったのははじめてだ――」

唇が合わさり、舌がねっとりと絡み合う。脚を大きく開いた状態で、彼の肘の内側に膝裏を抱え込まれた。蜜窟の縁に硬く猛った屹立の先を感じる。

麗美は抑えきれない劣情を感じ、唇をわなわなと震わせた。

「麗美……本当に可愛い……大好きだよ――」

彼のそんな言葉とともに、麗美の中に硬く反りかえった屹立がゆっくりと沈みこんできた。

「ふぁあっ……あ――あぁっ……！」

まるで身体に滑らかで熱い楔を打ち込まれたみたいに、凄まじい圧迫感が麗美を襲い、全身が硬直して息ができなくなる。

何か言おうとするのに、唇ばかりか顎までもガクガクと震えて声を出す事ができない。

気がつけば身体全体が震えている。すると、慎一郎がいち早くそれを察知して麗美をギュッと抱きしめてくれた。

「麗美……大丈夫だよ。ゆっくり息を吸って、吐くんだ。……そう、上手だ」

慎一郎が息の仕方を教えてくれるのを真似て、どうにか浅い呼吸ができるようになった。そうしている間にも、切っ先が隘路をじわじわと押し広げ、緩く中を掻きながら最奥を目指している。

「辛くないか？」

訊ねられ、何度も首を横に振った。

とてつもない圧迫感は、胸元を通りすぎて喉元にまで込み上げてきている。しかし、それを凌駕するほどの多幸感が、麗美の心と身体を満たしていた。

「そうか。じゃあ、もう少し動くぞ」

慎一郎の手に誘われて、麗美は彼の背中に両腕を回した。それからすぐに腰の抽送が速くなり、呼吸をするたびに喘ぎ声が漏れ始める。

恥ずかしさに声を我慢していると、その唇に繰り返しキスをされた。

「舌、出してごらん」

言われるがままに舌を出すと、そこにチュッと吸い付かれた。彼の口の中で二人の舌が絡み合い、ちゅくちゅくと音を立てる。

淫靡な音に聴覚までも刺激され、麗美は全身が燃え立つほどの熱を感じた。

指先に力が入り、彼の腰に回した脚がビクビクと痙攣する。

蜜窟を攻め立てる屹立が、一段と硬さを増して中を抉るように引っ掻く。

麗美はもう無我夢中で慎一郎の腰の動きに酔いしれ、襲ってくる愉悦の波に身を任せた。

すると、身体全体が浮いたようになり、視界が霞がかったように白くぼやけてくる。

「ぁ……あっ……社長……あああああっ……！」

いきなり脳天を突き抜けるような痺れを感じ、麗美はビクビクと身体を震わせた。同時に蜜窟の中で屹立が力強く脈打ち、麗美の中でたっぷりとした精を放つ。

離れていた唇が再び重なり合い、二人の呼気が混じり合った。

「麗美……可愛いよ……。麗美は、本当に可愛い女だ」

囁かれ、唇に啄むようなキスをされて、胸がじぃんと熱くなる。だんだんと頭がぼんやりとしてきて、夢を見ているような気分になった。

慎一郎のものが、麗美の中で再び硬さを取り戻していく。それに反応して、蜜窟の中が悦びに戦慄いているのがわかった。

心に想う人との交わりが、こんなにも素晴らしいものだなんて知らなかった。

（社長、好きです！　……お願いだから、私を離さないで。ずっと私のそばにいてください……）

麗美は心の中でそう叫び、慎一郎の身体に全身で縋り付くのだった。

第四章　夜明けのイチゴトースト

次の日の朝、麗美が目覚めると、すでに部屋の中は明るくなっていた。

まだ目蓋が重く、目が半分も開いていない。

なんとなく頭がぼんやりするし、身体全体がだるいような気がする。

（今、何時だろう……）

麗美は、ベッドの上で横になり目をしょぼつかせながら枕元に置いてある目覚まし時計に手を伸ばした。しかし、いくら探っても指先は空をさまようばかりで、時計に行き当たらない。

（もう……時計、どこに行ったの～）

あくびをし、渋々瞬きをして時計があるはずの方向を見た。

「え？」

見えたのは、縦型のブラインドが掛けられた大きな窓と広々とした部屋の白い壁。

寝ているのは、驚くほど大きくて広いキングサイズのベッドだ。

（そ……そうだった！）

ここは、もう叔父の家ではなく、慎一郎の自宅だった。そして、ここは割り当てられた和室ではなく、慎一郎が使っているベッドルームだ。

状況を把握するなり、麗美はベッドから飛び起きた。

あちこち跳ねている髪の毛を掌で撫でつけ、きょろきょろとあたりを見回してみる。

ベッドの隣はもちろん、部屋の中には誰もいない。壁に掛けられた時計を見ると、長短の針が六時五十分を指している。

今日は日曜日だから仕事は休みだ。

慎一郎と同居前に話し合い、曜日や祝日などに関係なく毎日午前七時に朝食を用意する事になっている。

(とにかく、朝ごはんの用意をしなくちゃ！　えっと……昨日の時点では特に外出の予定は入ってなかったし、今日は三食とも自宅でごはんを……って、考えてないで早く動かないと！)

頭の中はパニック状態だけれど、とりあえずやるべき事をこなさなければならない。

麗美はシーツと掛布団をかき分け、ベッドから出ようとした。そして、ハタと動きを止めてパジャマの胸元に手をやる。

(いつの間にこれを……。もしかして、社長が着せてくれたの？)

パジャマの生地に触ると、サラサラとしており、とても肌触りがいい。まさかと思い、恐る恐る中を確認してみると、上下それぞれに同じ生地でできたキャミソールとショーツを着せてもらっていた。

よく見ると、ショーツの腰の部分が左右両方ともリボン結びにされた紐になっている。

（うわっ……このリボン、引っ張ると簡単にほどけちゃうやつだ）

奈々と行ったランジェリーショップにも、同じようなものが置いてあった。しかし、こちらのほうが生地の面積が小さく、若干肌が透けて見える。

（なんでこんなにエッチっぽいの？　これ、社長が買ったのかな？）

タグを見てみると、いずれの品もシルク一〇〇パーセントのイタリア製の品である事がわかった。

慎一郎は、いったいどうやってこれを着せてくれたのだろう？

考えただけでも、恥ずかしい。

麗美は顔から火が出そうになりながらベッドから出ると、ドアに向かおうとした。しかし、すぐに脚の間に違和感があるのに気づき、その場にへたり込みそうになる。

「ええっ？　……なに、この感じ……」

麗美は今さらながら自分が、ほんの数時間前まで処女だった事を思い出す。

途端に膝から力が抜けてしまい、ベッドの縁に腰を下ろした。すると、昨夜の出来事が、だんだんとはっきりとした映像になって、麗美の頭の中に蘇ってきた。

（ああもう……いろいろと恥ずかしすぎる！）

昨夜は、つい昔を思い出して、慎一郎の胸に縋り付いて大泣きしてしまった。

慰められ、いい気になって、涙が止まるまで彼の腕の中で背中を撫でてもらい――。

そうしているうちに、慎一郎に新品で気合が入ったランジェリーを着けているのを見られた。彼はきっと、こちらが抱かれる気満々でいると思ったに違いない。

会社では「鉄仮面」と呼ばれている慎一郎だが、その実、人一倍心優しい人だ。

おそらく彼は、優しいがゆえに、そんな自分を慰めてくれるつもりで、いろいろと甘い言葉をかけながら、一夜をともにしてくれたのだろう。

麗美は顔を赤くして、文字どおり頭を抱えた。

そもそも自分達は、多少親密な関係にはあるが、あくまでも雇い主と雇われている者という関係にすぎない。

それなのに、いったいなんて事をしてしまったのだろう？

(恋人でもないのに、つい甘えちゃって……。社長の事が好きだからって、私ったらなんて図々しいの？)

きっと彼は、いつものように軽くキスをして歓迎の意を示してくれただけだ。

それなのに、優しい彼の胸に縋り付き、情に訴えるような振る舞いをして結果的に一夜をともにせざるを得ない状況を引き起こしてしまったのだ。

やはり、新品のランジェリーを着けていたのがいけなかった。

慎一郎は、もともとベッドインするつもりなどなかったに違いないのに、ランジェリーを見て仕方なしにセックスをしてくれたのだろう。

しかも、二十六歳の処女をもらうという役目まで負わせてしまった。

慰め、抱いてくれている時に「好きだ」とか「可愛い」とか言ってくれたのは、一〇〇パーセントリップサービスであり、その場限りのものだったはずだ。

慎一郎ほどの男だ。よもや本気でそんな言葉を口にしたわけはない。

それなのに、すっかり舞い上がってしまい、彼への想いを溢れさせ自分を止める事ができなかった。

（恥ずかしい……。私、完全に、勘違い女になっちゃった……）

いったい、誰が好き好んで二十六歳の特別美人でもないチョイポチャ体型の女を抱きたいと思うだろう。

思うわけがないし、そもそも自分がここにいるのは、家政婦の役割を果たすためであり、間違っても彼の夜の相手をするためではないのだ。

ベッドにいないのも、きっと呆れかえってそばにいるのも嫌になったからに違いない。

麗美は腰かけたままベッドに仰向けになって倒れ、両手をジタバタさせた。

自分は、なんて迷惑で愚かしい事をしてしまったのか……。

申し訳ない気持ちでいっぱいだし、穴があったら入りたいとはこの事だと思う。

（どうしよう……）

いくら考えたところで、一度起きた出来事をなかった事にはできない。

おそらく慎一郎は、今頃自分と同居を決めた事を後悔しているだろう。そして、自身が言い出した事を今さら覆すわけにもいかないと考え、困り果てているのではないだろうか？

（こんな事になっちゃったんだもの……今さら何もなかったみたいに、私と同居できるはずがないよね）

家を失った自分に手を差し伸べてくれた慎一郎の気持ちを思うと、ここは彼の気持ちを察してこちらから同居の解消を申し出るべきだろう。

おそらく彼は喜んで同意するだろうし、もしかすると話がトントン拍子に進んで、夕食を作るまでもなくここを出る事になるかもしれない。

(社長は優しいから、さすがにそれはないかな。とにかく早く引っ越し先を見つけないと……)

いずれにせよ、いくら麗美が慎一郎を想っても、二人が身体だけではなく心まで結ばれる奇跡は起こらない。

それに、彼は「綿谷」創業者一族の御曹司であり、家柄も超一流なのだ。身分違いも甚だしいし、万が一、二人が想い合うようになっても、周りが決して許さないだろう。

一度関係を持ったというだけで、勘違いの上塗りをしてはいけない。

とにかく、昨夜の事は自分の分不相応の感情と、慎一郎の優しさと同情心が交錯して起きた突発的な事故のようなものだ。

「目を覚ましなさい、麗美」

声に出してそう言うと、麗美は背筋をシャンと伸ばした。

立ち上がり、若干ふらつきながら部屋の入口に近づき、ゆっくりとドアを開ける。そろそろと顔を出して廊下を窺ってみるも、物音ひとつ聞こえてこない。

(社長、もしかして出かけたのかな?)

麗美の部屋は廊下の一番奥にあり、そこに行くには玄関やリビングの前を通らなければならない。

しばらく待ってみたが、やはり家の中には麗美のほかは誰もいないようだ。

つま先立ちで廊下を走りだし、できる限り音をたてないように和室のドアを開けて中に入った。はめ込み式のクローゼットのドアを開け、中からクリーム色のロングTシャツとスカートのセットアップを取り出す。かなり着込んでいるから、生地はクタクタだし、ところどころ毛羽立っている。

しかし、今さら外見を気にして何になるだろう？

麗美は大急ぎで着替えを済ませ、洗面所の前で朝の身支度を終える。

鏡に映る自分を見つめ、何とも言えない気持ちになった。

(可愛くない……。正直言ってブサイク……)

大泣きしたせいで、奥二重の目蓋がパンパンに腫れ上がっている。こんな顔で寝ていたと思うと、さすがに絶望的な気分になった。

麗美は鏡の中の自分に、問いかける。

(こんなの、誰が好きになってくれるの？　誰もいないよ……。ましてや、社長は……ああ、もう、私の大馬鹿者！　よくも、あんな超絶イケメンの横で、眠りこけていられたわね！)

自分自身に向かって拳骨を食らわせるジェスチャーをすると、麗美はそれきり諦めたように鏡から顔を背けた。

洗面所を出てキッチンに向かう前に、家の中をひととおり窺ってみる。けれど、思ったとおり彼の姿はどこにも見当たらない。

それからすぐに、冷蔵庫に貼り付けてある小さなホワイトボードをチェックし、何か書かれていないかチェックする。それは、同居を始める前に、叔父宅で利用していたものを倣って、慎一郎が事前に設置しておいてくれたものだ。

（何も書かれていないって事は、三食自宅で食べるって事なのかな？）

昨夜のような事があったあとでも？

いずれにせよ、彼とどんなふうに顔を合わせればいいのだろう？

自分がこれほど悶々としているのだから、慎一郎のほうはそれ以上に気まずいに違いない。

彼が帰宅したら、とりあえず何事もなかったかのように振る舞い、頃合いを見計らって自分から同居の解消を申し出よう。

そう心に決めた麗美は、気持ちを切り替えて朝食づくりに取りかかろうと、包丁を手に取る。

すると、玄関のほうからドアが開く音が聞こえてきて「ただいま」の声とともに、慎一郎が帰ってきた。

「えっ？　……えっ、ええっ……」

帰宅は予想していたが、朝食を作るくらいの時間はあるだろうと思っていた。

麗美は、包丁を持ったまま、あたふたとうろたえ、結局はどうする事もできず、その場に棒立ちになる。

それからすぐに慎一郎がキッチンに顔を覗かせて、麗美を見ると目を丸くして後ずさった。

「おはよう。どうした？　強盗が押し入ってきたと勘違いしたのか？」

彼は両手を胸の位置まで上げて、降参のポーズをとる。

「あ……いえ、す、すみません！　お、おはようございます！　今すぐに朝食の用意を――」

麗美は、包丁を持った手を引っ込め、引きつった微笑みを浮かべた。

「いや、それには及ばないよ」

慎一郎が、そう言いながら大股でキッチンに近づいてきた。そして、持っていた紙袋をダイニングテーブルの上に置く。

「えっ……」

朝食づくりは不要と言われ、麗美は流し台のほうに行こうとした足を止める。

自分は食事の用意をするための要員なのに、それを取り上げられたらここにいる理由がなくなってしまう。

もしかして、こちらから申し出るまでもなく、彼のほうから同居解消の話をするつもりなのでは？

ここを出るにしても、せめて引っ越し先が見つかるまでは、いさせてもらえないかと思っていたが、どうやらそれは無理のようだ。彼はきっと、もう食事は作らなくていいから、なるべく早くここから出て行ってほしいと思っているのだろう。

麗美は、包丁を所定の位置に戻すと、慎一郎のほうに向き直った。

そして、深々と頭を下げる。

「わかりました。では、私はこれで失礼します」

顔を上げて可能な限り明るい表情を浮かべると、麗美は慎一郎の横をすり抜けて和室に戻ろうとした。

「麗美、どこへ行くんだ？」

慎一郎に右腕を摑まれ、麗美は歩く足を止めた。

「部屋に戻るんです」

「どうして？」

「どうしてって……食事を作らなくていいのなら、私はもうここにいなくてもいいからです」

麗美が答えると、慎一郎が訝しそうな表情を浮かべた。

「なんでそうなるんだ？　これから一緒に朝食を食べようと思ってるのに、いなくなってしまうのか？」

「朝食を……一緒にですか？」

「ああ、そうだ。この近所に、美味しいと評判のパン屋があってね。見た目も可愛くて女性に人気だと聞いていたから、麗美に食べさせてあげようと思ってモーニングセットをテイクアウトしてきたんだ」

彼はそう言うと、紙袋を引き寄せて、中から四角い箱を取り出した。

「開けてごらん」

促されて箱を開けると、中にはスライスしたイチゴがたっぷりと載せられた、分厚いトーストが入っていた。

「うわぁ、美味しそう！」

麗美が思わず声を上げると、慎一郎がにっこりと微笑んで別の箱を袋から取り出した。

「だろ？　こっちは厚焼き玉子のサンドイッチだ。ほら、こっちも美味しそうだぞ」

慎一郎が麗美のほうに向けて箱を開けて見せてくれた。

「わぁ、この厚焼き玉子、すごく分厚い！」

六つ切りの食パンに挟まれたそれは、まるでクリームみたいにふんわりとしていて柔らかそうだ。

「こっちの袋にはサラダとコーヒーが入ってる。さあ、さっそくシェアして食べてみよう。麗美は、そこに座って待っててくれ」

「あ……はいっ」

いったい、どういう事だろう？

もしかして、今すぐに出て行けというわけではないのかもしれない。

内心ほっとしながら、麗美は言われたとおり、すぐそばの椅子に座った。

彼は棚からパン切りナイフと皿を取り出して、トーストとサンドイッチを切り分け始める。

「麗美、身体は辛くないか？　昨夜は悪かったね。昼間の引っ越しで疲れていただろうに、食事の準備までしてくれた上に、疲れ果てて途中で寝入ってしまうまでを麗美を抱いたりして——」

じっと目を見つめられながらそう言われて、顔はもとより耳朶の先まで真っ赤になる。

「大丈夫です……朝起きた時、ちょっとだけ足がふらついただけです」

「本当に？　もし、だるかったり、どこか痛いようなら、これをベッドルームに運んでもいいよ。もちろん、俺と一緒に食べる前提の話だぞ」

わざとのように強い目線を向けられ、麗美は肩を縮こめて首を横に振った。

「いえ、ここで食べます！」

「そうか？　じゃあ、温かいうちに食べよう」

慎一郎が麗美の隣の椅子に座り、それぞれの前に皿を置いた。

「いただきます」を言い、どちらから先に食べようか迷ったのちに、パンの部分が黄金色に光るイチゴトーストを食べてみた。

トーストは、厚さが三センチくらいあり、口に入れるのも大変だが、咀嚼して飲み込むのにも少々時間がかかる。

もごもごと噛み続け、ごくりと飲み込んで、ほうっと長い息を吐く。

「このトースト、絶品です！　イチゴの下にはちみつと練乳までかかってて、すっごく美味しいです！　ホイップクリームが載ってるとこは、格別ですよ！」

麗美は感想を言い終えるなり、続けて厚焼き玉子のサンドイッチにかぶりついた。今度のものは、玉子の優しい甘さと柔らかな食感が、パンと驚くほどマッチしている。

麗美は口の中のものをごくりと飲み込むと、目を大きく見開いて慎一郎のほうに向き直った。

「厚焼き玉子、甘くてふわっふわです！　パンもふわふわで、口の中がふわふわ祭ですよ！」

美味しさに感動するあまり、無意識に彼の腕を摑んでグラグラと揺すっていた。

「あ……す、すみません！　あんまり美味しいから、つい——」

「構わないよ。こんなに喜んでくれて、買って来た甲斐があったな」

コーヒーを飲みながら食べ進め、慎一郎よりも麗美のほうが先に食べ終わった。ごちそうさまを言おうとしていると、慎一郎が自分のイチゴトーストを一切れ麗美の皿に移してくれた。

「もうひとつくらい食べられるだろ？　遠慮なくどうぞ」

「ありがとうございます」

もらった一切れをフォークで刺して、大きく口を開ける。けれど、目測を誤ったのか、トーストの上のホイップクリームの大半が口の中に納まりきらず、皿の上にぽとりと落ちてしまう。

あわてて落ちたホイップクリームをフォークですくい上げようとしていると、慎一郎がふいに近づいてきて、麗美の上唇の端を舌でペロリと舐め上げてきた。

「クリームがついてたよ。麗美は、本当に美味しそうに食べるね。その顔を見てるだけで、食べているものが二倍美味しくなる」

横から肩を抱き寄せられ、唇にたっぷりとキスをされる。

いつまでも続くかと思うほど長く唇を重ねられ、麗美はうっかり夢心地になってしまう。

「んっ……ん……ダ……ダメッ……」

ふと我に返り、麗美は顔を背けて慎一郎のキスから逃れた。

「なんで、ダメ？」

そう囁きながら、慎一郎がもう一度キスをしようとしてくる。

「だって、また社長の優しさに甘えたくなってしまうから……。昨夜は、本当にすみませんでした。私、社長が『好きだ』とか『可愛い』と言ってくださったのが、嬉しくて……。あんな風に優しく慰められた事ってなかったし、だからつい、社長にご迷惑を——」

「迷惑？　何が迷惑だって？」

俯いている顔を覗き込まれ、そう訊ねられた。

「そ、その……つまり、図々しくも私のはじめてを押し付けて、無理矢理もらっていただいたというか……」

あまりにも声が小さかったせいか、慎一郎がさらに顔を近づけてくる。

「うん……麗美のはじめてを俺がもらった。だが、なんでそれが迷惑だなんて思うんだ？」

これ以上近づいたら、きっと言わなければならない事が言えなくなってしまう。

麗美は、身体ごとそっぽを向いて、彼の視界から逃れた。

「二十六歳の処女を押し付けられて、迷惑じゃないはずがないです。社長は優しいから、行きがかり上そうなった私を持て余してますよね？　私、できるだけ早く住むところを見つけます。だから、申し訳ないんですが、それまで同居の解消は待っていただけたらと――」

「麗美」

背後から両肩を摑まれ、椅子ごと半回転させられる。

「迷惑だとか同居の解消だとか、さっきから、いったい何を言ってるんだ？　俺は麗美を迷惑だなんて、これっぽっちも思ってないし、せっかくの同居を解消するつもりもさらさらないぞ」

「で、でも――」

「でももへったくれもない。いいか、麗美。俺達が知り合って、まだひと月も経ってない。正直、ものすごく戸惑っているし、どうしてこんな風になっているのか、理解できない」

「ほら、やっぱり……。社長が私に同情してくださるのは、ありがたいと思います。でも、だからって、あんな親密な慰められ方をすると、勘違いしてしまっ……きゃっ！」

いきなり抱き寄せられ、腕の中に取り込まれる。

「麗美は、俺が同情で麗美に同居しようと言ったり、こんな事をすると思ってるのか？」

慎一郎が、そう言うなり麗美の唇をキスで塞いだ。

椅子から腰が浮き、尻肉を掌ですくい上げられる。そのままダイニングテーブルの上に載せられ、仰向けに寝かせられた。

閉じた脚を、やんわりと左右に開かされ、割り込んできた彼の腰を挟み込むような格好になる。

「んっ……ん――」

めくれ上がったスカートの裾から、慎一郎の右手が入ってきた。

太腿を捏ねるように撫でられ、思わず甘い声を出してしまう。

「俺が昨夜、麗美に好きだと言ったのは本心であって、その場限りの慰めなんかじゃない。もう一度言うが、俺は麗美が好きだ。麗美の人柄や前向きな姿勢、麗美の生き方、頑張り屋で明るくて芯の強いところを知るにつれ、麗美の事が頭から離れなくなった」

彼の指先がショーツの縁に触れ、薄い生地の中にそっと忍び込んだ。そして、すぐに閉じた花房の中に分け入り、そこを緩く掻き混ぜ始める。

「ぁあっ……は……しゃ……しゃちょ……」

「うん？　……いつの間に、こんなに濡らしてたんだ？　昨夜セックスを知ったばかりの身体とは思えないな。麗美、これじゃあ、触っているうちに指が麗美の中に入ってしまいそうだね」

淫らな水音が聞こえる中、慎一郎がショーツの腰ひもをほどいた。布に包まれていた秘部が露出し、全身に緊張が走る。

まさか、朝っぱらから、こんなエロティックな展開になるとは、思わずにいたのに……。

そんな麗美の思惑をよそに、慎一郎の指が、いとも簡単に蜜窟の入口を探り当てる。

それからすぐに彼の指が中に入ってきて、溢れるほどの蜜をかき混ぜながら恥骨の裏に小刻みな振動を与えてくる。

「ああんっ！　社長っ……そ……そこ……ダ……ダメッ……やぁああんっ！」

脳天が痺れ、身体がびくびくと跳ね上がった。慎一郎が、空いているほうの手でTシャツの裾をたくし上げ、キャミソールの上から左の乳房を揉み込んでくる。

「ダメ？　気持ちいいの間違いじゃないのか？」

キャミソールごとTシャツを首の下までめくり上げられ、両方の乳房があらわになる。

すかさず右胸の先を食まれ、ちゅうちゅうと音を立てて吸い付かれた。

「社長っ……ふぁあっ……あ、あっ……あんっ！」

たまらずに嬌声を上げてテーブルの上で身をよじると、その隙にTシャツを手首の位置に引き上げられてしまった。まるで両手を頭上で戒められているような格好になり、頬が焼けるように熱くなる。

硬く尖った胸の先端を舌で捏ね回され、腰が高く浮き上がった。

麗美は何とか身体を上にずらして、彼から逃れようとしてみた。けれど、すぐに腰をグッと引かれて、あっけなくもとの位置に戻されてしまう。

「どうして逃げようとするんだ？　昨夜は、あんなに必死になって俺に縋り付いてきたのに」

見下ろしてくる慎一郎の目は、獰猛な野獣のような迫力がある。

「まさか、覚えてないとは言わないだろうね？」

訊ねられ、無意識に口を一文字に結んだ。

正直言って、昨夜は途中から夢うつつになってしまい、ぜんぶ覚えているとは言えなかった。

中を愛撫していた指が蜜窟から抜け出て、太ももの内側に移動する。

「そうか……返事をしないという事は、覚えていないって事だね。だったら、改めて覚え込ませてあげなければならないな」

黙り込む麗美の顔を見つめながら、慎一郎が麗美の皿のほうに手を伸ばした。皿の上には、さっき麗美が食べ損ねたホイップクリームが残っている。

彼はそれを指ですくい上げると、麗美の胸の先に、そっと擦りつけてきた。

「あっ……！」

さんざん慎一郎の口の中で愛撫され、麗美のそこはいつも以上に敏感になっている。

先端に乗せられたホイップクリームが、少しずつずり落ちて乳暈を覆った。

仰向けになっているから、膨らみはさほど大きくはない。けれど、かえってそのほうがエロティックに見えるような気がする。

上体をぜんぶさらけ出しているだけでも恥ずかしいのに……。

麗美は唇をきつく結んで、顔を横に向けようとした。しかし、それよりも一瞬早く伸びてきた慎一郎の手に顎を囚われてしまう。

「せっかく麗美のために買ってきた朝食だ。ぜんぶ美味しく食べないと、作ってくれたお店の人に悪いよな？」

彼は、これ見よがしに唇からチロリと舌先を覗かせると、麗美が見守る中、胸の先を覆うホイップクリームをゆっくりと舐め始めた。

「ぁんっ……ああっ……！」

途端に全身が熱く総毛立ち、つま先にギュッと力が入る。

先端を舌で弾かれ、乳暈を繰り返し甘嚙みされて、蜜窟がキュンと窄まる。

ホイップクリームを残らず舐めとると、慎一郎がおもむろに起き上がって麗美の浮き上がった両方の足首を摑んだ。

抵抗する暇もなく踵をテーブルの縁に固定され、その状態で腰をぐっと引き寄せられた。

大きく脚を開いたせいで、かろうじて閉じていた花房が開き、しっとりと濡れた秘裂があらわになる。

「麗美のここは、とても濡れやすいね。もともとそうだったのか？」

秘裂を縦方向に撫でられ、くぐもった嬌声を上げた。指先が、ほんの少しだけ蜜窟の中に沈められ、ゆっくりと出し挿れをされる。

「麗美？」

執拗に訊ねられ、麗美は喘ぎながら首を横に振った。

「そ……そんなの、知りませんっ……」

まったく、彼はどんなつもりで、今そんな質問をしているのか――。

抗議するつもりで慎一郎の顔を睨みつけたのに、目が合った途端心が蕩けた。

「くくっ……麗美は可愛い上に、面白いな。だから、ついいろんな事をしてあげたくなる」

慎一郎が麗美のほうに片方の掌を向けて「動かないで」と言った。

いったい、何をするつもりだろう？

麗美が見つめる中、彼は蜜窟に挿れていた指を引き抜き、蜜にまみれた指先をぺろりと舌で舐めた。そして、麗美の膝立ちになった脚の前に片膝をついてしゃがみ込んだ。

「やっ……」

麗美が驚いて上体を浮かせると、慎一郎がわざと怖い顔をして睨んできた。

「動かないで、と言ったはずだよ。いい子だから、そのままじっとしていなさい」

諭すようにそう言われ、麗美はほんの少しだけ肩をテーブルに近づけた。

部屋の中は十分すぎるくらい明るい。

ダイニングテーブルの高さは、慎一郎の胸の少し下くらいだ。彼がもう少し姿勢を低くすれば、恥ずかしい部分が丸見えになってしまう。

麗美は、なんとかそうさせまいとして、できる限り腰を引いて秘部を隠そうとした。けれど、すぐに慎一郎にバレて、眉を顰められた。

「こら。動いちゃダメだって言っただろう？」

「む、無理ですっ……。だって、こうしないと社長に見られちゃう——あっ……やぁあんっ！」

麗美の抵抗も空しく、彼は麗美の膝を摑むと、ぐっと上に押し上げてきた。

自然と腰が浮き上がり、慎一郎の目の前に秘部を晒す格好になる。逃げようにも、両手を頭上で戒められた状態で仰向けに寝そべっていては、どうする事もできない。

麗美は、顔を真っ赤にして再び上体を浮かせようとした。けれど、そうする前に、慎一郎が麗美の両方の太ももを自身の肩の上に抱え上げてきた。

「やっ……社長、何をするんですかっ？」

「麗美は、ほんの数時間前にセックスをして、俺に身体を開いてくれたばかりだろう？　無理な体勢をとったし、思いきり感じてたから全身の筋肉が疲れ切ってると思う」

優しく、尚且つやけに真面目な顔でそう言われ、麗美は破廉恥な体勢を取らされながらも、律儀に頷いて同意する。

「本当は、今すぐにでも麗美を抱きたい。昨夜あんなに可愛く啼いてくれた事だし……だけど、さすがにまだ無理はさせられないから、こうやってできる範囲で麗美と交わろうと思ってね」

慎一郎が、視線を麗美の顔から秘裂のほうに移した。彼の顔に、まるで捉えた獲物を食らおうとする猛獣のような微笑みが浮かんだ。

「え？　こ、こうやってって、どう——」

「いいから、見ててごらん」

そう言うなり、慎一郎がいきなり秘部に口づけて、秘裂の中を舌で舐め上げてきた。

「あっ！　あっ、ゃあああぁんっ！」

途端に全身がカッと熱くなり、麗美は顎を上向けて身をくねらせる。中に溢れている蜜を音を立てて吸われて、あまりのいやらしさに気が遠くなりかけた。

「麗美、ちゃんと見てないと、何をされるかわからないよ」

軽く脅し文句を言われて、麗美は息を弾ませながら、視線を戻した。

腰をさらに高く持ち上げられ、麗美の位置からも自身の秘部がかろうじて見えるようになる。

慎一郎の長く伸びた舌が、恥骨を覆う薄い柔毛を弄ぶ。

なんて淫らで、痺れるほど刺激的な光景だろう――。

麗美は、密かに心を躍らせている自分を恥じながらも、そこから視線を外せずにいる。

左右に開いた脚をさらに大きく広げられ、恥骨の先に硬く角ぐんだ花芽の先が見えた。たっぷりとした蜜に濡れたそれは、濃い桜色に染まっている。

「こうしているだけでも、感じてるようだね。ここが腫れてるの、わかってるだろう？」

囁くようにそう言われて、恥ずかしさのあまり顔の筋肉がピクピクと震えだした。

「み……見ないでくださいっ……」

麗美がそう言うと、慎一郎があからさまに残念そうな表情を浮かべる。

そして、わざとのように麗美の目をじっと見つめながら、花芽の先端に舌先を触れさせた。

「あんっ！」

声が漏れ、身体の中心がきゅうっとねじれるような感覚に陥る。

麗美が唇を噛みしめて身体を震わせていると、彼は満足そうな微笑みを浮かべながら硬く尖らせた舌先で勃起した花芽をクニクニと捏ね回してくる。

腰が激しく震えだし、唇からため息のような嬌声が零れた。

「はっ……ぁ……あんっ……しゃ……ちょうっ……」

「麗美の声、ちょっとハスキーですごくセクシーだね。とてもいいよ……ご褒美に、もう少し気持ちよくしてあげようか」

慎一郎が、うっすらと目を細め、花芽にチュッと吸い付くと同時に、蜜窟の中に指を滑り込ませてきた。

「あああっ！　あっ……あああああ――」

途端に得も言われぬ快感に全身を包み込まれ、横になりながらも腰が抜けたようになった。

花芽の先を飴玉のように舌で舐め回され、指で蜜窟の中を繰り返し愛撫される。

込み上げる愉悦の波に飲まれ、満足に息をする事もできない。

たまらずに目を閉じて身を震わせていると、唇の先に温かな呼気を感じた。戒められていた手首が自由になり、唇にキスをされる。

「麗美、もうイキたい？」

唇を重ねながらそう訊ねられ、無意識に首を縦に振った。

「んっ……ん、んんっ……！」

恥骨の裏を複数の指先でバラバラと引っ掻かれ、目の前で真っ白な閃光が弾けた。蜜窟の中が熱くざわめき、奥がヒクヒクと痙攣しているのがわかる。

朝の陽ざしが降り注ぐダイニングテーブルの上で、麗美は我もなく身を震わせて絶頂の余波に身を委ねた。

「麗美……好きだよ……。俺が本気でそう言ってるって、わかってくれたかな？」

耳元で彼がそう訊ねてくる。

麗美は、か細い声で「はい」と返事をした。

「じゃあ、もう同居を解消するなんて言わないね？」

「はい、言いません」

「よし。じゃあ、もう一度、昨夜俺に言ってくれた言葉を、言ってくれないかな？」

「えっ……私が、社長に言った言葉って……」

麗美が微かに首を傾げると、慎一郎が微笑んでこめかみにキスをしてきた。

「麗美は、昨夜俺に『社長、好きです！　……お願いだから、私を離さないで。ずっと私のそばにいてください……』って言ってくれただろ？　……もしかして、本当に覚えてないのか？」

慎一郎が、感情たっぷりに麗美の口真似をする。

それを聞いた麗美は、ポカンと口を開けて彼を見つめた。

「……いえ、覚えてます。だけど、それは心の中でそう言っただけだと思ってました」

まさか、声に出して言っていたとは思わなかった。

とにもかくにも、昨夜慎一郎と過ごした時間は、麗美にとって夢と現実がわからなくなるくらい素晴らしい時間だったのだ。

「そうなのか？　じゃあ、気づかないうちに本音を口にしてたってわけか。……ふぅん、麗美は、よっぽど俺の事が好きなんだな。心配しなくても、大丈夫だ。麗美、好きだよ。麗美をぜったいに離さないし、ずっとそばにいるって約束する」

強く抱きしめられ、唇に優しくキスをされた。

慎一郎が言ってくれた言葉が、唇をとおして麗美の心に染み込んでいく。

「――社長、好きです……お願いですから、私を離さないでください……。ずっと私のそばに……どこにも行かないでください……」

改めてそう口にした途端、慎一郎への想いが胸に溢れてきた。

もう彼なしでは、生きていけない――そう思えるほど、慎一郎の事が愛おしくてたまらなくなる。

そんな麗美の気持ちを察したのか、彼がとろけるほど優しい笑みを浮かべた。

「もちろんだよ、麗美」

再び唇を重ねられ、舌が絡み合った。

これ以上のしあわせが、あるだろうか？

麗美は慎一郎の背中にそっと腕を回し、目にしあわせな涙を滲ませるのだった。

◇　◇　◇

「一言で言うと『信じられない』……って感じ」

麗美が言うと、隣に座る奈々が思いっきり体当たりを食らわせてきた。

「なに言ってんのよ！　まぁったく、もう、いつの間にそんな関係になってたのよ～！　ほんと、びっくり！」

奈々が平手で腕をバシバシと叩いてくる。

「イタタタタ！　ちょ、ちょっと奈々ってば、力強すぎ！」

六月最初の土曜日、麗美は奈々と昔よく行っていた駅前の喫茶店で待ち合わせをした。

その店は、二人がまだ高校生だった頃から利用しており、オーナーは今年還暦を迎える女性で、麗美の亡くなった祖母・淑子とは昔からの知り合いでもある。

その関係で、麗美が新卒で入社した会社が倒産したのち、二年間ここでアルバイトをさせてもらっていたのだ。

「だって、麗美が社長と知り合ったのって、ほんのひと月前でしょ？　それからすぐに屋上でキスして、あっという間に同居に持ち込んで初体験まで果たすなんて――」

「な、奈々っ！」

店内はカウンター席が六つと、テーブル席が四つある。麗美達は窓際のテーブル席についており、店内には、ほかにも客が二組いる。多少離れているとはいえ、あまり大きな声で話したら聞かれてしまう恐れがあった。

「ごめんごめん。でも、麗美ったら、まさにシンデレラストーリーを地で行ってるって感じだよね」

今日は慎一郎にも別の用事があり、ふたりはそれぞれに休日を楽しむ事になった。

麗美は、昼前に奈々とここで落ち合い、つい今しがた、ランチを食べながら慎一郎との間に起きた出来事を話し終えたところだ。

「ほんと、よかったよ～！　だけど、急展開だったね。それにしても、二回目にしてダイニングテーブルの上でとか……私ですらやった事ないプレイを——」

「しーっ！　奈々ったら、勘違いしないでよ。プ、プレイとかじゃないから！　それに、二回目っていっても……その……」

「そっか。がっつりヤッたわけじゃないから、一・五回かな？」

「ちょっと、奈々っ……」

その件については、サラリと話して終わらせるつもりだった。しかし、奈々の巧みな誘導尋問にひっかかり、つい詳細を明かしてしまったのだ。

「紆余曲折があったとはいえ、まさかここまでトントン拍子に行くとは思わなかったなぁ」

「私も、そう思う」

「世の中、捨てたもんじゃないって事ね。麗美は人一倍頑張って来たんだもの。これくらいドカンと大きなしあわせを摑んでも、誰も文句は言わない……っていうか、私が言わせないよ」

「ありがとう、奈々」

先々週の土曜日、麗美は慎一郎と同居を始めた。

そして、その日のうちに彼と夜をともにして、次の日には気持ちをしっかりと確かめ合い、晴れて恋人同士になったのだ。

はじめこそ異性との同居や豪邸生活に戸惑いを感じていた麗美だった。だが、今ではいくぶん慣れて、朝起きても自分が今どこにいるのか把握できるようになっている。

「じゃあ、もうラブラブでベタベタな感じ？」

「うーん、そこまではまだ……。会社では社長と派遣社員だしね」

仕事上の関係性もあり、それがプライベートにも影響している。

態度や会話も、多少は砕けた感じにはなっているが、まだ恋人同士というには堅苦しすぎると言わざるを得ない。

「ふーん、まあ、そういうのもいいかもね。とにかく、このましあわせ街道をまっしぐらだよ、麗美。まだ、はじまったばかりだし、気合入れて行こう！　油断せず、着実に地盤固めをしていくんだよ」

「うん。わかった」

「ああ、麗美が社長夫人になるなんて、素敵～。そういえば、私が結婚した時のブーケ、麗美がキャッチしてくれたよね。うわぁ、ようやく花嫁のバトンが麗美のもとに――」

「奈々、いくらなんでも話が飛躍しすぎだってば」

「だって、もういい年だし、せっかくのシンデレラストーリーをハッピーエンドで終わらせなくてどうするのよ」

奈々のおしゃべりは止まらない。

結婚はさておき、麗美にとってこれがはじめての恋愛であり、ただでさえいろいろとわからない事だらけだ。

しかも、相手は大企業の若き社長であり、生粋の御曹司だ。

「童話のシンデレラでは継母や義理の姉達に、邪魔されたりするしね。現実世界でも、どこから邪魔が入るかわからないよ」

実際に、慎一郎にその気がなくても見合い話がわんさか来ているのは事実だ。これまではすべて回避できたようだが、今後もそうだとは限らない。

彼の結婚を望む親戚の中でも、特に現会長の綿谷源吾が熱心であるなら、そのうちゴリ押しされる可能性もなきにしもあらずだ。

『綿谷社長は、一族の直系の御曹司ですもんね。子供を作って後継者として育てる義務もあるし、由緒正しい血には、それにふさわしい花嫁を、ってわけね』

以前、同僚の理沙がそう言っていたが、それを聞いた奈々曰く、実際のところ一番のネックは、それであるらしい。それは、麗美も重々わかっている。

(本当なら、付き合うどころか出会うチャンスすらないくらいだったんだもの……)

奈々と別れ、電車で帰途につきながら、麗美はぼんやりと窓の外を眺めた。

はじめて男性を好きになり、思いがけず両想いになった。

出会ってまだわずかな時間しか経っていないけれど、今の状態になるまで、さんざん戸惑ったり迷ったりした。

今だって、気持ちが盛り上がっている分、不安が増してきている。

現実的に考えれば、かなり難しい恋かもしれない。

けれど、少なくとも想いは通じ合っているし、慎一郎はずっとそばにいると言ってくれた。

今は、その言葉を信じるしかないし、実際にそうしている。

そうやって、一日一日をともに過ごし、未来に続く道をともに歩んでいけたらいいと思う。

(結婚か……そりゃあ、意識しないわけじゃないけど、今はまだ現実的じゃないよね)

なにせ、出会ってからまだひと月しか経っていないのだ。

何をどうやっても格差が縮まるわけではないし、そうであれば必要以上に悩まないほうがいい。

(急がない急がない！　急いては事を仕損じるって言うしね)

麗美は、常に前向きでいようとする自分を取り戻し、慎一郎との交際を決めた。

本音を言えば、慎一郎と温かい家庭を築けたらいいとは思うが、先の事は誰にもわからない。

これから、少しずつお互いを知って、徐々に理解を深めていく——その結果、二人にどんな未来が待っているかは、神のみぞ知る、だ。

電車が自宅最寄り駅に到着し、改札を出て駅前通りを歩き出す。

さすが日本随一の高級住宅地だけあって、街はきちんと区画整理されており、樹木などの緑が多く、景観を損ねるような建物など一軒も見当たらない。

麗美は駅前のフードマーケットに立ち寄り、必要な食料品をカートの中に入れていく。

ひと月通って、だいぶ慣れたものの、ここに来ると若干緊張する。

かつて麗美が通っていたスーパーマーケットとは違い、店内は整然としており、買い物をする人達は、皆見るからに上品そうな人ばかりだ。

通路は広くチリひとつ落ちていないし、棚には見た事もないような高級食材やめずらしい輸入品も多く並んでいる。

やって来た買い物客は静かに商品を選び、レジに向かう。

誰も大声を出してしゃべったりしないし、カートがぶつかったと言って舌打ちをする人も皆無だ。

(今日は一人だし、簡単なもので済ませちゃおうかな)

慎一郎は今日、古くからの知り合いがオープンさせたジュエリーショップのオープニングセレモニーに呼ばれており、夕食はそこで済ませてくる予定だ。

商品棚を眺めながら歩き、ふと親しみのあるインスタントのカップ麺を見て立ち止まる。

(これ、一時期よく食べてたよなぁ)

麗美がまだ小学生で父親と二人で暮らし始めた当初、キッチンの棚にはいつもそのカップ麺の買い置きがあった。それは、父親が夜遅くならないと帰れない時の麗美の夕食メニューのひとつであり、思い出の味だ。

これなら、やかんにお湯を沸かしさえすれば食べられる。

麗美はそれが好きだったし、今も時折急に食べたくなったりするのだ。

(よし、今夜はこれにしよう。せっかくだから、二、三個買い置きしとこうかな)

棚からカップ麺を取り、カートに入れてレジに並ぶ。

見たところ、周りの買い物客のカートには高級食材ばかり入っている。しかし、もしかするとその下には同じようなカップ麺や棚に並んでいた袋麺が入っているのかもしれない。

麗美は、以前下町のスーパーマーケットでアルバイトをしていた時、そこの店長が「売れる見込みのないものは仕入れないし、目線の高さに並べない」と言っていた事を思い出した。

(そうだよね。この街にも、私みたいな人がいるかもしれないし)

そう思うと、また少しこの街や店に慣れたような気がした。

まだ観光地を訪れた旅人のような感覚はぬぐえないが、ここは慎一郎が家を建てた街であり、今後もずっと住み続けるであろう場所だ。

この街には、慎一郎がいる。

それだけで、この街を好きになるには十分だった。

広々とした道を足取りも軽く歩き続け、自宅が見える場所まで辿り着く。

「あれ？　灯りがついてる」

麗美は早足で歩き、駐車場に車があるのを確認した。

(社長、もう帰ってきたんだ。晩ごはん、まだ食べてないかも——)

冷蔵庫には、買い置いた食材が入っているし、できる範囲で希望を聞いて夕食を作れるだろう。

門を開け、玄関のドアを開錠して中に入る。

「ただいま帰りました」

麗美が声をかけると、ちょうど風呂から上がってきた様子の慎一郎が玄関まで来て出迎えてくれた。

「おかえり」

「社長も、おかえりなさい。思っていたよりも、ずいぶん早かったですね」

「うん、友達に断って、ちょっと早めに帰ってきたんだ。パーティー会場は立食だったんだけど、例のごとく、あまり食が進まなくてね」

麗美と暮らすようになってから、慎一郎の食習慣はかなり改善された。もう完全栄養食を買う事もなくなったし、自宅では麗美の手料理をもりもりと食べる。

しかし、外ではまださほど食欲が湧かないようで、メニューの中に嫌いなものがあると、途端に食べる気が失せるらしい。

「じゃあ、何か作りますね。リクエストはありますか？」

「特にない。麗美の作るものなら、何でも美味しく食べられるからな。……それ、何を買ってきたんだ？」

慎一郎が、麗美が持っていたエコバッグに手を伸ばした。

「あっ……これは――」

咄嗟に隠そうとしたものの、彼がバッグの中を見るほうが速かった。

「おっ、このカップ麺、懐かしいな。久しぶりに見るけど、まだ売ってたとは知らなかった」

「えっ？　これ、知ってるんですか？」

「知ってるよ。大学時代に一時期ハマってよく食べてたから」

「そうなんですか。なんだか、ちょっとびっくりしました。このカップ麺、安くて美味しいから人気商品だけど、社長も食べた事があるとは思いませんでした」

「そうか。そういえば、まだ俺の昔の話とか、そんなにしてなかったよな。うちは、代々子供の学費を出したり、実家に住まわせるのは高校まで、と決まってるんだ」

「そうなんですか？」

少なからず驚き、麗美は目を丸くする。

「前払いする必要があるお金についても、それまでの貯金から出さなきゃならなかったし、大学の学生寮に住みながら学費を稼ぐために、一生懸命バイトしたよ。その時知り合ったバイト仲間にこれを勧められて食べてみたら、すごく美味かったたんだ」

「そうだったんですか。……バイトって、どんな事をしてたんですか？」

「せっかくだから、社会勉強のつもりでいろいろな仕事をやらせてもらったよ。塾講師に児童館の職員。お祭りの屋台やスーパーの品出し。深夜のビル警備とコンビニは、工事の現場仕事をしてたときに掛け持ちしてたな」

慎一郎が昔を懐かしむような顔で口元に笑みを浮かべる。

「そのほかにもいろいろとね。その時に知り合った友達とは、今でも連絡を取り合ってるし、中には父親と同じ世代のひともいるんだ。とにかく、すごく有意義だったし、いい人生経験になったよ」

話しながらキッチンに移動して、エコバッグの中に入れていたものをカウンターの上に並べる。

「これ、ほかにも何種類かあるよな。だけど、このシーフード味が一番うまい」

「わかります！　野菜も入ってるし、あっさり味なのに、こってりもしてて」

「そのとおり！」

麗美は慎一郎と顔を見合わせて、頷き合う。

まさか、カップ麺でこれほど話が盛り上がるとは思わなかった。やはり、あの店にこれが置いてあるのには、多少なりともニーズがあっての事なのだろう。

「麗美は、今夜これを食べようとしてたのか？」

「はい。今日は一人だと思ってたので、簡単にこれで済ませちゃおうかと……」

「それで、ついでに余分に買ったってわけだな。よし、ちょうどいいから、今夜はこれを晩ごはんにしよう。これなら俺も作れるから、麗美は風呂に入ってきたらどうだ？」

「えっ……いいんですか？」

「もちろんだ。本当なら、今夜は食事の準備はしなくていいはずだったんだし」

「じゃあ、そうさせていただきます。なるべく早く上がりますね」

「いや、ゆっくり入ってきていいよ。晩ごはんを食べたら、もう寝るだけだし」

慎一郎が麗美を見て、意味深な表情を浮かべる。

麗美は顔を赤くして、小走りにキッチンを出た。自室に入り、着替えを用意してからバスルームに向かう。

ゆっくりでいいと言われても、そう長く慎一郎を待たせるわけにはいかなかった。叔父宅にいた時から、手早く入浴を済ませる習慣がついている。無駄のない動きで全身をくまなく洗い上げ、十分もしないうちにバスルームを出た。

身体を拭き、クリーム色のワンピースに着替える。それは、ここに住むようになってから買った部屋着のひとつだ。

濡れた髪の毛を乾かしながら、麗美は小さく笑った。

（知らなかった……社長もバイトの掛け持ちとかしてたんだなぁ。勝手に何の苦労もなく大学に入って留学までしたと思ってたけど、違ったんだ……）

御曹司だからと、勝手に苦労知らずだと思い込んでいた自分が恥ずかしい。

せっかく恋人同士になれたのだから、もっと深く彼を理解したい。そして、できる事なら忙しい毎日を送る彼が憩えるオアシスのような存在になれたらいいと思う。

身支度を整えてキッチンに戻ると、慎一郎がのんびりとお湯を沸かしているところだった。

「早かったな。麗美はもう座っていていいよ」

促されて席に着き、左方向にあるシンクの前に立つ慎一郎をチラチラと窺い見た。

なんでもない白Tシャツに明るいグレーのスウェットパンツを穿いた彼は、口元に薄っすらとした微笑みを浮かべている。もう、そこに立っているだけでかっこいいし、見ているだけで胸がときめいてしまう。

（まさに、王子さまって感じだよね。外見に関しては非の打ちどころがないし、ものすごくかっこいい……）

麗美は改めてそう思い、高鳴る胸をそっと掌で押さえた。

ここで一緒に住むようになってから、何度今のような感動を味わった事だろうか。

すっかり感じ入って、また慎一郎のほうに顔を向けると、待ち構えていたらしい彼と目が合い、あわててそっぽを向く。

「なに、見てるの？」

「いえ、別に……」

「別にって、さっきからチラチラと見てただろ？　そんなに見たいなら、もっと近くで見せてあげるよ。ほら——」

大股でやって来た彼の手に顎をすくわれ、唇にキスをされる。舌先で唇の内側をくすぐられて、身体のあちこちに小さな熱が生じた。服の上から軽く乳房を揉まれ、うっかり声が漏れてしまう。

「んっ……んぁっ……」

唇を食い締めて耐えていると、慎一郎の指が麗美の胸の先を的確に捉えてくる。

摘まれ、緩くねじられて、椅子からずり落ちそうになった。瞬時に伸びてきた彼の手に助けられ、事なきを得る。

「さてと……そろそろ時間だな」

まるでキスと胸への軽い愛撫で時間を計っていたみたいに、慎一郎がふいに唇を離してシンクのほうに戻っていった。

（もうっ……社長ったら――）

残された麗美は、掌をパタパタさせて熱く火照る顔を扇いだ。そうしながらも、頬が自然と緩むのを抑える事ができない。

「はい、おまたせ」

彼がそれぞれの前にトレイに載せたカップ麺を置く。顔を見合わせて「いただきます」を言い、蓋を取って食べ始める。

「うーん、久々に食べるけど、やっぱりシーフードだな」

慎一郎が唸り、麗美もそれに同意する。

「安定の美味しさですね。だけど、まさか社長とこの家でカップ麺を食べる事になるとは思いませんでした。……すみません。私、社長の事を誤解していたみたいです。……つまり『綿谷』の御曹司なんだから、当然苦労知らずだって思い込んでいました」

麗美が正直に打ち明けて謝罪すると、慎一郎が朗らかに笑った。

「麗美は真面目だな。別に、気にしてないし、謝らなくてもいいよ。普通に考えて、まさか俺が苦学生だったとは誰も思わないもんな。それに、俺がバイトしてるのを見て、ただのパフォーマンスだと言うやつもいたし、金持ちが酔狂を起こしただけだと揶揄するやつもいたな」

「そんな……。社長は、いつだって真面目でまっすぐだし、仕事だっていっさい手を抜くような人じゃないのに」

麗美は、かつて慎一郎の陰口を叩いた人達に対して、強い憤りを感じた。彼の会社でのスケジュールは常に分刻みでいっぱいだし、自宅でも連日のように持ち帰りの仕事をこなしている。

「社長って、もしかして誤解されやすいんじゃないですか？　会社ではクールでめったに笑わない人だと思われているみたいだし、一部では『鉄仮面』なんて──あっ……」

うっかり彼のあだ名を口にしてしまい、麗美はあわてて掌で口を押さえた。

「大丈夫だ。自分が裏で『鉄仮面』って呼ばれてるのは、とっくに知ってるから」

慎一郎が、わざとクールな表情を浮かべながら麗美を見る。

麗美はクスクスと笑いだすも、すぐに真顔になって彼を見つめ返した。

「でも、本当はぜんぜん違うじゃないですか。プライベートでは、むしろ表情豊かだし、よく笑いますよね。屋上ではじめて社長と会った時だって、すぐに笑顔になりましたよね。それなのに、あのあと同僚から聞いた社長に関する噂話では、まったく違うイメージだったから、すごくびっくりしたんですよ」

「ははっ、そうか」

慎一郎はカップ麺を食べる手を止めて、軽く天井を仰いだ。

「会社での俺は、そう呼ばれるにふさわしい振る舞いをしているからね。そもそも、そんなイメージがつくように、わざとそんな自分を演出したせいでもあるし」

「えっ……わざと、ですか？　どうして、そんなことを？」

麗美が訊ねると、慎一郎が視線を合わせながら、昔を思い出すような目をして話し始める。

「『綿谷』の社長だった父親が急死したのが、今から四年前……。そのあとを継いで俺が社長になったのが三十二歳の時だった。もちろん、それは役員会議で適正かつ公平な審議によって決議されたものだったが、それに反対する人達が何人かいたのも事実だ」

慎一郎の説明によれば、その筆頭が彼の父方の伯父であり、現在「綿谷」常務取締役の一人である綿谷公一《こういち》であるらしい。彼は幼少の頃から弟の誠が自分よりも優秀であることにコンプレックスを抱いており、現会長が社長職を誠に譲った時も、憤懣やるかたない様子だったという。

誠が亡くなった時、彼は当然次に社長になるのは自分だと思い込んでいた。しかし、蓋を開けてみれば社長に就任したのは甥である慎一郎だったのだ。

「伯父は未だにその時の人事に納得していないようだし、それ以来何かにつけて俺と敵対する立場をとり続けている。伯父にしてみれば、俺は社長の席を横取りした憎むべき相手なんだと思う」

彼は、ふと寂しそうな表情を見せたが、すぐに諦めたような顔で話を再開させた。

「企業の社長を務めている人達は、たいていい俺よりも年上だし、かなりの修羅場を潜り抜けてきた人も大勢いる。そんな経済界の重鎮達にとって、俺はまだどうみても青二才だ。だから、社長に就任すると同時に、少しでも役職にふさわしいイメージを持ってもらえるよう、自分で自分をプロデュースした。会社での俺は、その結果なんだ」

「ああ、そうだったんですか……」

本来、よく笑い明るい性格である慎一郎だが、社内はもとより経済界の荒波を有利にわたっていくために、あえて本来の自分を封印してクールで厳格なイメージを作り上げた。それは見事成功し、今や社内のみならず、経済界でも一目置かれる存在になっている。

「だが、ある程度実績を積んできたし、あともうしばらくしたら『鉄仮面』から脱却しようと考えたりしているんだが、一度ついたイメージはなかなか崩し方が難しくてね。正直、どうすればいいか考えあぐねてるんだ」

夕食を終えたのちのお茶を用意しながら、麗美はたった今聞いた話について考えを巡らせる。

「だったら、まず小さいところから始めたらどうですか？　例えば、会社のホームページに載ってる社長の写真、あれ、正直言ってちょっと怖いです」

麗美はテーブルの隅に置いていたスマートフォンを手にして、当該のページを表示させた。

「屋上で社長とはじめて会った時、すぐにはこの写真の人だってわからなかったくらい、本来のイメージとは違いますよね？　どうせ載せるなら、斜めを向いているより、正面を見てちょっと微笑んでる感じのもののほうがいいと思います」

「ふむ……なるほど。そう言われたらそうだな」

「ですよね？　それに、今のイメージが変われば、仕事の仕方だって変わってくるんじゃないですか？　私ごときが生意気な事を言って申し訳ないんですけど……今の社長は、一人でいろんなものを抱えすぎているように思います」

社長就任前にいた経営企画本部では、彼は常に第一線で活躍しており、企画立案から交渉まで、すべて一人でこなすほどの辣腕ぶりを発揮していた。それは彼に聞かされる話から十分伺えるし、だからこそ過半数の支持を得て社長に抜擢されたのだと思う。

それにしたって、やはり現在の仕事量はどう考えても多すぎる。

以前聞かされた介護施設に関するプロジェクトや、海外での事業展開にかかわる諸々の業務にリーダーとして携わっている彼は、今後もっと忙しくなるだろう。

「でも、どうして社長自らそこまでなさるんですか？　出張だって、部下の方々に任せられるものがあるはずだし、そういう人材はいるんじゃありませんか？　それに、社長は後方にデンと構えていらしたほうが、皆さんもやりやすいんじゃないかと……なんて、差し出がましい事を言ってすみません」

麗美が黙ると、慎一郎がやや考え込むような顔をする。もしかして、機嫌を損ねてしまったのかも……そう思った麗美は、ぺこりと頭を下げて謝罪した。

「すみません、私ったら余計な事ばかり――」

「いや、余計な事なんかじゃない。むしろ、もっと聞かせてほしいくらいだ」

彼が言うには、父親が亡くなって急遽社長に就任したのはいいが、未だに現場気質が抜けず、どうしても必要以上に首を突っ込みたくなるらしい。

「社長が現場を気にするのはいい事だと思います。でも、度が過ぎると部下の方々の出る幕がなくなるし、周りが一歩引いた感じになって、結果的に社長ばかり忙しくなってしまいますよ」

麗美がそう指摘すると、慎一郎が眉根を寄せながら目を閉じ、腕組みをした。そして、しばらくの間じっと考え込んだあと、麗美を見て口元をほころばせる。

「今がまさに、そんな感じだ。社長になったからには、それまでみたいに自分でなんでもやろうとせず、部下を信頼して、育てる側に回ろう――そう決めていたのになんだかんだと自分の中で理由をつけて、それをやらなかった。これからは、徐々に改善していくよ」

　額の生え際に唇を寄せられ、頭のてっぺんに頬ずりをされる。

「ところで、麗美。今言っているのを聞いてると、気のせいか、こう聞こえたんだ。『出張ばかり行ってないで、もっと家でイチャイチャしたい。過労で倒れないように、もっと家でゆっくりベタベタしよう』って』

「ち、違いますっ！　そんな事、言ってません！」

「本当に？　夜はこうしていられるけど、最近は出張続きだったし、来週からしばらく屋上が使えなくなるから、俺としては、もっと麗美とイチャつきたいと思ってるんだけどな」

「そ、それはそうですけど――ん、んっ……」

　ゆったりと身体を抱き寄せられ、微笑んだまま唇にキスをされる。

　屋上は、会社社屋の空調工事などがあり、およそ二カ月の間、立ち入り禁止になる。そんな事もあり、しばらくは、用意したランチを別々に食べざるを得なくなるのだ。

「麗美は、つくづくいい子だな。俺なんかより、よっぽど苦労してるのに、それを感じさせない明るさがある。自分で選んだ道とはいえ、もともと用意されていたレールの上を歩く俺と違って、自分自身で自らの道を選んで切り開いている。ものすごく強い生命力を感じるし、一緒にいるだけで計り知れないほどの力をもらえるよ」

　そんなふうに言われても、麗美にはまったく自覚がない。けれど、そう言ってもらえるのは心から嬉しいと思うし、彼のためになるのなら何でもしてあげたいという気持ちが前にも増して強くなるのを感じる。

「社長、私、社長が少しでも快適に暮らせるよう、努力します。美味しい料理を作ったり、部屋を掃除したり……そのほかにもできる事があったら、何でも言ってください。できる限り期待に添えるよう頑張りますから――」

抱き寄せる腕に力を込められ、後頭部を大きな掌で包み込まれる。

「麗美はもう十分やってくれてるよ。俺のほうこそ、もっと麗美に何かしてあげたいと思ってるくらいだ。とにかく、麗美と出会えて、本当によかった……」

しみじみとした口調でそう言われて、心がふんわりと軽くなるのを感じた。

「私こそ、本当によかったと思ってます。こんなに穏やかな気持ちで毎日暮らせるなんて、少し前までは夢にも思っていませんでした」

慎一郎との生活は、日々ドキドキの連続でとても刺激的だ。その一方で、これほど心安らかに暮らせるのは、生まれてはじめてのような気がしていた。

「ああそうだ。そういえば、麗美にお願いしたい事がひとつあったよ。俺にとっては、かなり重要で、しかもそれは麗美にしかできない事だから、ぜひ引き受けてほしいんだけど」

「私しかできない事……それって、なんですか？」

「毎晩、俺と同じベッドで、一緒に寝てほしいんだ」

「ま、毎晩社長と一緒に……？」

「ああ、そうだ。簡単だろう？」

けろりとした顔でそう言われ、麗美は頬を引きつらせた。

麗美が慎一郎と朝まで同じベッドで眠ったのは、ここに住むようになってから四回あった。そのうちの三回は慎一郎のベッドで――残りの一回は麗美のベッドで朝を迎えた。そうなった理由は、言うまでもなく前夜彼とたっぷりと時間をかけてセックスをし、そのまま眠ってしまったからだ。

(それって、もしかして毎晩社長と……ってこと?)

いずれの日も金曜日か土曜日であり、次の日は仕事が休みだった。そのため、夜遅くまで彼に抱かれ、毎回いつの間にか寝てしまうほどクタクタの状態になっても特に問題はなかった。

慎一郎と連日セックスをするのはやぶさかではないし、彼の願いを聞き入れたいのは山々だが、毎晩となると、間違いなく昼間に影響が出てくる。

「社長の事は大好きです。でも、毎晩となると、さすがにちょっと厳しいんじゃないかと……」

麗美は頬を染めながら、彼に正直な気持ちを伝えた。気恥ずかしさに下を向くと、慎一郎が顎に手を掛けて、そっと上向かせてくる。

「麗美、もしかして、今、いやらしい事を考えただろう。俺は、毎晩俺と同じベッドで健やかに睡眠をとってほしい、という意味で言ったんだけどな」

「えっ? す、睡眠を? あ、ああ、そういう意味で――」

とんでもない勘違いをしてしまった!

誤魔化そうにも、慎一郎はすでにニヤニヤと笑っている。

「俺は麗美がそうしたいなら、喜んで麗美と毎晩セックスするけど――」

「いえ、それじゃ身体が持たないし、仕事中に居眠りをしてしまいそうですから」

麗美が申し出を辞退すると、彼はさらに相貌を崩しながら、ゆらゆらと身体を揺すってきた。

「俺がこんな事を言いだしたのは、もっと麗美のそばにいて麗美を近くに感じたいというのもあるけど、そのほかにも理由があるんだ。俺が眠るのがあまり得意じゃない事は前に話したよな？」

「はい」

麗実が返事をすると、慎一郎が話しながら首筋に鼻をこすりつけてくる。

「麗美がここに越してきてから、何度か俺のベッドで朝まで寝てくれただろう？　そんな時は、不思議とすぐに眠れるし、途中で起きたりせずに朝を迎えられる。麗美が一緒の時だけそうなるから、どう考えても麗美のおかげなんだよ」

「ほんとですか？　私が一緒に寝る事で社長がぐっすり眠れるなら、喜んでそうします！」

慎一郎の話によれば、麗美はセックスのあとでいつも気を失うようにぐっすりと寝入ってしまうらしい。彼は、そんな麗美を抱き寄せ、じっと顔を見たり呼吸を合わせたりして、ゆったりとした時間を過ごすのだという。

「そうだったんですね……恥ずかしいです……」

「大丈夫だ。眠ってる麗美は、いつにも増してすごく可愛いから。そんな麗美を抱き寄せて、じっとしてると、自然と眠くなって、いつの間にか寝てしまってるんだ。麗美がいると朝まで目が覚める事はないし、起きると頭がすっきりしてすごく調子がいいんだよ」

嬉しそうにそう語る慎一郎を見て、麗美もニコニコと笑った。

「私が、そんなところで役に立ってただなんて、嬉しいです。食事の事もそうでしたけど、眠りに関しても心配だったから――」

話す途中で、そっと唇を重ねられた。間近で見つめてくる慎一郎の瞳が、この上なく優しい。

麗美は、うっとりと目を閉じて、いっそう強く抱き寄せてくる彼の腕に身を委ねた。

「麗美の温もりや呼吸のリズムが、心地いい眠りを誘うんだろうな。たまにいびきをかいたり、よだれを垂らしたりするんだけど、それがまたいいんだ。ああ、麗美がそばにいるんだなぁと思って安心するんだよな」

「なっ……私、いびきをかいてました？　それに、よだれって……ああもう、恥ずかしいっ……」

麗美が恥じ入っていると、慎一郎がおかしそうにくつくつと笑い声を漏らした。

「それと、この事からヒントを得たんだけど、新しく抱き枕を開発しようと思うんだ。これまでもいろいろな抱き枕が販売されているけど、もっと人の形にフィットして、なおかつ本当の人を抱いているみたいに体温や呼吸のリズムを感じられるような機能も付けたらどうかと考えてる」

彼が考えている抱き枕は、これまでのものとは一線を画すものであるらしい。まだ頭の中でいろいろと思案中であるようだが、実現すれば不眠に悩む人達の救世主になってくれる事だろう。

「麗美には、俺と一緒に眠る事で、今後商品を開発する上で役に立ってもらうよ」

「はい、喜んでそうさせてもらいます」

笑顔で話をしている途中で、慎一郎がふと真剣な表情を浮かべた。

「この企画にしろ今手掛けてるプロジェクトにしろ、できるだけ速やかに成功に導きたいと思ってる。この頃、取締役の伯父が、もとからいた保守的な考えを持つ部課長たちを自分の派閥に取り込もうとかなり強引に動いているらしいんだ」

「そうなんですか……」

その情報をもたらしてくれたのは、日頃から慎一郎の右腕となって動いている高橋秘書だという。信頼のおける人物からの情報だけに、彼はかなり危機感を抱いているようだ。

「俺が社長に就任して以来、いろいろと新しい提案をして実際にプロジェクトとして動いたりしてるんだが、そのスピードが速すぎると思う人がいるのはわかってる。プロジェクトの成功は、そんな人達の不安をなくしてくれるだろうし、伯父の勢力が大きくなるのを防ぐ事にも繋がる」

何かと「綿谷」に新しい風を起こしている慎一郎だが、当然ながら、ただやみくもに伯父を抑え込もうとしているわけではない。

むしろそうであるのは伯父のほうで、これまでのところ慎一郎が何か提案するたびに、とりあえず反対の意見を唱えるのが常になっているようだ。

「建設的な反対意見なら、きちんと受け入れて検討する。だが、伯父の意見は、ただうしろ向きなだけで、特に根拠もないんだ。このままだと、気は進まないが伯父について会長に進言せざるを得なくなるかもしれない」

「会長」と聞いて、麗美の頭の中に、以前「綿谷」ホームページで見た綿谷源吾その人の顔が思い浮かぶ。

慎一郎の画像よりも、さらに厳つくて近寄りがたい雰囲気を感じさせるその風貌は、いかにも頑固そうだった。慎一郎から仕事の話を聞く時、時折会長の事も話題になる。

麗美は、そのたびに胸にちょっとした不安が生まれるのを感じてしまうのだが、理由は言わずと知れた慎一郎の結婚に関する問題だ。

会長の事を思うたびに、少なからず気持ちが沈んでくる。

慎一郎自身は、いくら話が来ても見合いなどしないと言ってくれているが、だからといって会長から持ち込まれる見合い話がなくなるわけでもない。

それどころか、もし孫が良家の子女でもなんでもない、ただの派遣社員と付き合っていると知ったら激怒するに決まっている。

綿谷家の跡継ぎであり、社長として「綿谷」を率いている慎一郎は、いずれ結婚して後継者を育てなければならない。そして、彼の妻になる人は誰もが納得の、才色兼備の女性であるべきなのだろう。

それが一族の決まりであり「綿谷」存続のためとあらば、たとえ気が進まなくてもその道を選ぶほかはない。

万が一、彼が断固として見合いを拒み、自分との関係を貫こうものなら、会長との関係がこじれ、会社を巻き込んだ大騒動になるだろう。

(あれだけ仕事熱心な人だもの……。会長や一族の意向に従うしかないよね)

慎一郎の気持ちを疑うつもりなどないが、現実的に考えてみると、それ以外に選択肢はないのだ。

二人してテーブルの上を片付けながら、麗美はため息を押し殺した。

「麗美、どうかしたのか？」

黙り込んでいるのに気づいたのか、慎一郎が顔をひょいと横に倒して、瞳を覗き込んできた。

「いえ、何もないですよ。一緒に眠るのは、今日からですか？」

麗美は、咄嗟に微笑みを浮かべて、そう訊ねた。

「そうしてくれると、ありがたいな」

慎一郎が、期待を込めた顔で麗美を見た。

にこやかに微笑まれ、麗美は一瞬で本物の明るさを取り戻した。

「じゃあ、そうします。社長には、ぐっすり眠ってほしいですから」

「ありがとう、麗美」

肩を抱き寄せられ、麗美の顔にほんのりと赤みが差す。

たとえ、今だけでもいい――。

麗美は今ここにあるしあわせを、精一杯享受しようと思うのだった。


六月も二週目に入り、東京も数日前に梅雨入りした。

土曜日の今日、麗美は慎一郎の運転する車で、都心から三時間弱の距離にある山間の観光地に向かう予定だ。

昨夜は遅くまで雨が降っていたが、幸いにも今日は一日傘の出番はないらしい。スケジュールは、すべて慎一郎が決めてくれており、夜は現地の旅館に泊まる予定だ。楽しみで仕方ないし、二人とも朝からウキウキしている。

（これでいいのかな？　ヘンじゃないよね？）

麗美は洗面台の前で、出かける前の最終チェックをする。

昨日、麗美がデートに出掛けると知った同僚達が、帰りのロッカー室でヘアスタイルやコーディネートのアドバイスをしてくれた。

彼女達の意見をもとに今日の装いを決めた結果、洋服は薄いカーキ色の春ニットに白のコットンパンツに決めた。少々女らしさに欠けるけれど、数少ないワードローブの中から、麗美なりに苦心して選び出したデートコーデだ。

髪の毛をアップスタイルにして、顔の両脇にちょっとだけ後れ毛を出してみた。

『あくまでも、可愛く。間違っても、疲れて見えないようにね』

帰りのロッカー室でアドバイスされたとおり、後れ毛の位置と束の数には細心の注意を払った。

鏡の中の自分に向かってコクリと頷くと、麗美は洗面所を出て慎一郎が待つリビングに向かう。

「麗美、電話だぞ」

廊下を歩いている途中で、慎一郎が声をかけてきた。

「はーい！」

急いでリビングに駆け込み、彼が差し出してくれたスマートフォンを受け取る。

表示されているのは、見知らぬ番号だ。市外局番を見ると、発信元は山梨県のF市だった。そこには麗美の亡き祖母の姉である大伯母が住んでいる。

田中絹子《たなかきぬこ》というその人とは、祖母が存命中に何度か顔を合わせた事があった。

しかし、祖母の死後は、叔母への遠慮もあって思うように連絡ができずにいた。それでも時折電話をしたり、毎年年賀状のやりとりだけは続けていたが、五年ほど前からパタリと連絡が来なくなった。聞いていた番号に電話をしても使用されていないとの音声が流れたので、おそらく引っ越しをしたのだと思われる。

もしや、大伯母からの連絡かと思い、麗美は急いで受電ボタンをタップする。

「はい、白鳥です」

『もしもし、こちら『ふじ田端《たばた》病院』ですが、田中絹子さんのご親戚の白鳥麗美さんでしょうか？』

「はい、田中絹子は私の大伯母です。あの、何かあったんでしょうか？」

『実はですね――』

電話口の病院職員曰く、絹子が入居している同病院の系列老人ホーム「ふじ田端福寿園《ふくじゅえん》」で倒れたのだという。

すぐに対処したため大事には至らなかったが、念のため入院して検査をする事になり、諸々の手続きのために一度来院してほしいと言われた。

いきなりの事でうろたえたものの、慎一郎に事情を話して、急遽行き先を観光地からF市に変更せざるを得なくなる。

「社長、すみません……」

「なにを言ってるんだ。麗美の大伯母さんの一大事だろ。さあ、急いで出発しよう」

慎一郎に促され、麗美は彼とともに一路F市を目指した。移動中、再度『ふじ田端病院』に連絡して詳細を聞く。

それによると、絹子は四年前に「ふじ田端福寿園」に入居したが、その時にはすでに近隣にいた親戚縁者が皆無だったらしい。

病院側は、今回絹子が倒れ入院をする際に、連絡先として登録があった叔父宅に真っ先に電話したという。しかし、電話口に出た女性に、けんもほろろに来院を断られ、新たな連絡先として麗美の携帯電話番号を教えられたという流れだったようだ。

「祖母が亡くなった時、お葬式の件で叔母と大伯母の間で、ちょっとした諍いがあったんです。叔父はもともと大伯母とは、さほど親しくなかったし、そんな事があったせいもあって、私よりも先に大伯母とは疎遠になっていて……」

「そうか。……もしかすると、大伯母さんからの連絡が途絶えたのは、叔母さんとの不仲が一因かもしれないな」

運転をしながら、慎一郎が遠慮がちにそう言った。

「そうかもしれません。疑いたくはないけど、病院の方が言うには、だいぶ前に一度、用事があって叔父宅に連絡を入れた事があったそうなんですが、その時も叔母が出て、うちはもう関係ない、みたいな事を言ったらしいので」

おそらく、大伯母は老人ホームに入居する際に、麗美に連絡を取ろうとしたはずだ。しかし、叔母が間に入ったせいで、それがうまくいかなかったものと思われる。

車を走らせ続け、およそ一時間半後にF市に到着した。

急ぎ「ふじ田端病院」に向かい、麗美は絹子と祖母の葬式以来の再会を果たした。

「麗美ちゃん、元気そうでよかった。来てくれてありがとうね」

絹子は、ベッドに横になっているものの、顔色もよく口調もしっかりしている。

「大伯母さん、ご無沙汰してしまってごめんなさい。私、無理をしてでも、大伯母さんに会いに来ればよかったのに――」

「いいのよ。事情はわかってるから。ほら、そばに来てよく顔を見せて」

麗美はベッドのそばの椅子に腰かけ、絹子の手を取った。

以前会った時より、だいぶ細くなった指が切なくて泣きそうになるも、どうにか我慢して微笑みを浮かべる。

その後、絹子がぽつぽつと話してくれた内容によれば、彼女はやはり麗美に事あるごとに連絡を取ろうとしていたらしい。

この五年間で彼女の夫が他界し、その後転居したり、少々身体を壊したのをきっかけに「ふじ田端福寿園」に入居したりと、環境の変化が重なった。

一方、麗美のほうも携帯電話の番号が変わり、互いの連絡先がわからない状況になってしまったようだ。絹子には子供がおらず、二人を繋ぐ糸は叔父一家のみだった。

彼女は叔父をとおして麗美に連絡先を教えようとしたようだが、結局はそれも伝わらずじまいになっていたらしい。

「智樹は志乃さんの言いなりだからねぇ。おおかた、私が麗美ちゃんに出している年賀状も届いていないんでしょう？」

「うん、私の手元には届いてない」

「やっぱりね。まあ、そのうちなんとかなると悠長に構えていた私も私だけど、志乃さんはよっぽど私と麗美ちゃんの繋がりを断ちたかったんだろうね。妹の葬式で志乃さんと仲たがいした時、私が死んでも智樹には財産がいかないようにするなんて言ったもんだから、それを根に持っているんだと思うよ」

なにはともあれ、思っていたよりも絹子が元気そうでよかった。

麗美は、絹子と連絡先を交換し、また来るとを約束した。

その後、受付で入院にかかわる必要な手続きをしている間に、気を利かせて席を外してくれていた慎一郎が絹子の病室に顔を出してくれていた。

絹子は麗美に恋人がいると知って大いに喜び、慎一郎に対して「くれぐれも麗美をよろしく」と言って、彼と固い握手を交わす始末だった。

「今日は、一日いろいろとご迷惑をかけてしまってすみません。社長がいてくれたおかげで、すごく心強かったです。すぐに大伯母のもとに駆けつける事もできたし、いろいろと喜んでくれてよかったです」

「俺も麗美の大伯母さんに会えて嬉しかったよ。経過も気になるし、また近いうちに会いに行こう」

病院を出て自宅に帰り着いた時には、もう午後十時を回っていた。

「はい、ありがとうございます。社長、お腹空いてませんか？　何か作りましょうか」

帰る途中、レストランに立ち寄って夕食は済ませている。だが、慎一郎は未だに外食があまり得意ではないため、空腹ではないかと心配になったのだ。

「いや、腹は減ってない。今日は麗美が一緒だったおかげで、結構食べたからな」

「そうですか？　でも、うちで食べるよりは量が少なかったですよね」

「そうだけど、病院の事務局の人と話し込んでいる時、お茶と一緒に結構な量の和菓子をいただいたんだ」

「ああ、そうだったんですか。でも、社長が和菓子をたくさん食べるなんて、珍しくないですか？」

出会って間もないとはいえ、麗美は慎一郎の食に関する嗜好については、しっかりと把握している。

「実は、事務局の人と話している時、たまたま院長が通りかかったんだ。お互いに名刺交換をして、そのあといろいろと話し込んでね——」

麗美が絹子と面会をしている間、慎一郎は思うところがあって病院の事務局を訪ねた。それというのも、彼が病院内を見て回ったところ、目につくあちこちの設備がかなり老朽化していたからだったようだ。

「仕事柄、寝具がある施設に行くと、つい気になってね。特に、ベッドが一昔前のもので、状態もベストとは言いがたかった。使用してるのはうちの製品ではなかったが、話し合いの結果、早急に

『綿谷』ブランドのベッドと総入れ替えする事になったんだ」

そんな、もろもろの交渉をしながら、お茶と和菓子を勧められたのだ、と。

「ただし、あの病院は現在経営状態があまりよろしくないらしい。そのあたりの事情も詳しく聞いたんだが、その上で『綿谷』として、つい先日リニューアルしたばかりの介護ベッドを無償提供して、モニターとして使用してもらう事にしたんだ」

慎一郎の話によると、院長は日頃から地域医療に心血を注いでいるようだ。その傍ら、近隣の身寄りのない老齢の人を対象に、無償の医療サービスなども行っているらしい。

慎一郎は院長の医師としての熱い思いに共感し、今回の話を自ら持ち出したという。

「今後、介護施設に関する事業展開を予定している事だし、ちょうどいいタイミングだと思ったんだ。わが社のベッドを現場で実際に使ってみてもらって、よさを実感してもらえれば、今後の広報にも反映できるだろうし」

「うわぁ……そうだったんですね」

慎一郎から、さらに詳しい話を聞き、麗美もまた院長の志の高さに感銘を受けた。それと同時に、慎一郎の懐の広さや仕事に対する熱量の高さに、改めて感服した。

「社長って、すごいですね。今さらながら、本当に感心してしまいます」

これまでに何度となく思った事だが、彼は本来自分とは別世界に住む人であり、屋上での偶然の出会いがなければ、決してこれほど親しい間柄にならなかっただろう。

麗美がそう言うと、慎一郎がうしろから身体を抱き寄せてきた。

「俺達は、出会うべくして出会ったんだと思う。それに、俺に言わせれば、麗美のほうがすごいよ。麗美に出会ってからいいことずくめだし、もし麗美に出会ってなかったらと思うと、怖くなるくらいだ」

「社長……んっ……」

背後から顎を引き寄せられ、バックハグの姿勢で唇を重ねる。

「麗美、今日は疲れただろう？　麗美にはいろいろと世話になっているし、労いの意味も込めて、俺が洗ってあげるから、一緒に風呂に入ろう」

「い、一緒に？　わ、私と社長が？」

「そうだよ」

「いいえ、労っていただかなくても、結構ですから――」

「いいから、大人しく言うことを聞きなさい」

「で……でも……きゃっ！　……ちょっ……社長っ！」

あたふたとうろたえている隙に、慎一郎が麗美の身体から着ているものを脱がしていく。

「ま、まだお風呂の用意が――」

「もう用意できてるよ。うちの給湯システムは外出先からでも操作可能だから」

「ええっ……あの……わわっ！」

あれよあれよという間に全裸にされ、恥ずかしさにしゃがみ込んだところを慎一郎の腕に抱えられた。

横抱きにされた状態でバスルームに連れていかれ、言われるがままに手を伸ばしてドアを開ける。

「麗美と同居をはじめてすぐに、一緒に風呂に入りたいと思ってた。ようやくそれが実現するんだな……。感無量とはこの事だ」

バスタブには、たっぷりとしたお湯が張られており、あたりにはきめ細かな湯気が立ち込めている。

広々としたバスルームは中庭に面しており、窓から箱庭を眺められる。

慎一郎が、麗美を抱いたままバスタブの中に入った。湯船の中で身体が浮き上がり、ゆらゆらと揺れているうちに、彼の膝の上にうしろ向きになって腰かける姿勢になる。

軽く膝を立てられて、両脚を左右に開かされた。

「ほら、もっと寄りかかってごらん」

言われたとおり、慎一郎の胸に背中をつけて彼にもたれかかる。

ちょうどいい温度の湯に浸かった身体が、じんわりと温まって心地よい気怠さを感じた。

「はぁ……気持ちいい」

思わず漏れた声が、なんとなく卑猥に聞こえた。

麗美は一瞬、身を硬くしたが、慎一郎は特に反応する事もなく、じっと湯に浸かっている。

「いいね。この姿勢だと、麗美の身体がよく見える」

慎一郎がそう言い終わるなり、湯船の上に広がっている湯気に強く息を吹きかける。一気に湯気が吹き飛び、ぼんやりとぼやけていた湯の中が、はっきりと見えるようになった。

湯の中に浮かぶ乳房はもちろん、柔毛が揺らめくたびにふっくらとした花房まで丸見えになっている。

「わっ……は、恥ずかしい！　見ないで！」

麗美は、あわてて手を動かして湯面を波立たせた。そのせいで、安定していた身体の位置がずれて、湯の中に沈みそうになる。

「おっと――」

すんでのところで慎一郎に助けられ、もう一度彼の膝の上に腰かける。

さっきよりも深く座ったせいか、肌が触れ合っている面積が格段に広くなった。うしろから抱き寄せられ、両方の乳房をやわやわと揉まれる。

「しゃちょ……あ……んっ……」

両手の親指と人差し指で、それぞれの胸の先を摘まれ、そっと押し潰すように愛撫される。

その頃には、湯面はもうすっかり凪いでおり、愛撫されている胸ばかりか、左右に割れた花房まではっきりと見えた。

(すごく、エッチ……。こんなの、はじめて……)

我ながら、なんて淫らな格好をしているのだろう！

乳房を弄っていた慎一郎の右手が、徐々に腰のほうに移動していく。そして、麗美が見守る中、指先で花芽の先をキュッと摘まみ上げた。

「あんっ……！」

慎一郎が摘まんだ花芽を捻るように嬲り、指先で包皮を剝いて花芯を露出させた。そこを指の腹で撫でられて、湯面が大きく波打つほど大きく身を捩った。

「やぁんっ！　そこ……触っちゃダメッ……」

強い快感が脳天を突き抜け、身体が大きく痙攣する。歯を食いしばって耐えようとしたけれど、胸の先をを捏ねられて、あっけなく果ててしまった。

いつになく長引く絶頂の波に呑まれて、身体の震えが止まらない。これ以上湯に浸かっていると、のぼせてしまいそうだ。

麗美が喘ぎながら肩で息をしていると、慎一郎が湯船の外に連れ出してくれた。

暖房機能付きの床は温かく、洗い場は手足を伸ばして寝転がれるほどの余裕がある。

「麗美、身体を洗ってあげたいから、そこに手をついて膝立ちになってくれるかな？」

慎一郎に促され、麗美はバスタブの縁に手をつき、やや腰をうしろに突き出すようにして膝立ちになった。

慎一郎が大きな海綿を手に取り、それを使ってボディソープを泡立てる。彼は麗美の背後に両ひざを立てたまま腰を下ろし、でき上がった泡を背中にたっぷりと塗りたくってきた。

柔らかできめ細かい泡が肌の上を滑り、腰や太ももを伝う。

慎一郎の掌が、麗美の背中と腰のラインをなぞるように洗い始める。時折、彼の胸筋が太ももや尻肉にあたり、そのたびに身体がビクリと震えた。

「麗美の肌、最近一段と綺麗になったんじゃないか？　この泡と同じくらいふわふわできめが細かい。俺と、しょっちゅうこうして触れ合ってるからかな？」

「あっ……あ……」

大きな掌が背中をゆっくりと撫でさすり、腕と腋の下を経て身体の前に移った。

乳房を下から持ち上げるようにこすり上げられ、先端を指先でくすぐられる。

「う、ぁんっ……しゃちょ……あ、あ……」

胸の先はもちろん、つま先や花芽など、身体中の先端がジンジンと火照り始める。

身体から垂れた泡で足元がぬかるみ、立てた膝がだんだんと左右に広がっていく。

「自分から脚を開くなんて……。そんなに催促しなくても、あとでたっぷりと時間をかけて洗ってあげるつもりだったのにな」

慎一郎の手が、乳房から下りて双臀を強く揉み込んできた。

「うーん……泡で滑るから、うまく摑めないな。麗美のお尻、肉付きがよくてすごくセクシーだよな。見ているだけで、触ったり摑んだりしたくなるよ」

彼の指が尻肉に食い込み、そこを揉みながら中心の割れ目に近づいていく。左手が太ももの上から花芽のほうに回り込み、右手の指が後孔の上をするりと滑った。

「あんっ！　やぁあんっ！」

さすがに驚いて腰を浮かせると、左手で腰を引かれ元の位置に戻されてしまう。

左の中指が、まるで機械のような正確さで花芽に振動を与えてくる。それと同時に、右手の薬指と中指が蜜窟の中に沈んだ。そして、そこで小さくピストン運動を始め、麗美の身体にセックスで得る快楽の記憶を呼び起こしてきた。

「あ……あっ……社長っ……」

蜜窟の入口がギュッと窄まり、中がわなわなと震えるのがわかる。

じきに指では物足りなくなり、麗美は自分でも気づかないうちに、腰をぐっとうしろに突き出すような格好をしていた。

「もう挿れてほしくなったのかな？　そうしてあげてもいいけど、その前にひとつお願いがある」

指を出し入れするテンポが速くなり、徐々に深さも増していく。

「麗美、もうそろそろ、役職じゃなくて名前で呼んでくれないかな？」

〝社長〟ではなく〝慎一郎〟と呼んでほしいとは、前にも言われたことがあった。しかし、呼び慣れていない上に、職場での立場がすでに定着しており、なかなかそうできないまま今に至っている。

「そういうシチュエーションプレイをする時は今のままでいいけど、プライベートではやはり名前を呼んでほしい。だいぶ待った事だし、今日こそは〝慎一郎〟って呼んでもらうよ」

彼の手が新しく作った泡で、麗美の太ももをマッサージしてくる。

「挿れてほしかったら、俺の名前を呼んだ上で、ちゃんとそう言ってくれるかな？」

麗美の顔を横から覗き込んできた慎一郎が、にっこりと微笑みながら、身体を洗う手をふくらはぎの上に移した。

触ってほしいのは、そこじゃない――。

まったく違う場所ばかり泡で擦られ、麗美はとうとう我慢できなくなってしまう。

「し……慎一郎さん、お願い……」

麗美がか細い声で彼の名前を呼ぶと、彼が手を止めて、耳を澄ますしぐさをする。

「麗美、俺にどうしてほしいんだ？」

優しく聞かれ、胸の中にとろとろとした甘酸っぱい想いが溢れてくる。

「し、慎一郎さんのものを……私の中に……挿れてほしいんです」

ようやくそう口にした途端、恥ずかしさで居ても立ってもいられない気持ちになった。

「や……やっぱり、今のはなかった事に——あっ……！」

逃げ出そうとする腰を腕に抱えられ、バスタブ横の床に手と膝をつく格好でうしろから羽交い絞めにされる。

「せっかく言えたのに、逃げるのか？　ダメだ、逃がさないよ——」

四つん這いになったまま腰を高く引き上げられ、そのまま動けなくなった。秘裂の間に慎一郎の硬くなった屹立が、ぴったりと寄り添い、緩く腰を動かされる。

「もう一度、どうしてほしいか言ってごらん」

慎一郎に言われ、麗美は首を横に振った。

腫れ上がった花芽が、屹立の括れた部分で繰り返し引っかかれる。刺激され、再び羞恥よりも淫らな想いのほうが強くなった。

「どうしたのかな、麗美？」

煽るように尻肉を指先で引っ掻かれ、そこを緩くくすぐられる。

麗美は肩ごしに慎一郎を振り返ると、唇を尖らせながら彼を睨みつけた。

「し……慎……、んんっ……」

唇を硬く閉じてプイと横を向くと、いきなり背後から上体をきつく抱きしめられる。

「拗ねたのか？　……まったく、可愛すぎだろ――」

「あああああっ！」

ぐっしょりと濡れた蜜窟に、うしろから深々と屹立を挿入された。

切っ先が中を抉り、最奥の膨らみを強く突き上げてくる。

腰を振られるたびに恥ずかしいほど甘えた声が漏れ、強すぎる快楽を感じて、つま先が床から浮き上がった。立てた膝が崩れ、慎一郎と繋がったまま身体を床面にペタリとくっつけたような姿勢になる。

背中に彼の胸板を感じながら、麗美は懸命に肘を横に突っ張り、腰を上げてできるだけ深く交われる体勢を取った。

挿入がいっそう深くなり、麗美は我慢できないほどの愉悦を感じ、顎を上げ背中をしならせて声を上げる。

「ふぁあ……っ！　あんっ……ああんっ！　し……慎一郎さんっ……あああああっ！」

蜜窟の奥が波打つように蠢き、慎一郎のものを嚥下するように締め付ける。

「麗美っ……」

抱き寄せてくる慎一郎が、くぐもった声で麗美の名前を呼んだ。

彼が背後から麗美の顔を引き寄せ、貪るように唇を合わせてきた。それからすぐに蜜窟の中から屹立が抜け出し、麗美の太ものうしろに彼の熱い精がほとばしった。

抱き起されている間に、慎一郎が出してくれたシャワーが麗美の身体に降り注いだ。

横向きに抱き寄せられ、頭を彼の胸にもたれさせる。聞こえてくるのは、自分のものと同じくらい激しく早鐘を打っている慎一郎の心臓の音だ。

「麗美、今日はもうこのままベッドに行かないか?」

慎一郎が麗美の身体に掌を這わせながら、息を荒くしている。

「はい……慎一郎さん……」

麗美が言い、慎一郎がにっこりする。

「よし、いい返事だ」

「だけど、私……自力で歩けそうにありません」

事実を言ったまでなのに、まるで甘えているように聞こえてしまう。

「いいよ、俺が麗美を抱っこしてベッドまで連れていくから」

彼に身体を横抱きにされ、立ち上がりざまに軽く頬にキスをされる。洗面台の前を通りかかる時、慎一郎に抱っこをされている裸の自分が見えた。

男神のように均整の取れた身体をした慎一郎と比べて、麗美はあいかわらずのチョイポチャ体型だ。

相思相愛とはいえ、二人には悉く格差がある。わかっている事だけれど、こうもわかりやすく視覚に訴えられると、さすがに凹んでしまう。

麗美が若干気落ちして顔を反対側に背けると、ふいに慎一郎が回れ右をしてドアのほうに背を向けた。

いったい何事かと顔を上げると、再び正面にきた鏡の中に、麗美の花房がバッチリ映っている。

「きゃあっ！　や、やだっ……」

なんて破廉恥な格好をしているのだろう！

恥じらって何とかそこを隠そうとするも、慎一郎に脚を固定されていてどうする事もできない。

ふと視線を上に向けると、鏡の中で彼と目が合い、ニンマリと微笑まれた。

「お姫さま抱っこって、思っていた以上にいいものだな。そう思わないか？」

「し、知りませんっ！　早く行きましょう！」

麗美は急いで視線を逸らし、慎一郎の胸に顔を埋めた。

慎一郎はといえば、再び前を向いて歩きだしながら、クスクスと笑い声を漏らしている。

（わざと丸見えになるように抱っこするなんて、ひどい！　意地悪っ！）

麗美は、心の中でぶつぶつと文句を言う。

そうしながらも、これから二人きりで過ごす濃密な時間の事を思い、心がときめくのを止める事ができなかった。

第五章　ラブラブなお子様ランチ

七月も下旬になり、だんだんと本格的な夏の到来が近づき始めた。

麗美は、以前と変わらずに「綿谷」での受付の仕事をこなしながら、プライベートでは慎一郎と同居を続けている。

派遣の給料のほかに副収入を得ているから、来春の調理師学校入学に向けての準備は着々と進行中だ。

慎一郎のほうはといえば、麗美のアドバイスに基づいて、会社ホームページに掲載している自身の顔写真を新しく撮り直した。

そして、それを機にホームページ自体のリニューアルに着手し、現在社内の広報部が中心となって新しい「綿谷」を世にアピールすべく、プロジェクトが進行中であるらしい。

むろん、慎一郎は必要以上に首を突っ込むことなく、プロジェクトの進行を部下の手に委ねている。

彼自身のイメージ改革は、まだ始まったばかりだ。周りにそれがわかるのはもう少し先の事になるだろうが、そう長い時間はかからないはずだ。

また、先月の訪問した「ふじ田端病院」の件も、今月早々に役員会議で承認され「綿谷」主導のもと、無事搬入作業を済ませた。こちらについても、実際の仕事は営業部に委ね、慎一郎が現場に口を出す事はなかった。

すべては順調そのもの――搬入してしばらく経ったのちに、図らずも地元のローカルニュースに今回の件が掲載されたのをきっかけに、市長から感謝状を贈られる運びとなった。

話題としては小さかったものの、結果的に今回の無償提供の件は「綿谷」の企業イメージアップに貢献したことになったのだ。

これには、「無償提供など何の得にもならない」「どうせなら、もっと話題になりそうな病院を選べ」などと言って終始反対の姿勢を取っていた綿谷公一常務取締役も、口を噤まざるを得なかったようだ。

すべてにおいて、おおむね順調な日々を送りながら、二人は互いに対する理解をよりいっそう深め合っている。

もしかすると、このままずっと一緒にいられるのでは――時折、そんなふうに錯覚してしまいそうになるが、現実はそう甘くない。将来に関する懸念は、依然として麗美の胸に引っかかり続けており、これから先も消える事はないだろう。

そんなある日、麗美がいつもどおり「綿谷」の受付に座っていると、突然正面入口から従姉の環奈が現れた。

彼女は建物に入るなり、受付にいる麗美を目指してツカツカと歩み寄ってきた。

(環奈……どうしてここへ?)

麗美は、思わず頭の中でそうつぶやきながら、椅子から立ち上がった。

「いらっしゃいませ」

いったいどんな用件があって、ここに来たのだろう？　いつもスタイルのよさを誇示するような装いをしている彼女だが、今日に限っては若干大人しめのツーピースを着ている。

それでもかなり目立つのは、さすが売れっ子モデルだ。

「こんにちは。麗美、久しぶりね。あんた、本当に『綿谷』の受付嬢をしてたのね。話を聞いた時、てっきり大嘘をついているんだと思ってたのに」

顔を合わせるなり憎まれ口を叩くと、環奈は麗美の隣にいる愛菜と理沙をチラリと一瞥した。

「ふぅん……天下の『綿谷』の受付嬢にしては、たいした事ないのね。ねえ、麗美。綿谷社長って、今社内にいらっしゃるんでしょ？　私を綿谷社長のところまで案内してよ」

パソコンに表示されている来客予定表には環奈は載っていないし、彼女が所属している事務所の名前も記載されていない。

「恐れ入りますが、綿谷は現在会議中です。失礼ですが、アポイントはとっていらっしゃいますでしょうか？」

麗美が口を開くのに先んじて、右隣にいた愛菜が、環奈のほうに向かってにっこりする。しかし、環奈は愛菜のほうを見もしないで、あくまでも麗美に向かって話しかけてきた。

「もちろん、とってるわよ。ただ、ちょっと個人的なアポだから、受付には知らされていないかも。ところで、会議ってどこでやってるの？　社長室が空いてるなら、そこで待たせてもらいたいんだけど」

「申し訳ありませんが、確認をいたしますので少々お待ちいただけますでしょうか。よろしければ、あちらの椅子におかけになって——」

麗美が窓際の応接セットを掌で示すも、環奈はそれを遮るように首を横に振った。

「やだ、麗美ったら他人行儀ね。私、こんな何にもないところで待つの嫌だわ。ちょっと喉も乾いてるし、コーヒーでも出してよ。ほら、早く」

個人的なアポイントをとっているにしろ、そうでないにしろ、本人不在の執務室に断りもなく環奈を通すわけにはいかなかった。

「では、ご用件をお伺いしてもよろしいでしょうか」

「だーかーらー、個人的なアポだって言ってるじゃないの。どうしてこう融通が利かないの？　仕方ないわね。自分で行くからもういいわ」

環奈が受付を離れ、エレベーターホールに向かおうとした時、ちょうどそちら側から高橋秘書が急ぎ足でやってくるのが見えた。

どうやら、カウンター前でやりとりをしている隙に、右端に座っていた理沙が彼に連絡を入れたようだ。

途中で環奈の前に立ちはだかった高橋秘書は、彼女に何事か話ながら受付のほうに軽く頷いてみせた。

彼は、そのまま環奈を連れてエレベーターホールのほうに歩いていく。二人を見送りながら、愛菜が呆れたように声を漏らした。

　基本的に私語は禁止だが、来客がいない時は、一定のルールの範囲内で会話は許されている。

「白鳥さん、あの方って……？」

「私の従姉です。少し前までお世話になっていた叔父のところの」

　詳細までは言っていないが、愛菜達には以前の住まいについては話をしていた。

「ああ、そうなの。いったい、どんなアポイントだったのかしらね？」

「すみません。私にもわかりません。ただ、彼女はモデルをしているので、仕事絡みであれば、もしかすると広告宣伝に関する事かもしれないです」

「なるほどね。……白鳥さんも、苦労するわね」

　そんな会話を、デスクワークをやりながら交わしたのち、立て続けに来客があって環奈の件はそれきりになった。

　それから三十分ほど経った頃、エレベーターホールに再び環奈が姿を見せた。

　しかし、今度は受付のほうには目もくれず、足早に入口のほうに歩いていく。見ると、その隣にスーツ姿の男性がいる。

「あら、綿谷常務だわ」

　理沙が言い、麗美も自分の目でそれを確認した。

　二人は何事かコソコソと話しながら、フロアを突っ切って正面入口から出て行ってしまった。

（環奈と綿谷常務？）

人気モデルと「綿谷」の常務取締役との間に、いったいどんな関係があるというのだろう？

そういえば、綿谷常務は広告宣伝部の担当役員も務めている。

やはり、環奈はモデルとして今後「綿谷」ブランドの商品にかかわってくるのかもしれない。

「なんだか、親しげだったわね」

愛菜が言うように、二人は内緒話をする距離で話しながら歩いていた。

職業柄、以前からの知り合いなのかもしれない。

(それにしても、びっくりした)

麗美は自分でも気づかないうちに、ため息を吐いた。

従姉とはいえ、決して仲がいいとは言えないし、叔父一家にとって自分は最初から最後まで厄介者でしかなかった。

もう縁が切れたものと思っていたが、家を出て二カ月も経たないうちにまた顔を合わせる事になるとは……。

(まあ、元気そうでよかった)

追い出されるように家を出た麗美だが、なんといっても血の繋がりがある親戚だ。

それに、叔母の志乃は家事全般が嫌いだし、料理に関しては亡き祖母や麗美に丸投げ状態だった。

いったい、自分が家を出たあとは、誰が一家の家事を担っているのだろう？

(なんて、私が心配しても何にもならないよね)

叔父一家の食生活やあの家の状態が気にならなくはないけれど、心配しても仕方がない。

それにしても、今日来社した本来の目的が気になるところだが……。

（今日帰ったら、慎一郎さんに聞いてみようかな……。さて、とりあえず、仕事仕事）

麗美は気持ちを切り替えて、その日の仕事をこなし、いつもどおりの時間に帰途についた。

電車に乗り、窓の外を眺めながら、夕食のメニューについて考える。

（今日はデザートもつけようかな。ゼリーがいい？　フルーツのほうがいいかな？）

あれこれと考えながら、最寄り駅に着いて駅前のフードマーケットに向かう。

今夜のメニューは、慎一郎からリクエストされた「お子さまランチ」だ。

用意するのは、やや小さめのオムライスにエビフライ、ミニハンバーグにナポリタンスパゲティとポテトサラダを添える。

彼の希望により、あえて大人用にアレンジせずに、子供向けの味付けにするつもりだ。

（お子さまランチかぁ。懐かしいな）

幼い頃、慎一郎はまだ健在だった両親とともに、遊園地に出かけた。その際、偶然立ち寄った小さな食堂で、お子さまランチを食べたらしい。

彼の父親の誠は休日も仕事で不在がちだったし、母親は病弱だったため、自宅にこもりがちだったと聞く。しかし、その日はめずらしく丸一日親子水入らずで過ごせたのだ、と。

お子さまランチは、慎一郎にとって、数少ない家族とのしあわせな時を思い出させてくれる特別なメニューなのだ。

買い物を済ませ、エコバッグを手に自宅への道を歩く。途中、犬の散歩中のご近所さんとすれ違い、あいさつを交わす。

昼間働いているため、めったに近隣の人と顔を合わせる事はないが、その人とは駅前のスーパーマーケットでも顔を合わせたりして言葉を交わすようになったのだ。

(この街って、とっつきにくいイメージがあったけど、案外庶民的なところもあって住みやすいよね)

治安はいいし、周りに高い建物がないから空も広い。

麗美は、いつの間にか鼻歌を歌いながら歩いていた。慎一郎と同居して以来、帰宅する足が以前よりも格段に軽くなっている。

ちょうど家の前に着いた時、慎一郎が乗った車が駐車場に入ってきた。

「おかえり」

窓から顔を出した慎一郎が、麗美に向かって手を振る。

「ただいま帰りました。慎一郎さんも、おかえりなさい。今日は、早いですね」

「夕食の事を考えて、いつも以上にバリバリと仕事を片付けたんだ」

慎一郎が車から降りるのを待って、二人連れ立って家の玄関に向かった。

「重かっただろ？　持つよ。いつも買い物ご苦労さま」

荷物でいっぱいのエコバッグが慎一郎の手に渡り、空いているほうの手で肩を抱き寄せられる。

「疲れている時とか、荷物が重い時はタクシーを使えばいいって言ってるだろ」

「ありがとうございます。でも、これくらい平気です。それに、歩いて帰ったほうが楽しいから」

「そうか？　麗美が楽しいなら、俺も嬉しいよ」

屈み込んできた慎一郎と、立ち止まって唇を合わせせる。はじめの頃は、キスをされてもぎこちない反応しかできなかった。

しかし、今はもういくらか自然な対応ができるようになり、唇を動かしてキスを返すしぐさまでできるようになっている。

「麗美、帰り道に飴を舐めたな？」

「あっ……さっき、犬の散歩をしてるご近所さんに会って、ミントキャンディをもらったんです」

「どうりでスースーすると思った」

慎一郎が、大袈裟に息を吐いたり吸ったりする。

麗美は彼に肩を抱かれたまま、玄関のドアを開錠して家の中に入った。唇には、まだキスの温かな感触が残っており、自分でも顔がにやけているのがわかる。

洗面所に向かう慎一郎から荷物を受け取ると、麗美は一人キッチンに向かった。まださほど長く住んでいるわけではないのに、ここに来るとホッとする。

（ああ、もう……ほんと、しあわせ……）

荷物を片付けながら、麗美はしみじみとそう思った。

こんな何気ないしあわせが、少しでも長く続けばいいと思う。

（できれば、永遠に……。なぁんてね。自分を甘やかしちゃダメだよ、麗美）

今の麗美は、言ってみれば魔法使いに魔法をかけてもらい、慎一郎という王子さまと舞踏会で踊っているシンデレラだ。

しかし、時間がくれば魔法はとけてしまうし、そうなれば今の生活はもう終わりを迎える。

麗美だって、しあわせな結末を迎えるシンデレラとして、このまま慎一郎とずっと一緒にいたい。

けれど、もともとあの家に住まわせてもらっているのは、慎一郎が宿なしになった麗美を気の毒だと思い、同居を提案してくれたおかげだ。

そして、麗美は来春には調理学校に進学し、そこの寮に入る。

その事は、以前慎一郎にも伝えてあるし、当然今の生活が続くのも来春の三月までだ。

慎一郎との生活をはじめてから、いろいろな出来事が起こった。それに浮かれていたのか、うっかり基本的な決め事の存在を忘れそうになっていた。

(そうだった……春になったら、この家を出なきゃならないんだよね……)

きっと、これまでの人生にいろいろな事が起こりすぎたせいだろう。

麗美は、いつ何時辛い出来事が起きても、どうにか持ちこたえられるように、常に心のどこかで身構えているようなところがあった。

いつも笑顔で、前向きな気持ちを忘れてはいけない——そんな亡き祖母の教えは、麗美の心に染み込んで、今や自身の性格になり、盾となって本来の弱い自分を守ってくれているのだ。

しかし、さすがに今回ばかりは、そうできる自信がない。

せめて今の生活が終わる寸前までは、このしあわせを甘受しよう。

麗美は、そう心に決めて、強いて口元に笑みを浮かべた。

「麗美」

洗面と着替えを済ませ、慎一郎がキッチンに入ってきた。

この頃の彼は、好んで料理中の麗美を見るために、ここにやってくる。そして、見よう見まねで野菜を切ったり、火にかけた鍋を見守ったりしてくれているのだ。

「そういえば、今日俺が会議中に、麗美の従姉だっていう女性が訊ねてきたんだ。白鳥環奈さんっていうモデルをやっている女性なんだけど、話を聞いてる？」

麗美は野菜を洗う手を止めて、慎一郎のほうを振り返った。

「あ……事前には知らされていなかったんですけど、今日、受付に来てちょっとだけ話しました」

「そうか。会議のあと、少しだけ話したんだけど、もしかして、あの人が、前に話してくれた、麗美が同居していた親戚ご一家の従姉の方？」

「はい、そうです」

「なるほど、やはりそうか」

「あの、環奈は、社長にアポイントなしで訊ねてきたんじゃないですか？」

「ああ、そうだ」

「やっぱり……」

環奈が言っていた「個人的なアポ」というのは、ありもしない嘘だった。よもや二人に繋がりがあるとは思わなかったものの、やはり気になっていたのだ。

きっと、知らないうちにやきもちを焼いていたのだと思う。

麗美は、そうと知ってホッとする自分を心の中で笑った。

「すみません、急に来て、高橋さんにまでご迷惑をかけてしまって」

「麗美が謝る事はないよ。彼女、今度うちの『ディープスリーピィ』のモデルオーディションに参加する予定らしいね」

慎一郎曰く、環奈は自分からその話題を持ち出して、自己アピールを始めたのだという。

「ああ、やっぱりそうだったんですね。モデルをしているから、用件はその事なんじゃないかと思っていました」

「ディープスリーピィ」は、「綿谷」が来年度はじめに発売予定の抱き枕で、これまでに各社から発売されているものとは一線を画す画期的な商品だ。

基準となる製品の長さは一四〇センチ×幅七〇センチ×高さ二〇センチ。各数値は自由に変更が可能な、完全オーダーメイドで販売する。

頭部分には超小型のスピーカーを内蔵、身体部分には数種類の振動機能がついており、マッサージから入眠時の心地よい刺激まで、目的別に種類を選べるようになっている。

つまり、同商品は、既存の「綿谷」ブランドの抱き枕の良いところをすべてひとつにまとめた、眠りに関するアイデアを詰め込んだイチオシ製品なのだ。

「『ディープスリーピィ』は、今後開発予定の関連商品の先駆けとなる製品だ。ぜったいにヒットさせたいし、そうならなきゃいけない。これは、毎日の眠りの質を上げるのはもちろん、日頃入眠に困難を感じている人にとっては、救世主になり得るものだと考えている」

いつになく真剣な面持ちでそう力説するのは、これを発案した慎一郎自身が眠りたいのに眠れない辛さを身をもって知っているからだ。

「ぜひ、一人でも多くの人に『ディープスリーピィ』の存在を知ってもらって、一日でも早く心地よい眠りを体感してほしい。むろん、広報にも特別に力を入れる予定だし、イメージモデルとして活躍してもらう人は、慎重に選びたいと思ってる」

慎一郎が麗美を胸に抱き寄せ、身体をすり寄せながら頭のてっぺんにキスをしてきた。

「『ディープスリーピィ』ができたのは、麗美のおかげだ。麗美がいなかったら、俺は今も眠るのに一時間以上かけているだろうし、朝のスッキリとした目覚めを知らないままだと思う」

視線が合い、にっこりと微笑み合う。この頃の慎一郎は、以前よりもはつらつとしており、顔色もいい。

「麗美の寝息や、肌の温もり。麗美の肌の柔らかさや、一緒にいる時の安心感――それをぜんぶ『ディープスリーピィ』に取り入れたんだ。あれが完成したのは、麗美のおかげだ。そう思うと、麗美は俺にとって創造の女神的な存在だと言える」

慎一郎のキスが、麗美のこめかみに移動する。

麗美は照れて、もじもじと身じろぎをした。

「女神だなんて……ふふっ、そんなふうに言ってくれるの、慎一郎さんだけです」

「そうか？」

彼は麗美の唇にキスをして、ゆっくりと舌を口の中に差し込んできた。しばらくの間互いの舌の柔らかさを堪能したあと、ようやく唇を離す。

「〝創造〟だけじゃないぞ。麗美は、俺にとって〝癒し〟そのものだし、心身の健康を保ってくれる〝救世主〟だ。もちろん、最高の快感をもたらしてくれる〝性愛〟の女神でもあるし――」

「んっ……あ……慎一郎さんっ……。こんなところで、ダメですよっ！」

「なんで？　麗美とイチャつくのに、この家の中でダメなところなんてないだろ？　なんなら、今から証明してあげてもいいよ。キッチンや玄関、廊下や階段、駐車場も屋上も麗美とこういう事をするのに、不適切な場所なんてないから」

「ふ……ぁ……あんっ！　わ、わかりました。わかりましたから、ちょっと待ってください。とりあえず、晩ごはんを作らないと。お子さまランチ、食べたいんですよね？」

「むっ……」

そのひと言が効いたのか、慎一郎は渋々麗美を抱く腕をほどいた。

「用意できたら呼びますから、ゆっくりしててください。この頃は、割と仕事のペースがゆったりめになってきましたけど、まだまだ忙しすぎですし、たまには何もせずにのんびり過ごす時間を持ってもいいと思いますよ」

麗美がニコニコ顔でそう言うと、慎一郎もそれに倣って口角を上げる。

「わかったよ。お楽しみはまた今度だ」

彼はそう言うと、ふいに寂しそうな表情を浮かべ、麗美を横目で見つめながら、とぼとぼとキッチンを去っていった。

その様子が、いかにもわざとらしくて笑ってしまう。

慎一郎はああ言ってくれるが、麗美にとっては彼こそが〝救世主〟だ。

一緒にいてくれるとこの上なく心強いし、ドキドキすると同時に心から安心する。

それは〝癒し〟とも言えるものであり、彼がいろいろとリクエストしてくれるから、料理に関しても新しく〝創造〟もできる。

もちろん、はじめて知った〝性愛〟に関しては、言わずもがなだ。

(慎一郎さんがいなかったら、私、今頃どうなっていただろう?)

おそらく、いなかったらいないなりに、これまでどおり一人でどうにかやり過ごし、踏ん張って持ちこたえていただろう。

それは、身内が次々とそばからいなくなる経験を重ねてきた自分が身に着けてきた生きる術だ。

しかし、慎一郎と出会い、彼と深くかかわるようになった今、以前の自分とは少なからず違ってきているのは事実だ。

ただ一心に目標に向かって進んでいくのには変わりないが、いろいろと知ってしまった分だけ、それを失ってしまった時の寂しさや喪失感は、どのくらいのものだろうかと思う。

もし今、慎一郎を失ってしまったら——そう考えるだけで、心臓が潰れそうに痛い。

もしかすると自分は前に比べると人として弱くなってしまったのでは——そう思い、ふと心配になって落ち着かない気分になる。

(ああ、まただ……。こんな事を考えても、仕方ないのに……)

麗美の頭の中に、この頃では恒例になりつつある、自分と慎一郎の未来に関する様々な懸念が思い浮かんでくる。

そういえば、今日受付の前を通る綿谷源吾会長を見かけた。

実際の彼を見るのは今日がはじめてだったが、その堂々とした風貌たるや、周りの空気を一瞬にして変えてしまうほどの威厳があった。

派遣社員の麗美にとって、彼はただでさえ遠く、畏怖すべき存在の人だ。

その上、慎一郎の祖父であり、孫の結婚を一番に心待ちにしているのが彼だった。

むろん、そう願うのは当たり前の事として理解できるし、間違っても恨んだりしていない。

それに、慎一郎に言わせれば、厳しいけれど実は心優しい人であり、両親を亡くした孫の事を常に気にかけてくれている、いいおじいさんだと聞いている。

慎一郎がそう思うのならいい人に違いないし、予想外に早く社長職に就かなければならなかった彼を支えてくれたのはほかでもない会長なのだ。

(慎一郎さんにとって、会長は大事な人だもの。愛する人がそう思っているなら、私にとっても会長は大事な人――)

そう思うに至った時、麗美はハッとして包丁を使う手を止めた。

「〝愛する人〟……。私、今、慎一郎さんの事を、そう言ったよね」

無意識に発した自分の言葉に、麗美は少なからず驚いて唇を硬く結んだ。

そして、再びゆっくりと手を動かし始めると、口元に薄い微笑みを浮かべた。

慎一郎と出会い、いつしか彼を好きになり、そして今彼を深く愛していると自覚した。本当は、もうとっくにわかっていたはずなのに、それを認めるのが怖かったのだ。

どれだけ彼を深く愛しても、これが期限付きの恋である事に変わりはない。

そうとわかっていながら、知らぬ間に彼を深く愛してしまった自分がいる。

だからこそ、今浮かんでいる笑みの中には、様々な感情が入り混じっているのだ。

(だったら、余計今の時間を大事にしなくちゃ。慎一郎さんを愛した事を、後々の自分に誇れるくらいに……)

微笑んだ唇が震え、ややもすれば悲観的な感情が溢れそうになる。

「もう、しっかりしようよ、麗美。こんな気分でお子さまランチ作るつもり?」

慎一郎の想い出のメニューを、どんよりした気分で作るなんてできない。それに、自分には笑顔という心の盾がある。

麗美は強いて白い歯を見せて笑った。

そして、慎一郎の喜ぶ顔を思い浮かべながら、お子さまランチを作り続けるのだった。


七月最後の月曜日は、雨模様だった。

麗美はその日の朝、いつもよりも少し早めに起きて出張に出掛ける慎一郎を玄関先で見送った。

行き先はドバイで、目的はかねてから慎一郎が中心となって動いていた中東・アフリカ諸国へのシェア拡大のためだ。

しかし、今回の出張は、これまでの慎一郎の仕事をドバイ支社のスタッフ達へ引き継ぐのが主な目的になっている。

この出張が順調に終われば、もう慎一郎自ら現地に赴く必要はなくなり、引き継ぎを受けた者達は責任ある仕事を任されて、これまで以上に努力するはずだ。

（慎一郎さん、最近は前にも増してよく食べてよく眠れているみたいだし、本当によかったな）

出張は金曜日までであり、彼はその日の夕方には帰国する予定だ。

さっき見送ったばかりなのに、もう慎一郎が恋しい。

そんな自分に呆れながらも、麗美は「綿谷」に出社して同僚達とともに受付に座った。

その日は会議室の使用予約が多く入っており、受付の麗美達も担当部署の人達を手伝って、お茶出しなどで大忙しだった。

無事一日を終えてロッカー室で着替えをする。すると、部屋の奥のほうから、秘書課の女性社員らしき人達が話す声が聞こえてきた。

「――社長、最近ちょっと雰囲気が変わられたと思わない？」

「思う！　前は近づきがたい感じだったけど、今朝出張にお出かけになる前にお見送りをしたら『いってきます』って言って、ニコッてされたの！」

「あ、それ、私も！　社長ってクールなイメージしかなかったけど、笑うと意外と可愛い、な～んて思っちゃった」

一緒にいる愛菜と理沙が、肩をすくめて顔を見合わせる。

「わかる。私も、この間会議室を片付けている時に、通りすがりに『ご苦労さま』って、にっこりされたもの」

「鈴木ちゃんも？　実は、私も。白鳥ちゃんは？」

愛菜と理沙が、二人同時に麗美のほうに顔を向けた。

「えっと……私は、まだそういうのはないかも」

実際に、麗美は会社では慎一郎から仕事中に声をかけられたことはなかった。

「そうなの？　ま、そのうち見かけたら声をかけてくださるかもよ。でもね……これは、最近仕入れた情報なんだけど――」

愛菜が、小さかった声を一段と小さくする。

「社長ったら最近ランチタイムは手作りのお弁当を食べていらっしゃるらしいの。つまり、どうやら彼女ができたみたいなのよね。しかも、それをたまたま見たっていう部長が言うには、すっごく嬉しそうな顔で食べてたんですって。ああ、これで『綿谷』社長夫人の夢は完全に潰えちゃった」

愛菜が冗談とも本気ともつかない様子で、がっくりと肩を落とす。

「うわ、ほんとに？　秘書課の人達、知ってるんですかね？」

「まだ知らないと思う。知ってたら、あんなふうに呑気な反応してないわよ」

「そりゃそうだ」

理沙が頷く横で、麗美はあやうく咳き込みそうになった。未だ屋上は工事中で使用できないため、慎一郎は持参した弁当を社長室で食べている。個室だし、普段頻繁に出入りするのは、彼のランチ事情を知る高橋秘書くらいのものだから、バレる心配はあまりないと言っていたのだが……。

「だから白鳥ちゃん、くれぐれも社長に片想いなんかしないようにね。あ〜あ、お弁当か……きっと、彼女は良妻賢母タイプの美女なのね。いったいどんな人なのかしら。興味あるわ〜」

依然として婚活中の愛菜が、小さく唸った。

駅前で二人と別れ、帰りの電車に乗る。

(慎一郎さん、お弁当を喜んで食べてくれてるみたいで、よかった)

むろん、本人からは再三「美味しかった」と言われているし、ランチに限らずあれこれと食べたいものをリクエストされて、嬉しい悲鳴を上げたりしている。

もともと、決して食べる事が嫌いではなかった慎一郎は、これまでに食べた事がない世界各国の料理を麗美に作ってほしいと頼んできたりする。

そのたびに、麗美はその料理について調べ、実際に作ってみる。それは、麗美にとっていい勉強にもなる、楽しい時間のひとつだ。

それに、次はどんなめずらしい料理をリクエストされるのかと思うと、気分がウキウキしてきて楽しかった。

(今日から金曜日の夜まで一人か。何を食べようかな。この間作ったギリシア料理のムサカ、また作ってみようかな？　でも、シンプルにふろふき大根もいいかも——)

電車を降りて、いつものフードマーケットに行き、簡単に買い物を済ませた。

七月下旬の午後七時前は、まだ十分に明るい。

荷物もさほど重くはないし、慎一郎がいない寂しさはあるが、同時に一人きりの気楽さもある。

あとひとつ角を曲がれば、我が家だ。

自分のものでもない、ましてやずっと住み続ける事が叶わない慎一郎の自宅なのに、もう長く住んでいるような愛着を感じる。

それは、きっと彼とともに暮らす日々が、それだけ楽しく充実しているからに違いない。

角を曲がり終え、家の門まであと数メートルというところで、急に道の向こうからハイヒールで歩くカツカツという音が聞こえてきた。

「ちょっと、麗美！」

いきなり名前を呼ばれ、驚いて立ち止まる。声のほうを見ると、環奈が憮然とした顔でこちらに歩いてくるところだった。

「環奈？　どうしたの、こんなところで――」

「どうしたもこうしたもないわよ！　てっきり、住み込みのお手伝いさんでもやってるんだと思ってたのに、なんであんたが、綿谷社長と同居して、彼の恋人面してるの？　ぜったいにおかしいわ！いったい、どんな手を使って彼をたぶらかしたのよ！」

環奈がものすごい剣幕で、そうまくしたてる。

道幅が十分に広いとはいえ、さすがにそんなに大声をだせば近隣の人に聞こえてしまう。

「待って、環奈。とりあえず、こっち来て！」

麗美は半ば強引に環奈の腕をとり、近くの公園まで彼女を引っ張っていく。公園に着くと、誰もいない遊具エリアまで進み、そこで立ち止まって環奈の腕を離した。

「痛いじゃない！　腕にあざでもできたら、仕事ができなくなっちゃうでしょ！」

「ごめん、環奈。ねえ、さっき環奈が言ってた事だけど……」

麗美が口を開くなり、環奈が顔を近づけてきて、思いきりしかめっ面をする。

「知ってるのよ。あんた、この間私が『綿谷』を訪ねた日の夕方、社長の家の玄関先で社長とキスしたでしょ。あの家で彼と一緒に住んで、毎日のように、駅前のフードマーケットで買い物をしてるわよね？　ぜんぶ知ってるわよ。ほら、これ。誰だかわかるわよね？」

環奈がバッグから取り出したのは、数枚の写真だ。

顔を近づけて見ると、それは、まぎれもなく自分と慎一郎だった。確かに、あの日エコバッグを持ってくれた彼と玄関先でキスをした事を思い出す。

「マジでびっくりしたわ。あの日、綿谷社長にちょっとだけ会えたんだけど、どんなにアプローチをかけても、ぜんぜん靡かないんだもの。だから、恋人でもいるんですか？　って聞いたら、いますよ、って返事が返ってきたの」

麗美は、環奈が言った〝恋人〟という言葉に反応して、顔を強張らせた。すると、環奈がそれを敏感に察知して、片足で地団太を踏む。

「だから私、いったいどんな女と付き合っているのかと思って、すぐに人を手配したのよ。私って、何事も待つの嫌いじゃない？　そしたら、その日のうちにこのキス写真の報告を受けて、驚いたってわけ」

彼女曰く、はじめは相手が麗美だとはわからなかったようだ。しかし、その後も調べさせた結果、慎一郎には同居している恋人がおり、どうやらそれが「綿谷」の受付嬢だとつきとめたあと、すぐに個人の特定に至ったという流れだったらしい。

「それが、まさかあんただとは思わなかったわよ！　なんで？　ほかの二人のほうがまだマシなのに、どうしてなの？　どうしてあんた程度の女が……まったく信じられない！　社長も社長よ。どうしてこんな低レベルの女に興味なんか持ったの？　マニアックすぎて呆れちゃうわ！」

そのあと、勝手にベラベラとまくしたててきた内容によると、環奈があの日「綿谷」に来社したのは、慎一郎に取り入って参加予定の同社オーディションで便宜を図ってもらおうという意図があっての事だったようだ。

「環奈、とにかく社長にご迷惑をかけるのだけはやめて。『ディープスリーピィ』は『綿谷』にとって大事な製品なの。オーディションは真っ当にやるべきだし、環奈なら正々堂々とオーディションを受ければ、いい結果が出せるかもしれないじゃない」

「は？　なんで、あんたなんかに説教されなきゃならないのよ。いったい、何様のつもり？　私は私のやり方で、あの仕事を獲ってみせるから」

やけに自信たっぷりの環奈を見て、麗美は慎一郎が言っていたように、彼の伯父である綿谷公一がこの件に絡んでいるのかもしれないと思った。

「いったいどうやってあの家に入り込んだの？　社長の弱みでも掴んだ？」

「違うわ」

「じゃあ、何よ。まあいいわ。とにかく、こんなバカバカしい事ってないわよ」

環奈が苦虫を嚙み潰したような顔をする。

「ねえ、麗美。あんた、もう社長とセックスとかしちゃってるわけ？　元居候の分際で、玉の輿を狙ってるの？　『綿谷』の社長夫人は、私こそがふさわしいのに！　……私、ぜったいに許さないから。あんたなんかに、いい生活をさせてたまるもんですか」

誰かと意見が違う時など、一方的にまくしたてるのが、環奈の昔からの癖だ。こんな時は、反論すると余計大声を出される。

それがわかっていたから、麗美は黙ってそれをやり過ごそうとした。

「出て行きなさいよ」

環奈が、麗美を正面から見つめながらそう言った。

「えっ……？」

「あの家を出て行けって言ってるの！　私、まだあんたの事、綿谷常務には言ってないの。だって、ただ言いつけただけじゃ、社長があんたを助けようとするかもしれないでしょ。ああもう、悔しいっ！　おばあちゃんの時と同じだわ！　なんで、いつも私じゃなくてあんたなのよ！」

駄々っ子のように足元の土を蹴り飛ばすと、環奈が改めて麗美を正面から睨みつける。

「私、綿谷常務とは親しくさせてもらっているから、いろいろと知ってるの。麗美、あんた会長にお会いした事、ある？」

訊ねられ、麗美は無言で首を横に振った。

「私、前に一度だけお見かけした事があるんだけど、すっごく厳つくて笑顔ひとつないご老人だったわ。会長って、社長に山のような見合い話を持ち込んでいるんですってね。しかも、全員才色兼備の良家の子女ばかり。あんたみたいなド平民とは生まれも育ちも違う人って事よ」

それについては、言われるまでもなく知っている。そして、だからこそ、いずれは出て行かなければならない事も理解していた。

「私の言っている意味、わかるわよね？　綿谷常務をとおして、あんたとの事が会長にバレたら、どうなると思う？　会長は激怒なさるわ。そして、代々受け継がれてきた由緒正しい血筋を汚すような孫を排除しようとするかも——」

麗美を睨んだまま、環奈が思わせぶりな言い方をする。

「排除って……環奈、いったい何をしようとしてるの？」

「私は別になにも。ただ、綿谷常務が、こんな状態を許すはずがないし、きっと会長に的確な判断を下されるよう進言すると思うの。つまり、会長は今回の不始末の責任をとらせるために、社長を解任するだろうって事」

「そんな……まさか、そこまではされないでしょう？　社長と会長の仲は良好だって聞いてるし」

麗美が反論するも、環奈はどこ吹く風といったふうに、まったく動じる様子はない。

「いくら仲がよくても、綿谷常務の報告の仕方ひとつで、どうにでもなるわ。なんといっても、綿谷常務は会長の息子なんだもの。それに、こんなキス写真を見たら、とりあえず怒るに決まってるでしょ。しかも相手は『綿谷』の派遣受付嬢」

麗美の目の前で、環奈が写真をひらひらと振る。

「そして、その受付嬢の人柄や素行については、従姉である私がよく知ってるわ」

環奈が顔に意地の悪い表情を浮かべる。この先に彼女が何を言い出すかを悟り、麗美は絶望的な気分になった。

環奈が誰かに質問をされて、それに答えているようなジェスチャーをする。

「『麗美ですか？　彼女は昔から嘘つきで意地が悪くて、おまけに盗癖まであったから家族全員困っていたんです。ああ見えて、お金持ちの男性に取り入るのが上手くて、これまでに何人男性を騙して大金を貢がせた事か――』」

「環奈！　そんな嘘を言うのはやめて！　私がいつ――」

「嘘か本当かの判断は、会長がなさるわ。会長は綿谷常務を介して、私が今言ったような事を知らされるの。そうね……たとえば、あんたにたぶらかされて、怪しげな人達と裏で犯罪まがいの事をしてるとかどう？　もしくは、ちょっとヤバめのものを普段から使ってる疑いがあるとか――」

悪意の塊のような環奈の言葉を聞き、麗美はどうにかそれを阻止しようと躍起になる。

「わかったわ、環奈。もう、わかったから、やめて。どのみち、来春には出て行かなきゃならなかったし。環奈、私が来年の春から調理師になるために学校に行くつもりなのは知ってるでしょ？　でも、もう出て行くから……だから、私の事は綿谷常務に言わないで。お願い」

麗美が必死になって訴える姿を横目に、環奈がフンと鼻を鳴らした。

「早くそう言ってよ。じゃあ、さっさと出て行くのよ。追ってまた連絡するわ。くれぐれも、行方がバレないようにね。わざとバラしたりしたら、すぐに言いつけてやるから」

環奈がヒステリックな声で念を押してくる。

「わかった」

それからすぐに環奈が去り、麗美はたった一人で公園の中に取り残された。

頭の中はからっぽで、何も考えられない。

麗美は、どうする事もできずに、ただその場に立ち尽くすのだった。


その週の金曜日、麗美はドバイから帰国する慎一郎を待ちながら、夕食の用意をしていた。

環奈にここから出て行くよう言われてから、今日で四日目だ。

これまでの間に、できる限りの準備をした。

環奈からは再三連絡があり、いつ出て行くのかと問われた。

しかし、叔父宅を追い出された時同様、そう簡単に引っ越し先が見つかるわけもなく、今日を迎えてしまった。

ここで暮らすようになってから二カ月と少し経つが、その間にいくらか貯金ができたし、格安のホテルに泊まろうと思えば、そうできなくもない。

けれど、慎一郎と別れ、ここを出て姿をくらますとなると、当然「綿谷」での仕事も辞めなければばならなくなる。

人事に関するデータベースからバレてしまわないよう、派遣会社に退職を申し出るのは週末にした。

迷った挙句、同僚の愛菜と理沙にだけは今月いっぱいで退職する旨を伝え、迷惑をかけてしまう事を心から謝罪した。

そして、麗美は明日の朝早くここを出て行く。

幸い、荷物は前回の引っ越しでかなり減っているし、そうしようと思えばバッグひとつでここからいなくなるのも可能だ。

ただ、祖母の形見の家具だけは、ここに残しておくしか方法がなく、諦めるよりほかなかった。

時刻は午後八時少し前。

慎一郎が帰宅して、明日の朝目覚めるまでの間に、麗美はここを出て行かねばならない。

彼には決して悟られる事なく心の中で別れを告げ、せめてもの置き土産に笑顔の自分を記憶に残してもらおうと思う。

キッチンの流し台の前で、じっと佇んでいると、玄関のドアが開く音が聞こえてきた。

「ただいま」

慎一郎の声が聞こえる前に、麗美はキッチンから駆け出して玄関に急いだ。

「おかえりなさい！　出張、お疲れさまでした。お風呂の準備、できてますよ。先に入りますか？」

「ああ、そうする。その前に、麗美……会いたかったよ」

抱き寄せられ、ぐらぐらと身体を揺すぶられる。

唇が合わさり、すぐに口の中で二人の舌が溶け合った。

「んっ……ん……」

麗美は慎一郎の背中に腕を回し、今にも泣き出してしまいそうな心を押し殺しながら、彼にキスを返した。

つい指先に力が入り、爪先立つ脚が小刻みに震える。

「どうした？　寂しかったのか？」

いつもよりも強くしがみついてしまったせいか、そう言って笑われてしまった。

「はい、すごく寂しかったです。会いたくてたまらなかったし、一日でも早く慎一郎さんとこうして抱き合いたいって思ってました」

「麗美——」

思いきり強く抱きしめられ、嬉しさに身体中の血が沸く。

「そんなふうに言ってくれるなんて、嬉しいよ。何かあったのか？　これまでは、恥ずかしがってそういう事は、なかなか言ってくれなかっただろう？」

そう言われれば、そうだった。

今思えば、どうしてもっと素直に気持ちを伝えてこなかったのかと、自分を怒鳴りたくなる。

「これまで、慎一郎さんから、たくさん言ってもらっていたから……。だから、私からも気持ちをちゃんと伝えなきゃと思って」

「そうか。じゃあ、あとでたっぷりと伝えてもらおうかな」

慎一郎の眉尻が思いきり下がり、いかにも嬉しくてたまらないという顔になった。

サマーニットのワンピースの裾が持ち上がり、太ももを両掌でまさぐられる。

「ああ……この感触、たまらないな……。その前に、とりあえず風呂と食事だ。例によって、麗美の作るごはんが恋しかった。でも、麗美のおかげで、外食もさほど嫌じゃなくなってきたよ」

麗美と暮らすようになってからというもの、日を追うごとに慎一郎の眠りの質が良くなり、外食もさほど苦手ではなくなってきている。

彼に同居を申し込まれ、同意した時に言った「私が学校の寮に入るまでの間に、社長の食生活を完璧なものにしてみせます！」という約束も、達成とまではいかないかもしれないが、かなりそれに近い状態になっていると思う。

バスルームに向かう慎一郎を見送りながら、麗美は自分がいなくなったあとの彼の生活について考えを巡らせる。

果たして彼は、今のように三度の食事をきちんととってくれるだろうか？

もし家政婦を雇うなら、一流レストランの料理ではなく、家庭料理を得意とする人を選んでくれたらいいのだが……。

眠りに関しては「ディープスリーピィ」が自分の代わりを務めてくれるはずだ。

あとは、ただ彼がしあわせに暮らすのを望むだけ。

自分がいなくなったあと、見合いをして彼や彼の一族にふさわしい女性と出会い、気持ちを通じ合わせて、そう遠くない将来彼自身の家族を作る事ができれば――。

そこまで考えて、いつの間にか自分が唇を強く噛みしめているのに気づいた。

チクリとした痛みを感じてそこを舌で舐めてみると、少しだけ血が滲んでいるみたいだ。

(物思いに耽ってる場合じゃないでしょ。〝麗美、やるべき事をやりなさい〟)

かつて、亡き祖母が病床で麗美の手を握りながら、そう言って励ましてくれた。

辛くても、やり遂げる。

時に立ち止まってしまいそうになっても、前を向くのだけは忘れてはいけない。

心身が追い詰められた時、思い出すのは亡き祖母の顔や教え、よく口にしていた言葉の数々だ。

立つ鳥跡を濁さず――去ると決めたのだから、悔いが残らないようにしたい。

麗美は、ダイニングテーブルに料理を並べ、慎一郎が風呂から上がるのを待った。

今夜のメニューは、彼のリクエストによりシーフードカレーだ。

『それだと、麗美の料理を堪能できるし、割と早く食べ終えるだろう？　麗美の料理もそうだけど、それ以上に麗美自身が恋しくてたまらないんだ』

電話でそう言ってくれた時の彼を、どれほど愛おしく思った事だろうか。

間もなくして、慎一郎が白のスウェット姿でリビングに顔を出した。おそらくどこかのブランド品なのだろうが、すっきりとしたデザインで彼によく似合っている。

(かっこいいな。外見も中身も、最高)

麗美は心の中で呟いて、今ここで彼といられる事のしあわせを噛みしめる。そして、この先ずっと忘れないように、しっかりと記憶に留めておこうと思った。

「おまたせ」

慎一郎がダイニングテーブルのほうにやってきて、椅子に座る。

彼は、テーブルの上のシーフードカレーを見て、子供のように無邪気な表情を浮かべた。

「見た目も香りも、これ以上ないってくらい食欲を誘うね。さあ、食べようか」

「はい」

麗美は、普段どおりの声のトーンを心がけ、顔に笑みを浮かべながら彼の前の席に座る。

「いただきます」

慎一郎が、そう言うなりカレーをひと口口に入れて、目をギュッと閉じる。

「旨い！　やっぱり、麗美の作った料理が一番だな」

彼のその言葉を、麗美は心に深く刻み込む。

「ありがとうございます。慎一郎さんが美味しく食べてくれるから、私の料理の腕前もずいぶん上がったような気がします。自分では作ろうと思わなかっただろう料理を作ったり、得意じゃないものを美味しく食べてもらえるよう工夫したり——いろいろと勉強になって嬉しかったです」

麗美がそう言うと、慎一郎がふとスプーンを動かす手を止めた。

うっかり過去形を使ってしまった事に気づき、一瞬笑顔が引きつりそうになる。

「麗美が作ってくれる料理は、何でも美味しく食べられるから不思議だ。これからも、よろしく頼むよ」

「はい、そうします」

にっこりと微笑まれ、麗美も頷いて笑みを浮かべた。

たった今、慎一郎についてしまった小さな嘘が、麗美の心に棘となって突き刺さる。

シーフードカレーは、美味しくできているはずだが、まったく味がしないのは心に一ミリも余裕がないせいだ。

「出張、どうでしたか？　引き継ぎ、うまくいきましたか？」

麗美は、慎一郎に続けざまに質問をして、極力聞き役に回った。

そうすれば、余計な事を口走るのを防ぐ事ができる。

「うまくいったよ。もう支社の担当者に任せても大丈夫だと思ったし、関係するスタッフと現地のクライアントとの顔合わせも終わった。今後は、本社から動向をチェックするだけにして、あとは各担当者に任せることにするよ」

「そうですか。よかった。これで出張の回数も減りますね。だからって、ほかの仕事を詰め込みすぎないでくださいね。身体を壊したら、元も子もありませんから」

「気をつけるよ。『ディープスリーピィ』のほうも、諸々順調に進んでるし、来月のオーディションでイメージモデルが決まり次第、広報活動についても具体的にいろいろと進められるだろうな」

オーディションと聞いて、スプーンを持つ麗美の指が強張る。

環奈は、やけに自信たっぷりだったけれど、なにかそう言える根拠でもあるのだろうか？

担当者に任せているとはいえ、オーディションに関しては慎一郎も最終決定権を持つ者としてかかわるだろう。

そうであれば、きっと公正な審査が行われ、新製品にふさわしいモデルが選出されるはずだ。

「そういえば、環奈さんとは、あれから連絡を取り合ったりしてるのか？」

「いえ、していません」

麗美は、即座にそう返事をして、きっぱりと首を横に振る。

本当は、オーディションの件とはまるで違う用事で連絡をもらっているのだが……。

「ふむ……そうか」

慎一郎が、やや考え込むような顔をしたあと、麗美のほうを見た。

「麗美は以前、同居していた親戚ご一家について話してくれた事があっただろう？　あの時、俺は麗美にあれこれと質問して自分なりにその方達の人となりを想像したりしたんだが、麗美はあまり親戚ご一家には馴染んでいないようだった。違うか？」

「そうですね……身内の恥を晒すようで恥ずかしいんですけど、正直言って仲がいいとは言いがたかったです。叔父はよほどの事がない限り傍観者に徹していましたし、叔母と環奈にとって、私は厄介者でしかありませんでしたから」

「やはり、そうだったか」

慎一郎が、眉根を寄せて頷く。

「これはオフレコだが、たぶん環奈さんはイメージモデルには起用されない。第一の理由は、製品のコンセプトと彼女の全体的な雰囲気が合わないからだ。それに、彼女がアポなしで俺に会いに来た時、少々よろしくない言動があってね」

「環奈、何をしたんですか？」

麗美が聞くと、彼は少々言いにくそうなそぶりを見せた。

「うん……実は、彼女は俺に自己紹介をするなり『オーディションの時はよろしくお願いします』と言って、腕に縋り付いてきてね。それが、ちょっとばかり強引で、少し驚いたんだ」

「腕に？　強引って……どんなふうにですか？」

麗美が聞くと、どうやら環奈は慎一郎の腕に胸をこすりつけるような行動をとったらしい。

彼があえて言わないでいたのは、麗美の身内を悪く言いたくなかったからのようだ。

「そ、そうだったんですね。環奈ったら……すみませんでした」

「いや、麗美はまったく謝る必要はない。しかし、何だってあんな唐突な行動をとったんだろうな？」

慎一郎が首を傾げる。

麗美は、環奈が来社した当日、帰りがけに広報部担当役員である綿谷公一常務と、何か話しながら歩いていた時の事を話した。

「なるほど、そうだったのか。綿谷常務は華やかな場を好む人だし、広報部の担当役員として積極的にパーティーに参加している。たぶん、そういった場所で環奈さんと知り合いになったんだと思う。だとすると、彼女がアポなしで来てあんな態度をとったのは、綿谷常務が絡んでいるせいかもしれないいな」

彼がそう分析するのを聞いて、麗美は少なからず驚いて、あの日連れ立って歩いていた二人の姿を思い浮かべた。

「そういえば、何か内緒話をするような感じで話していたような……」

「ふむ……いずれにしろ、オーディションでは、いかなる便宜も図るつもりはないし、綿谷常務はもちろん、ほかの担当者にもそれは徹底させる。社長としても発案者としても『ディープスリーピィ』には、それにふさわしいイメージを持つモデルを起用するつもりだ」

「それを聞いて安心しました。『ディープスリーピィ』は、慎一郎さんが手塩にかけた製品ですものね」

夕食を食べ終え、片付けをしたあと、ソファに並んで腰かける。すると、慎一郎が待ちきれないといったふうに麗美の身体を自分の膝の上に抱きかかえてきた。

「新しいワンピースだな。すごく可愛いよ……ちょっと身体にフィットする感じもいいな。見てるだけで、ムラムラする」

「きゃっ……し、慎一郎さんっ……」

ワンピースの裾から入ってきた彼の手が、いきなりショーツのクロッチ部分に触れた。そして、そこを縦方向に撫でまわしながら、慎一郎が麗美の首筋に音を立ててキスをする。

「いい感じに濡れてるね……。ああ、すごくいいよ」

彼の指がショーツの腰にかかり、一気に脱がしてきた。

すぐに戻ってきた掌が花房をそっと包み込み、指が秘裂の中を嬉々として泳ぎ回る。

「ひっ……あ、あっ……」

指で秘所を愛撫され、麗美はたまらずに慎一郎のほうを向いて彼の膝に正面から跨った。

今まで自分からこんなふうに動いた事はなかった。けれど、これが最後だと思うと、恥じらいなど邪魔でしかない。

麗美は慎一郎の肩に抱きついて、彼にキスをする。慎一郎が下着ごとルームウェアの下を脱ぎ、床に放り投げた。

「麗美っ……」

互いに下半身だけを露出した姿で、繰り返し唇を合わせ続ける。

唾液が混ざり合い、舌を絡めるたびにぴちゃぴちゃという水音が立つ。

慎一郎が麗美のワンピースの裾をたくし上げ、ブラジャーのカップを引き下げてきた。

零れ出た乳房にかぶりつかれ、あられもない声を上げる。

「あぁあああんっ……あんっ！　あっあ……」

競うように着ているものをすべて脱ぎ捨て、何度となく唇を合わせ続ける。

跨った姿勢のままソファの座面に膝を立て、身体が前のめりになった拍子に、硬くそそり立つ屹立の壁面に花芽の先が触れた。

「ひっ……ん、ぁああ……あ、ああ……」

身体の芯がねじれるような快感に襲われ、麗美はうっとりと目を閉じながら上体を仰け反らせた。

慎一郎の両手が麗美の尻肉を摑み、指が食い込むほど強く揉み込んでくる。

繰り返される甘い痛みに酔ったようになり、麗美は胸の先に吸い付いている彼の頭を胸に抱きかかえた。

「慎一郎さんっ……！　好き……しんいちろ……さん……大好きっ……あああっ！」

彼への想いが胸に溢れ、声に出さずにはいられなくなった。

秘裂にぴったりと寄り添う屹立が、蜜にまみれてぬらぬらと滑る。

自然と腰が動き出し、花芽を反りかえった屹立の先に擦りつけては嬌声を上げた。

切っ先が蜜窟の入口を抉るように捏ね回してくる。

そのたびにそこがきゅうきゅうと窄まり、喘ぐ声がだんだんと大きくなっていく。

慎一郎が胸の先を吸う力を強め、そこに緩く歯を立ててきた。

「あっ……あ、あぁ……」

執拗に乳房を口の中で愛撫され、身体ばかりか心まで熱くなる。

けれど、こうして抱き合うのも、今日が最後――。

そう思うと、切なくて胸が張り裂けそうになる。

麗美は、未だ乳房を口に含んでいる慎一郎のほうを見た。

舌で先端を捏ねられ、そっと甘噛みされるたびに、彼を愛おしく思う気持ちが高まっていく。

「慎一郎さん……」

麗美は震える声で彼の名前を呼んだ。

最後だから、胸に抱く想いをぶつけてしまおうと思った。

それなのに、ややもすれば嗚咽が込み上げてきそうになり、その先が言えなくなってしまう。

麗美は、唇を震わせて慎一郎を見つめた。そして、心の中で彼に最初で最後の愛の告白をする。

(慎一郎さん、愛してます……。あなたを心から愛してる……これから先も、ずっとあなただけを想い続けます……)

前かがみになり、胸に抱き寄せたままの慎一郎の頭に、覆いかぶさるようにして頬ずりをする。

すると、慎一郎がようやく胸の先を唇から解放し、麗美を上目遣いで見上げてきた。

目が合い、背筋を伸ばした彼と唇を合わせ、互いの身体を思いきり強く抱きしめ合う。

麗美の尻肉を摑む慎一郎の掌が、そこをぐっと上に押し上げてきた。蜜にまみれた秘裂が、硬く反りかえった屹立に吸い付くように寄り添って戦慄く。

「麗美、好きだ……麗美が愛おしくてたまらない。誰にも渡したくないし、俺だけのものにしたい。麗美……心から愛してるよ。一生俺のそばにいてくれ……頼む」

キスの合間に、そう囁かれて、心臓が止まりそうになる。

まさか、彼からそんな言葉をもらえるとは夢にも思わなかった。

唇が小刻みに震え、嬉しさのあまり込み上げてきた涙で視界がぼやけ始める。

「私もです……。私も、慎一郎さんを心の底から愛してます……！」

麗美は、ソファの背もたれに寄りかかっている彼に、覆いかぶさるようにしてキスを浴びせかけた。

「慎一郎さん……愛してます！　ずっと、ずっと、慎一郎さんだけを愛してる……」

「麗美……麗美のすべてがほしいんだ。麗美と、思いきり愛し合いたい。麗美のぜんぶ、俺にくれるか？」

囁くように問われ、唇を合わせながら頷く。

熱く潤んでいる蜜窟が、挿入を待ちわびて、くちゅくちゅと音を立てながら蠢いている。

そこに屹立の先をあてがうと、慎一郎が浮き上がっている麗美の腰を一気に引き下ろしてきた。

「あああっ……！　あ……」

屹立を根元から飲み込んだ蜜窟の奥が、びくびくと震える。

麗美は彼の腕に支えられながら、身を捩って嬌声を上げた。そして、知らず知らずのうちに腰を激しく動かして、挿入の悦びを甘受する。

「しん……いちろ……さんっ……。好き……大好き……。お願い……もっと……あ、ああああっ！」

再び乳房を食まれ、下から激しく腰を突き上げられる。

彼の膝の上で身体が浮き、重力で腰が下に落ちるたびに気が遠くなるほど強い愉悦を感じた。

お互いの顔を見つめながらのセックスは、途中何度も麗美を快楽の海に沈めた。

これほど深く強く愛された記憶は、きっと一生身体の奥に残り続けるに違いない。

屹立を締め付ける蜜壁が、うねるように波打ち、切っ先の括れを捲り上げた。

慎一郎のものに奥を突かれるたびに身体の奥が花開き、彼の精をほしがるように子宮へと続く蜜口を開放する。

身も心も彼に委ね、麗美はそれまでにないほど激しい快感に呑まれ至福の中にどっぷりと沈み込んだ。

蜜窟の中が激しく痙攣し、天地がわからなくなった。

麗美は慎一郎の肩に唇を押し付け、背中を仰け反らせて声を上げる。

「あっ……ああああああっ！」

「麗美っ……！」

麗美の中で慎一郎のものが爆ぜ、熱い精で蜜窟の中を満たしていく。

遠のいていく意識の中で、麗美は慎一郎の肩に腕を回した。

そして、何度もキスをして愛の言葉を囁き続けたのだった。

第六章　忘れられない味

夏が過ぎ、駆け足で秋が通りすぎようとしている。

十一月最初の月曜日の午後、麗美は住み込みで働いている老人施設で畑仕事をしていた。

八月になった朝に慎一郎の家を出て、その足で大伯母の絹子の紹介で、ここ「はっぴーらいふ寿《ことぶき》」で調理補佐の仕事を得た。

給料は、さほど高くないものの、住み込みだから新しい引っ越し先を探さずに済んだ。

ここに来て三カ月が経った今、麗美は施設で働く人や入居者の人達にも馴染み、比較的穏やかな日々を送っている。

「丸田《まるた》さん、見てください。皆さんが八月に植えたラッキョウ、こんなに綺麗な花が咲いたんですよ」

麗美は、そばにいた入居者の丸田キクノに、紫色の花を見せた。

「あら、本当だねぇ。ラッキョウって、食べるばかりで花を見たのはこれがはじめてだわ」

キクノがニコニコと機嫌よく笑い、パチパチと手を叩く。

「これ、お部屋に飾っても、可愛いですね。摘んでいいか、あとで施設長に聞いてみますね。少し寒くなってきたみたいだし、そろそろ中に入りましょうか」

入居者とともにする畑仕事は、散歩やリハビリテーションを兼ねている。

麗美が今日担当したキクノは、入居一年目の今年で九十五歳になる女性だ。

ゆっくりとした歩調に合わせながら畑を出ると、麗美はキクノを一人部屋の自室まで送り届けた。

「麗美ちゃん、おやつ休憩どうぞ～」

施設長に声をかけられ、麗美は多目的ホール奥の休憩室に入った。

そこは床よりも一段高くなった四畳の和室になっており、ホールとは襖で仕切られている。

麗美は部屋の隅に置かれたテーブルの前に行き、マグカップにインスタントコーヒーを入れてポットからお湯を注いだ。

老人施設といっても、ここは健康型有料老人ホームであり、入居者は原則、自立できる人で、施設内にはジムやプールなど、健康を維持するための設備が整っている。

二階建ての建物の中には、入居者のための部屋が三十室あり、麗美が住んでいるのは一階の玄関から入ってすぐの職員用の部屋だ。

職員は施設長やパートタイマーを含め、ぜんぶで十六人いる。

麗美もその中の一人として、午前七時から午後九時まで、食事の用意を中心に合計八時間ここで働いていた。

絹子と「はっぴーらいふ寿」の女性施設長は昔からの知り合いで、麗美が行き先がなく困っていると聞いた彼女は、すぐにここでの仕事を紹介してくれた。

絹子には、慎一郎と別れる事になり、家を出たと正直に伝えた。

理由を聞かれ、はじめこそ遠回しに話していた。けれど、いろいろと心配されながら質問を受け、最終的にはすべての事情を話して理解してもらっている。

それも口の堅い絹子を信頼しての事だったたし、くれぐれも自分がここにいることを慎一郎に教えたりしないでほしいと頼んだ。

絹子は、ぜったいに言わないと約束をしてくれたし、きっとそれを守ってくれると信じている。

(あれからもう、三カ月か……。振り返ってみれば、あっという間だったような気もするな)

コーヒーを啜りながら、麗美は首から紐でぶら下げているスマートフォンを手に取る。

見ると、画面の上にメッセージの到着を示すライトが光っていた。

「あ、大伯母さんからだ」

六月の半ばの時点では病院に入院していた絹子だが、今はもうすっかり元気になって「ふじ田端福寿園」のほうに帰っている。

そこと「はっぴーらいふ寿」とでは、車で一時間の距離であり、自然が多く環境もいいここは、余生をのんびりと過ごす人にとっては最良の場所といえる。

麗美はスマートフォンの画面をタップし、メッセージアプリを開いた。

今時のコミュニケーションツールを使いこなす絹子とは、日に二、三回メッセージを送り合っている。

仕事以外の時は電話で話すのだが、日中はこうしてメッセージでやりとりするのが定番になっていた。

『こんにちは。病院には行ってきた？　結果はどうだった？』

絹子からのメッセージの下に、心配顔の猫のスタンプが押されている。

麗美は、今日の午前中に半休をとって病院に行ってきた。そして、施設長とともにランチをとったあと、午後の仕事に就いていたのだ。

麗美は小さく微笑み、絹子への返信メッセージを打つ。

『行ってきました。やはり、妊娠していて、四カ月目に入ったところでした』

入力後、絹子と同じ種類の、笑顔の猫のスタンプを押す。

すぐに帰ってきた返事には「おめでとう」のメッセージとともに、目がハートマークになった猫のスタンプが送られてきた。

慎一郎の家での最後の日、麗美は彼とソファの上で愛し合い、小休止を入れたあと慎一郎のベッドでも身体を重ね合わせた。

その際、慎一郎は麗美に「一生そばにいてくれ」と言ってくれた。その後も、ずっと一緒にいようと囁いてくれたし、麗美はその言葉を心から嬉しく思ったのだ。

けれど、麗美が慎一郎とともに生きる道を選べば、彼が手にしている輝かしい人生を奪うことになる。

愛する人を不幸にするなんて、ぜったいにできない。

そう思った麗美は、予定していたとおりバッグをひとつ抱えて、あの家を出た。

そして、あてどなく電車に乗り、見知らぬ街を歩きながら、これから先どうしたらいいのか考えを巡らせた。

別れの辛さを味わっている最中、麗美は著しく思考能力が低下していたのだと思う。

気がつけば、祖母の墓を前に呆然として立ちすくんでおり、それからようやく我に返って、絹子と奈々に連絡を取ったのだ。

二人とも大いに驚くとともに、麗美の事を心から心配してくれた。

幸いにも、それからすぐに「はっぴーらいふ寿」での職を得て、新しい生活をスタートさせる事ができた。

生活していくためには、いつまでも過去に囚われて沈んでばかりもいられない。しばらくはただ懸命に仕事を覚え、環境に慣れようと必死だった。

そして、そろそろここでの暮らしにも慣れた十月の半ば。

麗美は、比較的規則正しい周期だった生理が来ないままである事に気づいた。

その前月までは、日々忙しくて疲れていたし、いろいろな事がありすぎたせいで周期が乱れているのだと思い込んでいた。

けれど、さすがに三カ月も来ないのは、おかしい。

そう思い、薬局で妊娠検査薬を買って調べたところ、思いがけず陽性反応が出てしまったのだ。

それからすぐに絹子に連絡を入れて、妊娠の可能性がある事を知らせた。

たまたまそれが土曜日だったため、麗美は絹子と相談した上で、施設長にもその件を話した。

そして、週が明けるのを待って近くの産婦人科を受診したところ、正式に妊娠している事がわかった、という流れだった。

正直なところ、ひどく驚いたし、うろたえもした。まさかと思ったし、あわてて絹子に連絡を取ろうとした指が震え、何度もスマートフォンを落としそうになったものだ。

しかし、それと同時に、自分の中に宿った新しい生命を愛おしく思い、喜びが心と身体を満たしたのも事実だ。

むろん、予想外の事に戸惑いはしたが、一瞬たりとも〝産む〟という選択を迷ったりはしなかった。ありがたい事に「はっぴーらいふ寿」での仕事を続けながら出産の時期を迎え、産後は経過を見ながら復職すればいいと言ってもらっている。

『うちは子供がいなかったから、貯えだけはあるの。だから、安心して。私が姉の代わりに麗美ちゃんとお腹の子の面倒を見るからね』

絹子はそう言ってくれているし、今はとりあえず仕事を続けつつ、お腹の子を無事に出産する事だけを考えるよう心がけた。

当然ながら、全面的に甘えようなどと思ってはいないし、今後はお腹の子の母親としてこれまで以上にしっかりしなければいけないと考えている。

（調理師の学校に行くのは先延ばしになっちゃったけど、ここでの仕事も勉強のうちだもの）

幸い、お腹の子は今のところ順調に育っており、予定日は来年の四月下旬だと言われている。

それまでの間に、じっくりと母親になる準備をして、生まれてくる大切な子供をこの世に迎えたいと思う。

「さてと！　また頑張って働こう！」

麗美は自分に気合を入れ、そのあとでお腹をそっと掌で擦った。

そして、にっこりと微笑むと、部屋の襖を開けてキッチンへと歩いていくのだった。

◇　◇　◇

十一月になり「綿谷」では新製品「ディープスリーピィ」製造に向けての最終段階に入った。

完全オーダーメイドの受注販売であるそれは、国内はもとより、ゆくゆくは海外でも販売を予定している。

完成まで、あと少し——。

本来なら自信と期待が入り混じった晴れやかな気分でいられるはずだが、慎一郎の心はどんよりと重いままだ。

言うまでもなく、その原因は麗美がいなくなった事であり、当然ながら行方を必死になって探しているが、未だ消息が摑めない。

彼女は、いなくなった際に「くれぐれも大伯母には連絡をしないでください」と書き置きを残していた。

それは、一重に彼女の大伯母である田中絹子の健康面を気遣っての事であるらしい。

それもあって、慎一郎は未だ絹子には連絡を取っておらず、焦燥と懸念を抱えつつ悶々とした状態で日々を過ごしている。

書き置きには「いつか必ず連絡をしますから、心配しないでください」とも書かれており、慎一郎はただその言葉だけを信じて、どうにか持ちこたえている状態だった。

（〝いつか〟っていつの事だ？　心配するなって？　無理に決まってるだろう）

正直、突然理由も告げずにいなくなった事に対する憤りはある。

だがしかし、慎一郎が知る麗美は、正当な理由もなくこんな事をするような女性ではない。

ぜったいに、何かそうせざるを得ないわけがあるはずであり、そうであれば、それを突き止めるのも彼女を探し出すひとつの方法だと考えられる。

とにかく、心配でたまらない。

麗美の事だから、今もどこかできちんとした生活を送っているのだと思う。

そう信じたいし、そうでなければ、頭がどうかしてしまいそうだ。

仕事の時は、これまで以上に集中する事でどうにかできているが、プライベートに戻ると、もう麗美の事しか考えられない。

（麗美……。いったい、今どこで何をしているんだ？　せめて、無事である事だけでも知らせてくれたら……）

午前中の仕事を終え、ランチタイムを迎えている今、頭の中はビジネスとプライベートの狭間にある、真っ暗な闇の中だ。

昼食は、毎日高橋が用意してくれているが、ほとんど喉をとおらない。

朝食や夕食もしかりで、一日まるで食欲を感じずに終わるたびに、麗美と出会う前に戻ったような気分になる。

かといって、社長として責任ある仕事をしている以上、何も食べずにはいられない。

結局、以前と同じメーカーの健康補助食品を取り寄せて、それを食事代わりにしてから、気がつけばもう三カ月も経ってしまっていた。

「このままではいられない……。なんとしてでも、麗美を探し出さなければ……」

三カ月だ——。

彼女の言う事を尊重して、三カ月待った。

しかし、もう限界だ。

多少強引な手を使ってでも、麗美を探し出し、再びこの腕に抱きしめてみせる。

そして、ぜったいにもう離さない。

そうでなければ、自分の人生は、もう一生しあわせを味わえないまま終わるしかないのだ。

「麗美、悪いが君の大伯母さんに連絡を取らせてもらうよ」

慎一郎はそう呟き、スマートフォンの画面に以前登録をしておいた「田中絹子」の番号を表示させた。

そして、今まさに電話をかけようとしたその時、当の絹子からの着電があり、大いに驚いてスマートフォンを落としてしまった。

あわてて拾い上げるも、どこかにぶつかったのか、すでに電話は切れている。

慎一郎は、急いで大きく深呼吸をすると、絹子に電話をかけるべくスマートフォンの画面をタップするのだった。

◇◇◇

次の日の火曜日は、文化の日であり、施設では毎年行事用の食事を振る舞っているらしい。

麗美は施設長の指導の下、先輩職員であり調理師免許を持つ木下《きのした》という中年女性とともに夕食の準備をしていた。

朝はトーストサンドイッチにカボチャプリンのデザートをつけて、昼はおにぎりを食べたあと、畑で採れたさつまいもを掘って、全員で焼き芋づくりを楽しんだ。

夕食は、ちょっと贅沢をしてすき焼きにする予定だ。

「麗美ちゃん、悪いけど卵を買って来てくれる？　朝、使っちゃって足りなくなったの」

木下に言われ、麗美はエコバッグを片手に近くのスーパーマーケットまで買い物に出かけた。

時刻は午後四時。

外はまだ十分に明るいし、気温も比較的穏やかだ。

片道、歩いて五分の距離にあるその店は、地元の食材が多く置かれている。

「はっぴーらいふ寿」で作っている野菜も、時折そこで販売させてもらっており、店長やそこで働く人達とももうすっかり顔見知りだ。

（卵、まだたくさんあったと思ったんだけどな。私の勘違い？　それにしても、本当に一パックでいいのかな？）

すき焼きの肉に絡めるための卵なら、少し多めに買っておいたほうがいいのでは？

そう思って聞いたけれど、やけにニコニコ顔で「一パックでいいのよ」と、買い物に送り出された。

（まあ、いっか。足りなくなったら、また買いに来ればいいよね）

店までの道すがらには、畑や川があり、とても眺めがいい。

秋である今、川の向こうに生えている木が赤く色づいている。

（あれって、なんの木だろう？　ハナミズキ……じゃあないよね……。ナンキンハゼかな？　帰ったら、木下さんに聞いてみよう）

歩を進めながら、ふと立ち止まってお腹に手をやる。

（この中に、赤ちゃんがいるんだなぁ……。私と慎一郎さんの赤ちゃんが……）

正式に妊娠が判明してからというもの、麗美はこれからの自分と、お腹の子供についていろいろと考えを巡らせた。

図らずも父親不在のまま子育てをする事になったが、子供には二人分の愛情をたっぷりと注いで全力で大切に育てていくと心に決めた。

それでも、やはり父親がいないのは子供にとってさみしい事だと思う。

麗美自身、両親の離婚と父親の他界を経験しているが、事あるごとに母親や父親の不在が心に影を差す時があると実感したものだ。

「でも、大丈夫！　お母さんが、お父さんの代わりもするからね。体力だけはあるし、いろんなところに連れてって、一緒に遊ぼうね。平気だよ！　さみしくなんかないから。お母さん、頑張るって約束する。だから、安心して生まれてきてね」

くるくるとお腹をさすり、優しくポンポンと叩く。

「お腹の子の聴覚が発達し始めるのって、確か五カ月くらいからだよね。もっと早い？　とにかく、たくさん話しかけたほうがいいよね？　だとしたら、お腹の子の呼び名を考えたほうが――」

「麗美」

突然背後から名前を呼ばれ、麗美は驚いて振り返った。

「……し、慎一郎さん……？」

「ああ、俺だよ。麗美……」

慎一郎が、立ち止まったまま大きく手を広げて穏やかな笑みを浮かべる。

「大伯母さんから、昨日連絡をもらって、事情はすべて聞いた。ぜんぶ、わかってる。だから、もう、一人で悩んだり心配したりするな。俺がいる。俺が、麗美とお腹の子を一生守るから」

「慎一郎さんっ……」

彼が一歩前に出て、更に大きく手を広げた。

麗美はその場に佇んだまま動けずにいたが、彼の微笑みを見るうちに、足が勝手に前に踏み出していた。

「麗美は、俺の将来を気遣ってくれたんだろう？　それは本当にありがたいと思ってる。だが、俺には麗美が必要不可欠なんだ。麗美がいてこそ、俺の人生はしあわせなものになる。これから、俺と一緒に祖父のところに行ってくれないか？　ぜんぶ話して、ぜったいにわかってもらう。もし、わかってもらえなくても、俺は麗美とお腹の子と、ずっと一緒だ」

　伸ばした手が、慎一郎の広い胸に触れた。

　そのまま、ゆったりと腕の中に包み込まれ、気がついた時には声を上げて泣き出していた。

「麗美、愛してるよ。施設の人達も、ぜんぶ承知してくれてる。卵は足りてるから心配しないでって、木下さんからの伝言だよ」

　慎一郎の話によれば、昨日の時点で絹子から「はっぴーらいふ寿」にも連絡が行き、施設長や木下の協力を得て、こうしてスムーズに二人を送り出そうという事になったらしかった。

「私、いろいろな人に迷惑をかけてしまって……。受付の同僚や、大伯母さん、施設長や木下さん、ほかの職員の人達……。それに、入居者の方々にも……」

　考えた末の、やむを得ない事だったとはいえ、その人達にしてみれば、自分がとった行動は迷惑でしかない。

　麗美は、また涙を流したが、それはさっきのものとは違う、申し訳なさと情けなさが流させた涙だった。

「その人達には、日を改めてきちんと話をしよう。誠心誠意お詫びをして、理解してもらえたらいいと思う」

　慎一郎に促され、麗美は彼とともに車に乗り込んだ。

そして、絹子や「はっぴーらいふ寿」にいる人達の事を思いながら、一路、綿谷源吾の自宅へと車を走らせるのだった。


彼の祖父である綿谷源吾の住まいは、慎一郎の自宅から車で十五分の距離にある。

そこに向かう車の中で、麗美はだんだんと高まっていく緊張と、懸命に戦っていた。

「祖父には、昨日のうちに、すべての事情は話してある。麗美は、ただ俺の隣にいてくれるだけでいいし、俺が話して説得をするから、何も心配はいらない」

そういう慎一郎の横顔には、いつになく緊張の色が宿っている。

話す内容が内容だから、それは無理もない。

それに、なんといっても相手は「綿谷」会長であり、一族の長たる人物だ。

(私なんかを連れていっても、いい顔をされるはずがない……)

麗美の頭の中に、綿谷源吾の厳つい顔が思い浮かんだ。

「これから祖父に会いに行くのは、俺と麗美の件についてだ。麗美がうちを出る原因になった従姉の白鳥環奈さんについてだが、実はうちの伯父——綿谷常務と裏で通じていた事がわかった。調べを進めていくうちに、いろいろとボロが出てきてね。綿谷常務には、役職を解いた上で本社を離れてもらう事になった」

「えっ……どういう事ですか？　環奈と綿谷常務……何があったんですか？」

麗美が訊ねると、慎一郎は運転を続けながら唇を一文字に結んだ。

「今、話してもいいか？　お腹の子の事もあるし、あとでゆっくり話してもいいんだが——」

「いえ、今聞かせてください。ぜんぶ分かった上で、会長のところに行きたいので」

「そうか。今から話す事は、すべて高橋くんが自ら動いて調べてくれた事実だ。……実は、環奈さんの事務所の女社長は、綿谷常務と、いわゆる不倫関係だった事がわかった。麗美はその女性とは面識はないだろうが、この後の話にかかわってくるから、一応耳に入れておくよ」

麗美は頷き、慎一郎が話し続けるのを待った。

「その女社長というのが、結構な曲者でね。彼女は自分の事務所に所属するモデルを、綿谷常務から紹介されたいろいろな企業のトップクラスにいる男性らに、性的な行為を伴う接待をさせていたようなんだ」

「えっ……そ、それじゃあ、環奈も……？」

「それについては、今までのところはなかったみたいだ。だが、彼女が俺に過剰なアプローチをしてきたのは、やはりオーディションに受かろうとしての事だったようだ。そして、それがうまくいかないとわかってすぐに、俺と麗美の関係を知ってしまった。それで、腹いせに麗美を俺から引き離そうとしたらしい」

「そうですか……」

環奈がそうした理由はすでに理解していたが、改めて聞かされると、やはり切なかった。

仮にも血が繫がった従姉に、そうまでされるのはやるせないとしか言いようがない。

それにしても、性接待などドラマや映画の中だけの話だと思っていた。

しかし、実際のところ、少なくとも環奈が所属する事務所では実在していたのだ。

「だが、どうやら金品を伴っているわけじゃないし、接待をした側は納得した上でそうしていたようなんだ。当然、それ相応の見返りを期待しての事なんだろうが……。今回調査した結果、される側の人の存在が明らかになって、一部ではちょっとした騒ぎになってる。だから、今後環奈さんの所属事務所には仕事が行き辛くなるかもしれない」

麗美は最後まで話を聞き終え、環奈の事を思った。

「環奈は昔から上昇志向を持っていて、望むものがあれば闇雲に突っ走ってそれを手に入れるタイプでした。だからこそ、今の人気モデルの立ち位置があると思ってます。環奈なら、きっと間違った方向に行かず、自力でもっと上に行くんじゃないかと……従妹として、そう信じてます」

まったく違うタイプの二人だ。今回の事もあり、おそらくこの先も今以上に仲良くなれる可能性は低いだろう。それでも、やはり環奈は長くともに暮らした従姉だ。今回は間違った方向に進んでしまったけれど、彼女が今後も夢を追い続けるのを陰ながら見守りたいと思っている。

「うん、そうだな。麗美の従姉だし、俺もそうなればいいと思うよ」

結果的に、今回の事が発覚したおかげで、慎一郎の反対勢力である綿谷常務一派は解体した。

彼は、今後地方の支部長に降格され、そこから出直す事になるようだ。

「それにしても、高橋さんって、すごいですね。さすが、慎一郎さんの秘書というか、リサーチ能力がハンパないと言うか」

「高橋くんは、元敏腕刑事だからね。ああ見えて、妻と五人の子供の父親なんだ。第一線で活躍していたんだが、家族と多くの時間を過ごすために、退職して今の仕事に就いたんだよ」

スーツだとわりと細く見える高橋だが、脱げば今もかなりの筋肉を保持している肉体派なのだという。

「そうだったんですか。人の人生って、いろいろですね。家族のために人生のシフトチェンジをした高橋さん、素敵ですね」

「ああ、俺もそう思うよ」

高橋秘書は、二人が出会った当初から、陰ながら見守ってくれていた貴重な存在だ。

麗美は、心の中で彼に深く感謝をする。

一連の話が終わった頃、タイミングよく会長宅に到着した。

慎一郎の自宅と同じ地域にある会長宅は、重厚な日本家屋で、家の周りを高い塀に囲まれている。

車を駐車スペースに停め、シートベルトを外す。

麗美は、今さらながら自分の格好を顧みて、仰天した。

「わ、私、こんな格好のままで……」

麗美が今着ているのは、空色のトレーナーにブルージーンズ、それに胸のポケットに「はっぴーらいふ寿」と書かれたエプロンだ。

「麗美は何を着ても似合うよ。人として素晴らしければ、生まれや育ちなんか関係ない。それに、今着ているエプロンは、麗美のこれまでの努力を知ってる素晴らしい逸品だ」

「……そうですね……。私、身分だの生まれだのって、こだわりすぎてました。そのせいで、慎一郎さんから逃げて、たくさんの人に迷惑をかけてしまって。……本当にすみませんでした」

麗美が頭を下げようとすると、慎一郎がその額にキスをした。

「俺には謝らなくていいよ。逆に、謝らなきゃいけないのは俺のほうだ。俺が、もっと麗美を安心させてあげていれば、逃げ出さずに済んだのに……本当に、ごめん。もう二度と、麗美を不安にさせないって誓うよ」

「慎一郎さん……」

慎一郎のキスが、麗美の頬に移った。そして、麗美の目を覗き込むようにして、にっこりと笑う。

「今夜会うのは『綿谷』の会長である前に、俺の祖父だ。そう思えば、少しは気が楽だろう？　さあ、行こう」

慎一郎に励まされ、麗美は覚悟を決めて車から降りた。

石畳のアプローチを彼と並んで玄関まで進み、インターフォンを鳴らす。

『どうぞ』

すぐに聞こえてきたのは、どうやら綿谷源吾本人の声だ。

麗美は思いきり怯えながら玄関の引き戸を通り抜け、慎一郎とともに靴を脱いで広々とした廊下を進んだ。縁側の先に見えるのは立派な枯山水の庭園で、家の中は物音ひとつしない。

ますます怖くなり、麗美は慎一郎の陰に隠れるようにして、障子戸を開けて広々とした居間に入った。

「おじいさん、来ましたよ」

慎一郎が声をかけると、和室用の応接セットの椅子に腰かけた背中が「うむ」と言って、身じろぎをした。

麗美は、下を向きそうになる顔を強いて上向けて、前に進んだ。

しかし、途中でくじけ、視線が下に向いてしまった。

長方形のテーブルの右端に座る源吾の左側の長椅子の前まで進み、そこで一度立ち止まった。

「おじいさん、紹介します。俺の恋人の白鳥麗美さんです。麗美、俺の祖父の綿谷源吾だ」

麗美は思いきって目線を上に向けて、源吾を見た。

写真で見たとおりの強面だ。しかし、雰囲気はかなり柔らかで、麗美は密かにホッとする。

「こ、こんばんは。はじめまして、白鳥麗美と申します」

源吾が麗美を見て頷き、口元に笑みを浮かべる。

「白鳥麗美さん、ようこそ。久しぶりだね」

「は……はい……？」

久しぶり、と言われ、麗美はキョトンとして源吾の顔を今一度よく見た。

けれど、どう見ても面識はない。

何をどう言っていいのかわからず、麗美は目を瞬かせながら口ごもった。

「おじいさん、久しぶりって何です？　麗美に会った事があるんですか？」

慎一郎が口を挟み、源吾がすまし顔で頷く。

「ある。三カ月前まで、週に一度は顔を合わせていたし、あいさつだってしてたぞ。……ゴホン、あーあー、本日は晴天なり。アメンボ赤いなあいうえお」

源吾が咳ばらいをしたあと、妙な発声練習を始めた。

いったい何事かと思いきや、源吾が椅子の座面に置いていた黒縁の眼鏡をかけ、足元に置いていたらしいゴマ塩頭のかつらを手に取って頭の上に載せた。

そして、さっきまでのものとは全く違う声で麗美にあいさつをしてきた。

「おはよう、白鳥さん。今日もいい天気だね」

その声には、確かな聞き覚えがある。

咄嗟にはわからなかったが、源吾が取り出した眼鏡といい、かつらの色といい「綿谷」で清掃員として働いている谷という年配の男性にそっくりだった。

「えっ？　あ……あの、も、もしかして、谷《たに》さん？」

そう言ったものの、どうみても顔が違う。

麗美が目を白黒させていると、源吾が手を叩いて家政婦らしき中年の女性を呼んだ。

「こちら、私専用の特殊ヘアメイクの金谷《かなや》さんだ。週に一度ここに来てもらって、私を清掃員・谷源三《げんぞう》に変身させてくれている」

源吾が合図をすると、金谷が麗美のそばに近づいてきた。

「こちらが変身前、こちらが変身後です」

金谷が差し出した二枚の写真を見ると、それぞれに源吾と源三が写っている。

まるで訳が分からないと言った様子の慎一郎が、源吾に文句を言った。

「おじいさん、どういう事ですか？　わかるように説明してください」

「まあ、待て。大体、おまえは地下駐車場から直接上に行くから私を知りもしないんだ。今後は、ちゃんと正面玄関から出社しなさい。そして、もっとわが社の社員やあのビルで働く人達に親しむように」

「わかりました。それはそうと、なんで会長ともあろう人が、変装して会社をうろつきまわってるんです？」

二人が話をしている横で、麗美は状況が把握できないままポカンと口を開けている。

それを見た源吾が、麗美達の正面の椅子に座り直した。

「驚かしてすまない。私は、四年前からあそこで清掃員として週に一回働かせてもらってるんだ。それ以外にも、昔からちょくちょく変装して街を歩くのが趣味でね」

聞けば、彼は孫の慎一郎が社長に就任したのをきっかけに、清掃員として彼を別の角度から見守る事にしたのだという。

「もとはと言えば、私の怖い顔を、ちょっとでも優しく見せようとしたのがはじめだった。最初は帽子と髭。それに眼鏡を加えたり、頬に詰め物をしたりしてね。そのうち、変装自体が楽しくなって、今じゃハリウッド俳優並みに別人に変わって楽しんでいるんだ」

源吾が得意げに胸を反らした。そして、困惑の表情を浮かべる慎一郎をよそに、ゆっくりと目を閉じて話し始める。

「私の変装歴は、もう三十年近くなる」

彼が話してくれた事には、今から十九年前、今よりはレベルが落ちるものの、同じように変装をして、とある街に散歩に出かけた。

その街が気に入った源吾は、そこを訪れるたびに、たまたま見つけた昔ながらの食堂で食事をするのを楽しみにしていたのだという。

「常連客に聞いたんだが、その店は、もとは夫婦でやっていた食堂だったそうだ。だが、私が通い始めた時は、もう奥さんだけで切り盛りしていてね。とても美味しいと評判の店で、特に『厚揚げの煮物』が絶品だった」

源吾が昔を懐かしむような顔で、麗美を見る。

麗美は、源吾の目を見つめ返し、微かに首を傾げた。

「え……『厚揚げの煮物』……それ、私の祖母の得意料理でした。祖母は、昔『しらとり食堂』っていう食堂を営んでいて――」

「確か、緑色のテントに白字で『しらとり食堂』と書いてあったね」

「そうです！　え……会長は、そこに行った事が？」

話すうちに、麗美はかつて祖母から聞かされた常連客の話を思い出した。

「あっ……もしかして、そこの常連だった男性のお客さん……？　祖母から話を聞いてます。その人、祖母の『厚揚げの煮物』をいつも頼んでたって……」

「実は、そうなんだ。私は、そこに何年も通わせてもらっててね。でも、ある時急に店が閉店してしまって、次に行った時にはテントも撤去されていたんだ」

その話を聞いて、麗美は大きく頷いた。

「はい、祖母は四十二年お店を続けていたんですけど、身体を壊してやむを得ず閉店したんです。それからすぐに私の叔父と同居が決まって、お店は手放してしまったって聞いてます」

麗美は、祖母から聞いた話をしながら、源吾と昔の話のすり合わせをした。

まさかの巡り合わせに驚きつつ、源吾とあれこれと言葉を交わす。

そうしている間に、慎一郎が再度口を挟んできた。

「『しらとり食堂』なら、俺もおじいさんに連れて行ってもらった事がありますよね？　美味しいから食べてみろって勧められて『厚揚げの煮物』も食べた覚えがある。……そう言われてみれば、麗美の作るものと味がそっくり同じだ。……ああ、だから麗美の料理をはじめて食べた時、懐かしいと思ったのか」

源吾が頷き、懐かしそうに麗美の顔を見つめてくる。

「それと、麗美さん。あなたは三年前に『葉山《はやま》食堂』というところで働いていたでしょう？」

「はい、どうしてそれを――」

「私は、それを〝運命の導き〟と名付けているんだが、当時、いつものように変装して散歩をしているうちに、偶然その店に入って、あなたが作る『厚揚げの煮物』を食べた。そして、いっぺんでその味が、かつての『しらとり食堂』の味だとわかったんだよ。それほど、あの味は美味しかったし、だからこそ何年経ったのちでも、舌が覚えていたんだな」

源吾がその味を思い出したかのように、小さく舌なめずりをした。

「だが、せっかく見つけた『厚揚げの煮物』は、またしても閉店で食べられなくなった。あとで聞いたら、店主一家が夜逃げをしたと聞いたが？」

「はい、そのとおりです。調理器具とか、いろいろと残っていたのに、結局そのまま行方不明になってしまって」

源吾は深く頷いて、目を細くする。

「私は本当にあなたや、あなたのおばあさまの作る『厚揚げの煮物』が好きだった。……というより、もとはといえば、あなたのおばあさまに会いたいがために『しらとり食堂』に通い詰めた。当時、私ももう妻を亡くしていたのでね」

「そうだったんですか？」

麗美は少なからず驚いて目を丸くする。

源吾は、やや恥ずかしそうな表情を浮かべながら、静かに頷いた。

「だが、私は見てのとおりの厳つい顔だ。昔は、もっとひどかった。だから話しかけたら、怖がられやしないかと……そう思ったから、結局一度も本当の顔を見せないまま通い詰めて、一言も言葉をかけないまま『しらとり食堂』は閉店してしまったんだ」

彼は失意のもと、また別の街を散策し、同じような雰囲気の店に入り、彼の言うところの〝運命の導き〟により、麗美の「厚揚げの煮物」に行き当たったのだ。

「そういえば、今思い出しました。私、覚えてます！　眼鏡に帽子の常連さん……。私の『厚揚げの煮物』を絶賛してくれて……。あの人が、会長だったんですね。私、その誉め言葉に、すごく励まされていたんですよ」

それからは、もう過去のパズルのピースをはめていくように、思い出話に花が咲いた。

昔何度も顔を合わせ、今ようやく会えた懐かしい人が、綿谷源吾その人だったとは……。

麗美は、近いうちに源吾に「厚揚げの煮物」を作ってご馳走すると約束をした。

「麗美さん、私はあなたの人柄も大好きだった。誰にでも気さくに話しかけて、いつも笑顔で明るくて。きっと、結婚したらいい奥さんになるだろうな、と思ったりしていた。だから、なんとしてでももう一度会いたかった。そして、ぜひ、いつまでも一人でブラブラしてるうちの孫に引き合わせたいと思ったんだ」

幸い麗美のフルネームだけは知っていた彼は、その後、あらゆる手を尽くして麗美を探し、とうとうとある派遣会社の名簿に麗美の名前を見つける。そして、素性を調べた上で別の会社に派遣されていた麗美を引き抜き、「綿谷」の受付嬢の面接を受けさせるようしむけた。

「言っておきますが、面接に受かったのは、麗美さんの実力です。私はいらぬ根回しはしていませんよ」

彼は、もし麗美と慎一郎に縁があるなら、自分が余計な手出しをしなくても二人は出会うだろうと思っていたようだ。

そして、源吾の思いが通じたのか、麗美は見事「綿谷」の受付嬢になり、清掃員として働く源吾から屋上のカードキーを渡される事になったというわけだ。

「ああ、だから麗美はあのカードキーを持っていたのか」

「ああそうだよ。せっかくだから、もう一回くらいキューピッドの役割をしてもいいんじゃないかと思ったものでね」

源吾が矢を射る真似をしたが、その風貌からすると、引いている弓はどうみても洋弓ではなく和弓だった。

「もちろん、私の役割はそこまでだ。それから先は、神のみぞ知る、だ。だが、こうして二人が私のところに来てくれて、本当に嬉しい。麗美さん、ぜひ元気な子供を産んでください。私は全力で二人をサポートしますよ」

「ありがとうございます……！　私のほうこそ、本当に嬉しいです」

麗美は嬉しさに声を震わせた。

それを見た慎一郎が、麗美の肩にそっと手を掛ける。

「おじいさんは、俺たち二人にとって本物のキューピッドですね」

「必要とあらば、どんな役割でもこなしますよ。麗美さん、いつでも私のところに遊びにおいで」

源吾の力強い言葉をもらったあと、二人はともに慎一郎の自宅に帰宅した。

車の中で麗美は、改めて亡き祖母を偲んだり、かつての「しらとり食堂」の事を思い出したりした。

「会長は、キューピッドであると同時に、私にとってはシンデレラの魔法使いのような存在です。あ……別に、私の外見がシンデレラって言ってるわけじゃなくて――」

「麗美は俺にとっては、いつだってお姫さまだ。それだけは忘れないように」

そう言われ、麗美は素直に頷いてにっこりする。

愛する人がそう言ってくれているのだから、反論などあろうはずもなかった。

驚きの連続だった夜も更け、麗美は三カ月ぶりに慎一郎と同じベッドに横になった。そして、彼の胸にゆったりと抱かれながら、三カ月の間に起きた出来事や、これからの事について話をする。

その結果、明日にでも婚姻届を提出しに行って、夫婦になる事にした。

これで麗美は〝白鳥〟から〝綿谷〟になり、名前負けの呪縛からも解放される。

いざそうなると寂しくも感じるが、今後は綿谷一族の一員として、新しく人生をスタートさせたいと思う。

むろん、これからも様々な出来事があり、時に大きな困難に直面する事もあるかもしれない。

しかし、慎一郎と一緒なら、何があっても大丈夫だ。

そう信じているし、彼がそばにいてくれるなら、どんな事でも乗り越えていく自信がある。

「結婚式は、いつにする？　麗美がそうしたいと思う式を、一番いい時期にすればいいよ」

慎一郎が、麗美の髪の毛を指で梳いた。

麗美は、その優しい感触にうっとりと目を細め、彼の顔を見上げた。そして、膨らんだお腹に手を当てて、にっこりする。

「会長や大伯母とも相談しなきゃですけど、お腹の子ともすり合わせが必要ですね」

麗美が言うと、慎一郎がにこやかに頷く。

「そうだな。別に急がなくてもいいし、また二人のところに相談に行こう」

仕事に関しては、麗美は当初「はっぴーらいふ寿」の施設長にそう話していたとおり、今年度いっぱい調理補佐として、勤務することにした。

むろん、お腹の子の状態と相談の上だが、できる限りお世話になった人達に恩返しをするつもりで勤めさせてもらおうと考えている。

「来年度早々に俺達の子供が生まれるんだな」

慎一郎の顔に、とろけそうな微笑みが浮かぶ。

「男女、どっちでもいいけど、麗美に似た可愛い女の子もいいな」

「えっ！　ダ、ダメです！　どっちにしても、慎一郎さんに似てもらわないと！」

「なんでだ？　……あ、俺を娘に取られると困るから？」

「ち、違いますっ！」

ムキになる麗美の頬に、慎一郎が唇を寄せる。

「麗美は調理師の専門学校にも行かないとな」

「はい。でも、子供も生まれるし、また改めて計画を立てないといけませんね」

予定日が四月下旬だから、来年度の入学は諦めざるを得ないだろう。

しかし、まだまだ先が長い人生だ。

少々遅くなっても、夢は追いかけられる。

「麗美が安心して夢を追えるよう、俺は祖父や麗美の大伯母さん同様、麗美を全力でサポートするし、子育てだって二人の仕事だ」

「ありがとうございます。慎一郎さん」

「もっと暖かくなったら『綿谷』の屋上を見にいかないか？　空調の工事をするついでに、ドームを移動させて、その周りに庭園を造ったんだ。夏には花火も楽しめるし、社員の皆にも利用してもらえるように、椅子やテーブルも増やしたよ」

「はい。あの屋上は、私と慎一郎さんが出会った大切な場所ですから――」

麗美が知らない間に、屋上は進化を遂げていた。

出会いは、つい半年前だ。

まったく会った事がなかった二人が、いろいろな偶然が重なり、運命に導かれて本物のシンデレラストーリーを紡ぎ出した。

「麗美、心から愛してるよ」

慎一郎が麗美の唇に、軽くキスをする。

「私もです、慎一郎さん。……私も慎一郎さんを心から愛してます」

二人は、掌を重ね合わせて麗美の少しだけ膨らんだお腹をさすった。

そして、微笑みながらもう一度キスをして、これから長く続いていく未来をしあわせなものにしようと誓い合うのだった。

あとがき

本作をお手に取ってくださった読者さま。まずは心からお礼申し上げます。

ルネッタブックスでは、はじめましての有允《ゆういん》ひろみです。

本作のヒロイン・麗美は、身内との縁が薄く、自分だけの力で人生を生き抜いていこうとする、明るく前向きな女性です。

彼女は、料理をとおして人をしあわせにした亡き祖母を見習い、紆余曲折ありながらも調理師の資格を得ようと孤軍奮闘します。

そんな彼女のもとに、ある日突然王子さまが現れる――。

美男でハイスペックな王子・慎一郎は、麗美の人柄と料理の腕に惹かれ、麗美も慎一郎の優しさに心を和ませて二人は想い合うようになったのでした。

たかが料理、されど料理。

美味しいものは人の心を動かし、時に忘れられない味となって人の心に残り続けます。

本作に出てくるおじいさんも、そんな経験をした一人でした。

かくいう私も、かつてとある料理店で食べた黒酢酢豚の味が、未だに忘れられません。

もうずいぶん前の話だし、知らない間に店はなくなっていて、もうあの味は食べられないのです。

いつか自分で再現してみたいと思いつつ、未だ実現せず今に至ります。

本作を読んでくださった読者さまが、そんな心に残る美味しいものに出会えますように。

最後になりましたが、この作品を世に出すにあたり、お世話になった方々に心より感謝いたします。

皆さまや読者さまのおかげで、今こうして物語を綴る事ができています。

何かと心騒ぐご時世ですが、きっともうじき穏やかな時代がやってくる事でしょう。

ここまで読んでくださった方々に、別の作品でも、お会いできるのを楽しみにしております。

有允ひろみ

ルネッタⓁブックス

濃蜜同棲
クールな社長の過剰な溺愛

2021年12月25日　第１刷発行　定価はカバーに表示してあります

著　者　有允 ひろみ　©HIROMI YUUIN 2021
編　集　株式会社エースクリエイター
発行人　鈴木幸辰
発行所　株式会社ハーパーコリンズ・ジャパン
東京都千代田区大手町 1-5-1
03-6269-2883（営業部）
0570-008091　（読者サービス係）
印刷・製本　中央精版印刷株式会社

Printed in Japan ©K.K.HarperCollins Japan 2021
ISBN978-4-596-31604-2